跬千斋杂记

贺志辉 著

四川大学出版社

图书在版编目（CIP）数据

跬千斋杂记 / 贺志辉著． — 成都：四川大学出版社，2023.11
ISBN 978-7-5690-6423-0

Ⅰ．①跬… Ⅱ．①贺… Ⅲ．①散文集－中国－当代 Ⅳ．① I267

中国国家版本馆 CIP 数据核字（2023）第 201926 号

书　　名：	跬千斋杂记
	Kuiqianzhai Zaji
著　　者：	贺志辉

选题策划：刘一畅
责任编辑：刘一畅
责任校对：庄　溢
装帧设计：墨创文化
责任印制：王　炜

出版发行：四川大学出版社有限责任公司
　　　　　地址：成都市一环路南一段 24 号（610065）
　　　　　电话：（028）85408311（发行部）、85400276（总编室）
　　　　　电子邮箱：scupress@vip.163.com
　　　　　网址：https://press.scu.edu.cn
印前制作：成都墨之创文化传播有限公司
印刷装订：成都金阳印务有限责任公司

成品尺寸：148 mm×210 mm
印　　张：10.5
字　　数：208 千字

版　　次：2023 年 11 月 第 1 版
印　　次：2023 年 11 月 第 1 次印刷
定　　价：48.00 元

本社图书如有印装质量问题，请联系发行部调换

版权所有 ◆ 侵权必究

扫码获取数字资源

四川大学出版社
微信公众号

献给一位永葆人文情怀的老师

作为一名学生，很难给自己老师的著作写序。既然辞不获已，就让我表达阅读老师著作的感想吧。

在几十年的师生交往过程中，我随时感受到贺老师那种文人的情怀。贺老师毕业于中文专业，任教于中文专业，学术与思想皆带着学人的特色。即便做了多年的行政工作，也随时弥散着超脱、恬然的自在品格，注重生活滋味和精神境界。

书中的一篇篇诗文，是老师在瞬间感受人生、思考命运、描绘时态的结晶，呈现了老师的心路历程，见证了中国几十年的变化，尤其是家乡的风俗、时尚之嬗变。读后，一种丰富的历史感跃然纸上，让人回味，勾起回忆，似乎有回到家乡的那种感觉。这些文章，也体现了贺老师对生活的热爱，对生命的珍惜，对时间的眷恋，对未来的憧憬。

不论是回到家乡岳池，还是在成都，我和贺老师相见，都感受到老师的人文之光。贺老师是一个很会讲故事的人。听他讲故事，是一种享受，是一种神交，又饱含师生情谊。

每个人的生命都是有限的,但是饱含人文情怀的人,则会在精神的世界无限延伸。

　　贺老师就是这样的,拥有幸福而充实的人生。

　　是为序。

傅其林

2023 年 8 月 31 日于四川大学望江校区

自 序

已近耳顺之年，垂垂老矣，干枝劲挺不再，心境平淡依然。自忖无腹笥之丰、运笔之妙，本不想扑腾而惹人嫌，可回顾、思考与憧憬总是撩拨着我，挥之不去。权且用文字与其周旋，居然误打误撞，种豆得瓜。

少时生活窘迫，穷阎漏屋，饔飧不继，衣难蔽体。懵懂岁月，或提篓上学、画荻学书，或割草编席、捞鱼拾粪，或躲猫干仗、玩耍嬉戏，但"心之所向，素履以往"。生命起点处，褶皱罅隙间，市井烟火气不断浮现于脑海，跳动不安之心渐渐平静。于是，朝花夕拾，画些简单的素描，让精神温厚地行走在归乡途中。

好读书不求甚解，忽有触发，私得津筏，憬然有悟，遂命笔遣辞，敷演铺陈，与人共享。

置身校园，生怕学殖荒落，故在诸务猬集之余、夜深花睡之时，下些覃研综核、爬梳归纳、剔抉辩证的功夫，袖手于前，疾书于后，拥抱"独立之精神，自由之思想"。

我非风流名士，岂敢任性放达。间或在报刊上就法礼情事略陈管见，亦非受命而文，只是用謦言苕议表明自己没有习惯性地失明和失聪，绝不胡诌乱道。

闲时邀上家人知己，沉浸于青山白云间，悠游于林泉溪壑里，亲近弱柳夭桃，徜徉名胜古迹，盘桓名园芳苑，品咂金齑瑶柱，每有奇观异感，则轻摹淡绘，力传格态，直抒性灵，各臻其妙，与人同美共乐。

予自知缺乏诗人之眼心笔力，一直不敢写诗。退休后，顾忌少了，便鼓起勇气，把感受和情志鼓捣成左边对齐的行行文字。算诗歌否，任人评说。

告归六年，孜孜矻矻，杂学旁收，日就月将。点检旧文，已有六十余篇。少则少矣，室雅花香。拙文虽芜杂而不峭刻，平淡而欠俊逸，但笔不漫然苟下、无病呻吟，口不雌黄黑白、出尔反尔，始终咬住思想和审美不放。"文从胡画起，诗从放屁来"，方寸之间不求怀有万物。"尽吾志也而不能至者，可以无悔矣，其孰能讥之乎？"这些黄叶枯梗，并非颊上毛睛中画，欲人知而又畏人知，散而弃之又不甘心。"捡到篮里的都是菜"，索性编个竹篮把它们装进去，不为传世，聊以侑觞。芜词大多在书房"跬千斋"写成，故名拙作为《跬千斋杂记》。

傅其林先生欣然作序，孙培严先生慨然题签，给小书增色不少；罗菁先生的解囊相助，使小书得以顺利付梓。在此一并致谢。

贺志辉癸卯秋记于岳池跬千斋

目 录
CONTENTS

感怀之什

2　　我们
5　　梦
7　　白发
10　　做豆腐

岁月漫忆

回忆父亲　　14
儿时的劳动　　18
再忆父亲　　24
童年的游戏　　28
难忘猪肉香　　32
陋室四迁　　37
大学生活杂忆　　40
要是母亲在就好了　　45

岳池师范点滴 49

我经历的基础教育 67

岳池的早餐 70

蒋二妈结婚 76

岳池的闷热 83

回首穿着 89

儿时过年 98

铭心刻骨的二十七个小时 111

生猪户口历史说 116

履痕处处

120 县城春晨

124 余家河公园

127 峨眉滨河公园

132 静雅斋

136 龚滩古镇行

141 桃花源

147 龙湖公园

社会走笔

教育需要在平淡中坚守	154
闲谈喝茶	156
离不得贪不得的酒	159
北师广校赋	162
经典是阅读的主食	164
语文教学必须拿起阅读的武器	167
让读书成为经典版时尚	170
读书与吃饭	173
如何成为卓越教师？	177
读书是气质最好的保养品	181
三修族谱序	184
书中有什么？	186
读书需要好习惯	189
如何当好中层干部	193
城市文化标识有赖于传承和培育	200
做有效的德育	203
让转学生成为最好的自己	207

吃：从"盼"到"讲究"	215
在服务社会中优雅体面地老去	219
从与女性的纠葛中看徐志摩的道德困境	223
无规矩不成方圆	235
在超越"小我"中成就"大我"	238
把家庭铸造成拒腐保廉的堤坝	240
坚定信心跟党走	243
幸福"炊耳朵"	245
也谈"两个半人"	248
谈民国学界狂人	251
阅读　点拨　效仿	261
施政如治家	265
过年的根魂需要留住	268
年轻干部成长需要处理好"五大关系"	270
民办学校路在何方？	274
人生需"四得"	277
让全民真正阅读起来	280
师范教育应增强针对性和实用性	284

论学杂稿

290　散说散文的特点和写作

297　谈材料写作

313　教师治学必须做好"四大功课"

驻千齋雜記

感怀之什

感怀之什

我们

我们曾经这样

沐浴着浅吟低唱的微风

起床了

趿拉拖鞋

伸伸懒腰

推开窗户

夜幕的轻纱不见了

晨曦爬上了天空的画稿

我们曾经这样

踏着深浅不定的足迹

上班了

神经绷紧如轨道

身披内圣外王战袍

让脚步给理想搭桥

让汗水同智慧赛跑

让宁静安抚浮躁

我们曾经这样

挽着褪去华丽外衣的晚霞

回家了

放下疲惫的公文包

喝几杯小酒

凑一阵闲聊

让文字牵着思维跑操

让经典划破夜的寂寥

我们如今这样

拄着满是疙瘩的拐杖

都老了

也许走不动了

也许吃不下了

也许看不见了

也许记不住了

不必懊恼

我们曾经如蚂蚁不懈前行

领略过无限风光的妖娆

我们曾经如蝴蝶抖动翼翅

跳出过优雅的舞蹈

我们曾经如蜜蜂拜访群英

得到过春色的回报

更何况

生命之灯终将闪灭

君子、觉者、至人之船也得重新起锚

（载于《广安日报·川东周末》2017 年 5 月 21 日 *）

---

* 本书收录作品多在报刊上发表。编辑出版过程中，对个别内容进行了修改，特此说明，文中不再赘述。

感怀之什

梦

那夜

月光翻墙入院

穿逗檐下

佝偻老者光着脚丫叼着烟管

望子好好读书洗掉黄泥巴脚杆

欲诺时,他却

渐行渐远

那夜

月光滑落窗前

砖缝冒出的树根牵出丰盈的笑靥

花开有声

不见娇嗔

欲拥时,她却

含羞撑伞

那夜

月光偷偷下凡

葡萄藤吐出的触丝前

彩蝶款款忽又成团

外孙涨红着脸戏蝶花丛边

欲唤时,却见

蝶落其肩

(载于《广安日报·川东周末》2017年7月21日)

感怀之什

白发

哇的一声

哭出

皱巴巴的皮肤

一个花苞

裹着胎毛

如倒计时的怀表

指拂秀发

红晕轻描

花开满树

惊艳叉腰

目光威严

吐出不二门道

宁愿琢磨透明无形的风

也不在意头上那几根

不起眼的白苗

鬓角微霜
素笺挥毫
染色徒其表
镊去又重冒
把愁绪
揉进腰包
任美发师折腾鼓捣
"贵人头上不曾饶"

皱纹交错
发枯齿摇
伛偻而行
弯松倔傲
透过指尖的缝隙
无二无别地观照
流水下山片云归洞
是注定不是碰巧
阴影就是脚印
来去都是生的延续

何必患得患失地计较

对着一杯茶一本书

发呆

却自言自语

老屋可好

故交可好

（载于《广安广播电视报》2018年第17期）

感怀之什

做豆腐

揪着耳朵

一圈一圈

上唇动下唇迎

铁杵定终身

逢时咬碎顽劣

别间唤醒慧根

绺绺白瀑

汇成一江春水

十字兜摇滚出

连绵玉液

一泓清浅巡游

惹来丝丝雪花

泉眼吐热浪

流凌晃荡

散兵游勇

军营塑身

白玉出闺

试刀随形

幸有淮王术

不须惦泉布

饮甘啖肥时

可曾想

泡长了就没了

添多了就堵了

加少了就停了

推急了就粗了

煮久了就老了

压重了就干了

（载于《广安文艺》2019 年第 6 期）

駐千齋雜記

岁月漫忆

岁月漫忆

回忆父亲

父亲已经八十一岁了,和我们的交流越来越少。在我的人生里,父亲是第一个引路人。

父亲当过兵,参加过抗美援朝。部队的熏陶让父亲特别爱整洁,衣服叠得有棱有角,从木箱里取出穿上后,可以看到明显的折痕。干完农活回到家,父亲就忙着收拾环境,院坝里不见杂草、垃圾,房后秸秆、柴草堆放平整,农具摆放整齐有序。

父亲打算盘可算是自学成才。他有一把通体黑黝黝的算盘,那上面留下了他几十年的指温。队上丈量土地、分东西、办决算,总有他一手握笔、一手拨弄算盘珠子的身影,总能听到那行云流水般的"噼噼啪啪"拨打声。他教会我珠算后,我颇有些傲骄，自认为加法打得不慢，就屡屡和他比赛从"1"累加到"36"，结果每次他的算盘上都先出现"666"，而我一次都没有赢过。

小时候，我比较调皮，没少挨父亲的揍。二十世纪七十年代初，某个星期天的下午，队上正从山弯塘抽水灌溉，抽水机旁放有一桶柴油。我和小伙伴们捉到一只老鼠，用铁丝穿过老鼠尾巴，将它浸上柴油，点上火，本想烧老鼠好玩，谁知火苗腾空而起，烧着了手，我一下就把老鼠丢了，老鼠拼命逃窜，跑进了一片干豌豆土里，豌豆土里噼啪作响，到处在燃烧。大人们都呼喊着跑去灭火，我们傻眼了，知道闯大祸了。父亲知道是我的"杰作"后，将我一阵狂揍。我哭着不断地告饶："我错了，再也不敢了！"

在村里读民办初中时，我迷上了玩"十点半"，开始是上学迟到，后来发展到逃学。跛着脚的父亲知道后，又把我狠狠地打了一顿，将我拖到大路边，用瓦片画了一个圈，叫我跪在圈里，罚我逢人便发誓"我不再赌钱了"。这样的"羞辱"让我铭心刻骨，我开始努力读书，心无旁骛，考上了高中。

发愤读了两年高中，但高考依旧名落孙山，连中专都没有考上。我对自己很失望，一直闷闷不乐，内心非常渴望能上学。一天晚上，父亲问我这辈子究竟想干什么，我回答说"想吃供应粮"，父亲又问"想不想复习"，我赶忙说"想"，父亲又问"到哪里去复习呢"，我说"最好到岳池中学"。可找谁介绍呢？父亲想起了齐兴小学的刘老师。第二天一早，我们父子俩就赶到齐兴小学请刘老师帮忙，老先生爽快地答应了，于是我插班到岳池中学文科班复习。

怀着对命运的不甘与抗争心理，我很珍惜这个复习机会，整日与书、与题为伴，与时间赛跑。那时的高考是"千军万马挤独木桥"，闯过预选关，经过三天的拼杀，我上了本科录取线，但只高了十多分。体检后回到家，由于对能不能被录取心中没有底，我整天躲在家里，不好意思出门，就怕别人问"录取没有"。

八月下旬的一天，父亲赶场时，姓范的邮递员叫住他说："贺更汉，有你一封信，是南充师院寄来的。"父亲打开一看，是录取通知书。父亲说了声"谢谢"，便急急忙忙赶回家，直喊："娃儿，考上了，南充师院中文系！"从父亲手上接过录取通知书，我一下怔住了，盼望了多少年的东西终于拿在了手里，它可是改变我一生命运的信件呀！我是全村的第一个大学生，由于父亲久病的足疾刚刚治愈，家里确实没有钱像别人那样请客、放电影，但还是特地宰了一只鸡来庆贺。

九月初，该上学了。父亲带我到县城买了一口木箱子和一双解放鞋，吃了一碗烩面，碗里的猪血旺、猪心肺、猪喉头、三角形的面块以及浮着的油星，让我感觉特别好吃，也引起我对未来的美好憧憬。

上学那一天,父亲早早地把我送到县城汽车站,将木箱放在车顶上,用绳系牢,叮嘱我:"到学校后写封信回来。"我紧紧捂着衣袋里父亲借来的20元钱,默默点头。客车开远了,父亲还望着客车,久久不愿离去。

(载于《广安日报·川东周末》2017年6月25日)

岁月漫忆

儿时的劳动

近日翻检旧书时,看到了杨振文的《芬芬为什么愿意剃光头》。重读中,让我回忆起了儿时的劳动。

二十世纪六七十年代,国家要求"教育必须为无产阶级政治服务,必须同生产劳动相结合",全社会看不起四体不勤、五谷不分的懒汉,劳动是最光荣的。孩子们读书很轻松,根本没有练习册,没有课外书籍,寒暑假、星期天、放学后要么劳动,要么游戏。

童子尿被认为保留着真元之气,当时被当做耕牛越冬的补品。我们这些还未到上学年龄的孩子为了挣工分,就将尿憋着,天亮时到队里的牛棚将尿屙到竹筒里,满一竹筒记0.5分工分。这应该算是我最早的劳动成果了。

割草是最经常的劳动。在路边、庄稼地里，我们用镰刀割，用手扯。早上割的"露水草"牛最喜欢吃。由于本地基本无草可割，最远时跑到近三十里远的县城边去割。有的人家不准在他的自留地割草，曾经踩烂过我们的背篓。学生都带一把草上学，待教室里的草堆成小丘了，就唱着《我是公社小社员》，将草运到指定的水田里深埋以积肥。

放牛大多数时间是在早上，把牛牵到路边、小溪边、坟坝等有草的地方，让牛勾动镰刀一样的舌头啃草。有时牛经不住嫩绿庄稼的诱惑，趁你不注意就卷一口。遇到牛体大膘肥的，还可以骑在牛背上玩，看着牛啃草的贪婪样子，欣赏着扇来扇去的大耳朵和甩来甩去的长尾巴，怡然自得。

那个年代，没有化肥，主要肥料就是人畜粪便和发酵的秸秆。早上睁开惺忪的睡眼，就提着撮箕拿起粪叉到院子周围、坟头、菜丛去寻找狗粪、牛粪，睁大眼睛，一刻不停地逡巡着每一个角落，看见一泡粪比什么都激动。拣满一筐粪，就倒进家里的粪池子里，或交到队上挣工分。拣粪很臭不说，由于打赤脚，脚上经常长肥疙瘩，痒得钻心，也不懂服扑尔敏或者维生素C什么的，硬扛着。有时还会被狗咬，跑回家用盐水冲一冲就算了。

那时农村煮饭煮猪潲以烧柴为主，我们经常去坡上砍枯枝，用铁丝锥在竹园里扎掉下的笋壳，扒竹叶和庄稼枝叶，也扯过麦蔸、稻蔸。母亲做饭时，我就烧火，起初以为火越大越好，只是不断地往灶膛里续柴添煤，不断地往煤炭里加水，不断地拉风箱，为此没少挨骂。经过母亲指点和自己的观察后，可以根据煮炒炖蒸煸炸氽的需要，精当地提供相应的旺火文火。红彤彤的灶膛映得小脸红红的，脸上沾着炭灰黑黑的。那个年代缺肉少油，烧火时，看到锅里有肉就盼着大快朵颐，甚至看见一小块猪油在锅里熬，心里也老想着吃那点油渣。

为了让红浮萍固氮肥田，队上大力发展稻田养萍。我们将田里零星的红浮萍用竹笤捞起交到队上，称完重量后倒在繁育田里。有一次，我们几个小伙伴晚上去偷了繁育田里的红浮萍，第二天去交时，被认出是偷的，因为红浮萍里夹杂着很多用以防盗的糠壳。我们不但白辛苦一场，还被家长狠揍了一顿。

到了春夏抢种或秋收秋种时节，学生放农忙假一周，参加割麦子割水稻、拾麦穗等劳动。割麦子割水稻是个弯腰活，左手抓住禾蔸，右手用镰刀顺势一割，就把麦子稻子割下来了，收割地里"唰唰"声此起彼伏。到已经收割的麦地里拣拾漏掉的零星麦穗，将麦穗头捆在一起，就像一朵朵向日葵。

夏天的雷阵雨，又叫天东雨，说来就来。看见乌云密布或听见雷声我们心里就发紧，又要"抢天东雨"，把晒坝的粮食抢回家，把田里的稻草堆码好。当时实行联产到组，我家养着组上的耕牛，几亩地的稻草就是它的饲料。深更半夜，睡梦中被父母叫起，稀里糊涂地跟着他们跑到晒稻草的地方，紧赶慢赶将人字形稻草束堆码好，一处一处地堆，皮肤裸露处被稻草上的微毛刺得痒痒的，像一窝蚂蚁在乱爬。最令人郁闷的是，有时筋疲力尽地把稻草堆好后，只下了几颗雨甚至压根儿就没有下雨。太阳出来了，又要把堆码的稻草束散开来晒。晒干了，就用尖担挑到房前"上草树"。父亲用稻草打好直径二三米的根基后，我们先用手递稻草，随着草堆的升高，就用竹叉子把一束束稻草顶到站在草堆上的父亲手边，一圈一圈地筑，完顶后，草堆就像一棵树，更像两只陀螺重叠在一起。

麦子、豌豆收获以后，一下雨，土里就长出三片叶子的半夏苗了，一团一团的。我们用镰刀、小锄头、竹片将半夏撬挖出来，扯去茎叶，剥去泥土，搓掉外皮，清洗干净，一颗颗圆形的、椭圆形的，白白的，晒干了就交到供销社换钱。搓半夏后，手痒得挠心，还成片地脱皮。

蚂蟥可以入药。大春期间，我们到田缺口去捉蚂蟥，在木板上绑好用纱布包着的动物血、内脏，放入水中，用树枝或腿搅动水，使血的腥味四处扩散，半个小时左右提上来，直接捉纱布包上爬着的蚂蟥，将它们丢进装有干石灰的玻璃瓶子里，蚂蟥被闷死之后，就将其晒干或烤干后卖给供销社。

那个年代，化肥使用很少，水质清澈，鱼很多。在小河里捞鱼，用脚或用套着竹节疤的三角架搅动水，鱼受到惊吓，就会跑到渔网或虾耙里去。在水田里捕鱼，有时用弯头的竹竿左右弧形划水，发现水浑处即用圆台竹罩罩下去，然后用手在罩子里捉鱼；有时用长竹竿绑着虾耙从水里快速由远处往近处拖来捕鱼，有时直接在稻田的水窝里摸鱼。下大雨后，沟田缺口放着大水，就在缺口安上竹篾交叉形成倒须的纺锤形篓子，试图"闯关"的鱼一窜进来就出不去了，这叫"接窜水鱼"。看见了一个黄鳝洞，就要在周围找到另一个进洞或出洞，用手指从两洞往中间摸，黄鳝一窜出来，它的脖子下方就被食指中指紧紧夹住。当然，也遇到过被"泡子黄鳝"将手指咬出血的情况。插秧前的夜晚，黄鳝在秧田沟里挤着晒月亮，就用棍子支着"片灯"，将竹制齿形夹伸入黄鳝堆，一条一条的鳝鱼被捉入鱼篓中。

挖红苕，先割苕藤，举锄挖下，泥土松动，连根带泥翻滚出来的红苕，一窝好几个，憨态可掬。挖上一片田土，摆上一片红苕，犹如沙滩上密密麻麻晒日光浴的男男女女。偶尔碰到一只大块头的，就像考古人员发掘文物一样小心翼翼地取出，生怕伤到它。饿了，就直接将红苕洗了或在锄头刃上削掉皮生吃。

编篾席是个技术活。用锋利的弯刀将竹子对半剖开，开成食指大小的竹坯，再开墩子，划出纸一样薄的篾条。为了将篾条划得尽量薄以节约成本，拇指、食指和虎口经常被刀刃划伤，就找来蜘蛛网止血，来不及时就屙尿冲洗以消毒，到现在我的手上还留有不少伤痕。编席时，蹲着或坐着，用手指拨起经篾条，插入纬篾条，经纬交错、青黄搭配，编出花纹，收盘锁边，达到一丈长五尺宽就算编好了。最难的是短篾条相互连接不露痕迹，篾条间不能有明显的缝隙。那时还没有电灯，用煤油灯照明，模模糊糊的，隔一段时间还要拨弄灯心，划篾条编席子基本上是"跟着感觉走"。为了赶进度，有时加班到深夜，下眼皮实在撑不住上眼皮了，不时向前点头，却又猛然惊醒，还是强打精神把事情干完。将席子晒干后还要进行整理，或用手拉扯，或用背部牵引，或用嘴往席上喷水雾，让纹路和四条边变直，让篾席显得密实，交到供销社凭所定等级获得货款。

儿时的劳动与玩耍相伴，充满乐趣，伴随艰辛，也让我明白了童心的珍贵和生命的价值。

（载于《岳池文艺》2017年第1期）

岁月漫忆

再忆父亲

我发过一篇回忆父亲的文章。现在回忆起来，还有几件印象颇深的事情。

父亲家境贫寒，几乎没有上过学，曾经到一位姓曹的私塾先生那里旁听过几天，据此，他认为自己算是发过蒙的。

父亲参加中国人民志愿军抗美援朝，蹲过猫儿洞，当过机枪班长，参加过多次战斗，抓到过李承晚军队派出的特务。小时候我在木箱里看见过几张父亲的戎装照，挺威武的，现在一张都找不到了。

父亲对耕牛有独到的眼光，通过看体躯、看牙齿、看毛发、看运步、看性情，能准确判断出牛的年龄和耕田能力。他多次到宣汉、巴县、华蓥等地为生产队购买耕牛，回来时用微薄的出差补助买点饼干给我们吃。饼干面上沾着零星的白糖，长方形的边上带着锯齿，干硬得硌牙。我和弟弟妹妹总盼着父亲出去买牛，给我们带饼干回来。

父亲种自留地匠心独运，把土堆成很陡的拱形，几乎增加了一半的栽种面积。他种的牛皮菜长得肥大嫩绿，叶子之间相互挤着，像是抢占地盘一样。把牛皮菜煮熟沥水后，与胡豆炒，加点盐、豆豉、辣椒和蒜苗，是他最喜欢的吃法了。他开玩笑说牛皮菜是"哄人菜"，因为用牛皮菜煮稀饭，水开后，米不断地翻滚，煮熟后一看菜面上全是饭，可把牛皮菜舀完了也没有一碗米饭。

父亲抽烟，也种过烟。他有一根好烟杆，烟斗和烟嘴都是铜的，中间用竹筒连接。我还看见过父亲抽水烟，水烟袋是爷爷留下的，水斗是铜的、扁的，烟斗是竹子的，烟管如鹤头伸出，烟嘴也是铜的。从牛皮烟盒中拈出烟丝放进烟斗，手里拿着点火的纸媒儿，将火头吹成明火，不断地点燃烟丝，每吸一口，水烟袋里就会传出"嘟嘟嘟嘟"的声音，那过水的烟，在父亲的喉咙里打个转，张口徐徐吐出，真可谓"烟波浩渺信难求"。父亲在自留地里种过烟，除草、追肥、遮阳、捉虫，鲜叶成熟以后采回去，把烟棵放到垫板上按住，用弯烟刀左一下右一下地割，每片烟叶带着烟骨，将它们扎进草绳里，挂在屋檐下晾晒。晒干后，一层一层地叠卷。如果烟叶太干燥了，就用嘴喷水或将烟叶铺在地上让它受点潮。父亲有时也拿一捆烟叶到集市上去卖，夸自己的烟叶皮实、味正、劲头儿足，声称绝对没有用硫黄熏过。看着别人裹烟试火，他急切地问"怎么样，怎么样？"好不容易卖掉了，称点盐打点酱油回家，又叼着铜烟杆做农活。

父亲酷爱下三三棋。农闲时，邀人对弈。先在桌子上、地上用粉笔画上由三个大小不等的正方形套在一起的棋盘，用小树枝、小篾块、小石子、小瓦片、小纸团、小干果做棋子。布局时，每成功地三子成一线，就用自己的棋子压在对方的棋子上面。棋局布完以后，若双方都未能三子成一线，叫做"聋子棋"，可以拔子。对弈时，谁先三子成一线，就喊"一三"，提掉对方任何一子。双方既要尽量将己方的棋子靠拢以做成"逢三"，又要注意阻拦、破坏对方。谁的棋子被提完为输，无路可走则为"无脚"，亦算输。父亲下棋水平不高，旁人给他递点子，他总是问"怎么呢"，虽然经常输棋，却从不耍赖悔棋，输了又摆一盘，所以大家都愿意邀他下几盘。偶尔赢上一两局，乐滋滋的，哼着样板戏回家。进县城住时，他还不时到老车站外的茶馆观看别人下三三棋，由于棋艺不高，不敢发表高见，一方因出现明显误着输了时，他最多摇几下脑袋表示遗憾。看到棋艺高超者下出妙着，他总是佩服地点头。一盘结束，他才喝一口自己带的铁皮盅中的茶水。

父亲进入古稀之年后，喜欢与一批老年人打"升级"，不带彩头，有时忘了吃饭的时间，打电话也没听见，家里人着急地找过几次。父亲童心未泯。有一次，他借了一辆饭馆买菜用的三轮车骑着玩，上面搭乘了三位六十多岁的老头儿，由于平衡掌握不好，三轮车翻在迎宾大道上，好在他们都没有受伤，这事让全家惊出了一身冷汗。之后，晚辈们给他老人家约法了"保养好身体、注意安全、按时归队"三章。

　　父亲八十多岁了，额上、眼角已有深深的皱纹。他坐过火车、轮船、汽车，却还从来没有坐过飞机。今年，我特意请假陪着他坐飞机到昆明去玩了几天。由于老人家行走困难，看的地方不多也不细，但兴致很高，心情不错。回家后，逢人便夸儿子孝顺。父亲现在语言很少，一般不过问儿孙的具体事情，认为天天都看到的，何必多嘴多舌，只要一家人平安，就放心。

（载于《岳池文艺》2017年第3期）

岁月漫忆

童年的游戏

童年真的很美好,那些陪伴我们走过了童年的游戏,永远地留在了我们的心底。

为了做游戏,我们手脑并用,自主、协同、模仿、创造,主意自己出,伙伴自己邀,材料自己找,规则自己议,彩头自己定,可谓有滋有味、情智共生。

修马路、老鹰抓小鸡、躲猫猫(捉迷藏)、放风筝、跑风车比较简单,男孩子、女孩子经常混合玩。最简单的游戏莫过于打叉,用绳子、桑树皮或橡皮筋将三根木棍头捆住,下端各朝一个方向展开架稳,在离叉位二十米以上的位置画一条线,小伙伴们站在线内依次投掷镰刀,比谁投得准,谁将叉打翻谁就赢猪草一把。经常玩到太阳落坡,只好把自留地的菜割几兜藏在猪草下,趁大人不注意时跑进屋,将背篼里的猪草与原有的混在一起蒙混过关,但有时会被发现,只好承受责罚。

扇烟盒、抽陀螺、杀仗、斗鸡、坐弹子车、滚铁环基本就是男孩子的"专利"了。煽烟盒又叫煽机机(叠成三角形的烟盒就像飞机),先后出现过两种玩法:起初的玩法是价格贵的(如大中华贵于红牡丹)当庄家,将大家出的烟盒叠在一起奋力掷在地上,未被其他烟盒盖着的凸面直接归庄家,他再扇一次,凸面的又归他,接下来,按烟盒价格高低依次扇,但手指不能接触烟盒。眼看烟盒都被庄家赢走了,伙伴们抱怨这种玩法不公平。后来改为每人出一个烟盒,通过"石头、剪刀、布"来决定谁先扇,一方将折叠好的烟盒平置地面,凹面向上,另一方则手举自己的烟盒大力扇击放在地面的烟盒,双方交替扇击,扇成凸面,烟盒即归扇击方。那时数烟盒纸可比现在数钱心情还要舒畅。

抽陀螺,我家乡方言中叫"旋BOLO",将木头削成圆锥形,上大下尖,为了经久耐用,锥端有加铁钉或钢珠的。用麻绳或桑树根的皮做鞭子,用鞭子连续抽击陀螺,让其旋转。抽陀螺主要比谁的旋转时间长,有时还比碰撞,被撞倒或撞出圈即为输。

杀仗是一种叠人扭斗游戏。有底座一人肩上坐一人的,有底座二人肩并肩锁成肩桥桥上坐一人的,上面的人个子往往比较小，体重较轻。对阵双方接触时，底座的人不能动手，可以撞、拥、跑、拖，比的是力量、桩子稳和配合默契，肩上的人自由搏杀，比的是力量和灵活，有时瞬间结束战斗，有时持续几分钟，经常摔得鼻青脸肿的。

斗鸡，有双人斗的，有多人斗的，参与者用弯腿的膝盖相互冲撞，倒地、双脚着地或被赶出圆圈的人为输。由于个头高矮和力量大小的差异，经常出现膝盖撞到对方胸腹部，导致对方受伤的情况。

弹子车是在一块木板下装三个（前一后二）轴承当轮子，前轴承上一根横档，两个脚放在横档上掌握方向。坐弹子车比的是快和险。玩时，一般是从高处往低处滑，玩娴熟了，双手就不用握住木板，而是高举惊叫。

滚铁环，需要找一个榨油用的铁环（或用铁丝做一个圈），做一个长柄的铁钩子，推着铁环滚着走，有时还要跨越障碍。这个游戏比的是平衡能力、推力和跑的速度。

要说最考验动手能力的，还要数造竹枪了。用钢丝将食指大小的斑竹锯出一段七八寸长带节疤的做枪管，再锯出四段长的四段短的，将表面削平，拿一个竹块做扳机，钻好孔，用竹条链接紧，手枪的雏形就具备了。接下来，就到街上收集足够多的牙膏皮，将牙膏皮放在火铲上，火铲放在煤炭火上烧，慢慢熔炼，去除锡中杂质，滚成圆锥形弹头，冷却后，在圆面中心钻孔，放入枪管前端节疤处。再找一根粗铁丝做撞针，将两条用汽车内胎做的橡皮筋捆在铁丝两边，橡皮筋的另一端用钢丝固定在事先刻有深痕的枪管前端。撞针后吊一块红布条。玩时，将火柴头的火药放进弹头孔，将撞针往后拉，抵在扳机上，手枪指向敌人，扣压扳机，撞针撞向弹头，"啪"的一声，敌人应声倒地，太威风了。

拣子、跳绳、踢毽子是女孩子的拿手戏。拣子用的是玻璃珠、李核、杏核、小石子，有抓、招、品、钻洞等技法，比谁成功率高。跳绳最热闹，分一人执绳、两人执绳，参与跳绳的少则一人，多则十几人，同向跳的叫赶场，相向跳的叫过桥，有比跳得轻盈的，有比花样多的，有比持续时间长、个数多的，绳子着地声、数数声、欢呼声此起彼伏。毽子由带孔的金属钱币、布和鸡毛做成，之后也有用纸条做的，但显得松垮笨重。踢毽子时，有用脚内侧踢的，有用脚外侧踢的，有用脚面踢的，有用脚掌踢的，有用脚趾踢的，有用脚后跟踢的，有中心脚动的，有中心脚不动的，有触毽子的脚着地的，有不着地的。既可以比次数，也可以比连踢的时间，还可以比踢的花样。

时光荏苒，岁月带走的是童年的时光，留下的是那些关于快乐的永远的记忆。

（载于《广安广播电视报》2017年第2期）

岁月漫忆

难忘猪肉香

小时候,讲起吃肉,真的是垂涎欲滴。饭都吃了上顿没下顿的,何谈吃肉?插秧无肉可吃,收割无肉可吃,腊月初八过"腊八节"无肉可吃,腊月十六倒牙无肉可吃,腊月二十三祭灶无肉可吃……吃肉就像沙漠里下雨一样少,嘴里能"淡出个鸟来"。

小孩子觉得肉是世界上最好吃的东西,但那个时候,要想沾一点油荤都不容易。母亲很聪明,她买回一点猪油,切成算盘珠大小的颗粒,装在小瓦罐里,炒菜或烧汤时夹出一颗,用锅铲在热锅上绕着圈熬,伴随着吱吱声飘来一股油香,锅面却不见油液,只有稀疏的油渍。吃饭时,小孩都睁大眼睛找那块油渣来解馋,吃到了就当打一个小牙祭。

婚丧嫁娶要办坝坝席，随地而挖的土灶上叠着高高的蒸笼，热气腾腾，简易的案板上堆满菜肴、餐具，很是热闹。每个菜上来，要等坐上席的喊"请"才能动筷子，要等坐上席的说"随便点"或"莫架势"才能放开吃。父母走亲戚坐席，面对"八大碗"，舍不得吃那两片薄如纸的扣肉（烧白）和那两块比胡豆大不了多少的髈（肘子），包回家给我们吃。坐席时，众人眼睛注视着荤菜，互相无声地监督着，谁也不可能多吃一块髈、一片扣肉、一个丸子。席上无短手，人们迫不及待地快速夹菜，快速咀嚼，饭菜只在嘴里打一个滚，"咕咚"一声就咽下去了。端出一道菜来，顷刻间就被"十六支队"（八双筷子）一扫而空，桌上只剩下一只只空碗。

计划经济时代，国家对猪肉实行统征统购，肥猪宰杀后，公家半边，私人半边。食品站屠工开边时自由裁量权很大，并不是真正的"对半开"，往往开成硬边、软边，硬边肉多，软边肉少。你没有关系或屠工不高兴，留给你的就是软边，也许比硬边少二三十斤，你也只有哑巴吃黄连。要吃整头猪，必须按统购价交一头肥猪给国家，获得一个宰杀证，凭证宰杀另一头肥猪自食。也有两家打商量的，一家送小肥猪获得宰杀证，另一家的大肥猪继续喂养，直到够大够肥，杀了两家对半分。在队上我见过四百多斤重的肥猪，光猪板油就有三四十斤。要知道，当时猪板油比猪肉还贵重。送肥猪时，遇到猪听招呼、肯走路的，就用响篙

"吆"（意为驱赶）；遇到猪不听话的，就用木猪笼关猪或用竹栅将猪裹上，两个人抬着走。一路上猪叫个不停，不断挣扎，声音很凄惨，好像已经知道自己走上了一条不归路。那时，农民在家宰杀生猪，叫做私宰乱杀，是绝不容许的，是要被没收和批斗的。

杀年猪是一件大事，更是一件喜事。杀猪前，先烧开一锅水，将肥猪牵（有时是拖）出来，几个青壮年上前，抓耳的抓耳，拽脚的拽脚，揪尾的揪尾，将猪按在石板上，屠夫取下叼在嘴里的尖刀，一边吆喝"大人细娃儿躲远点，血溅到身上哈"，一边朝猪颈部捅进去，一抽刀，血涌入放有凉水、食盐的盆子，随着撕心裂肺的嚎叫声，猪便倒在地上，直至毙命。之后，在一只猪蹄上开个小孔，把捅条插进去，抽出来，嵌进一根竹管，肺活量大的人鼓着腮帮子一口接一口地吹气，脸憋得通红，一人持梃棍，追着气头捶打，使气畅通，猪体慢慢膨胀，四肢挺直，立即用细绳将刀口扎紧，防止漏气。接下来，不断地朝猪身上浇开水，浇透后就开始"唰、唰、唰"地刨猪毛了，猪被刨得白生生的，看起来肉滚滚的。一开膛，"下水"破腹而出，猪肝、猪肚、猪肺、猪大肠、猪小肠都冒着白气。马上安排人翻大肠小肠，将肠内壁的脂肪和脏东西撕干净，用盐反复揉搓。接下来是剔骨、分割。至于分割成多大一块，还是要按主人的意思办。由于要给至亲长辈送肉，往往要划出几块小的宝肋，大致有两根排骨那样宽。接下来就是吃"刨汤"了。刨汤主要吃猪血、猪肝、猪心、猪肺、精瘦肉、血旺、滑肉是不可少的。吃"刨汤"是不能吃猪头和猪尾巴（坐墩）的，猪头大多留着过年吃，也用来祭祖、还愿、谢媒，而猪尾巴是留到元宵节那天吃的。

大人盼种田，小孩盼过年。一进腊月，我们就整天扳着指头算着，还有几天就过年了，还有几天就有压岁钱拿，就有新衣服穿，就有鞭炮玩，就能放开吃肉。包产到组之后，过年一般都能杀年猪，能吃上猪头。猪头凹凸不平，毛很多。为了去毛，有用镊子夹的，有用松香卷的。猪头肉是肥肉和瘦肉的"天作之合"，皮层厚，韧劲儿足，耐咀嚼。猪头煮熟起锅后，我们兄妹仨站在砧板边，舌头不时舔着嘴唇，透露出"给我一块"的急切和盼望，母亲抠出核桃肉就往我们嘴里送，还没看清这块肉的形状，我们就狼吞虎咽地嚼了起来。母亲看着我们吃，那快乐心情，如同艺术家把自己精心创作的作品奉献给欣赏者一样。用煮猪头的汤煮一大锅青菜萝卜，叫做长青菜，其实是为了让青菜萝卜吸收猪肉中的油，不让油流失。长青菜要一直吃到正月十五。

新鲜猪肉需先腌制，将猪肉一层一层叠放在缸里，每叠一层抹一把盐，把缸盖上，十多天后就起缸用凉开水洗净，用绳子串好，一块一块地挂在竹竿上晾晒。将晾干的肉搬进家里，挂在灶房梁上，有意识地加烧柏树枝丫来熏。在日复一日的烟熏火燎下，猪肉慢慢变得黄黑黄黑、喷香喷香。每次经过挂肉之处，都禁不住数一下还有几块肉，逐一欣赏每块肉特别是最大最肥的那块肉。腊肉是要吃一年的。用腊肉丁与新鲜洋芋焖米饭，米香、洋芋香、肉香融为一体，香味四溢，可谓一绝。

现在食品种类丰富，人们选择余地大，认为"吃四条腿的不如吃两条腿的、吃两条腿的不如吃没腿的"，饭后桌上剩下的大都是肉，而不是蔬菜。以前人们都渴望吃肥肉，因为肥肉油多，吃起来解馋过瘾。到副食店买肉时，大家都喜欢要肥肉，托关系都想多拉点肥的。如果运气差买到了腿子肉，自己生一肚子气不说，还要被家人责怪。那时候卖肉的工作是个肥差，特吃香，他们经常有肉吃，还能帮亲戚、朋友搞到肉。二十世纪八十年代后，青猪被三元杂交的白猪代替，瘦肉变得珍贵了，五花肉开始受宠了。猪种也在不断地升级换代，什么跑山猪、香猪、黑猪、野山猪，不一而足。吃肉，不再是一件困难的事了。

吃肉有齿颊之乐、肠胃之享，更有心理满足。苏东坡认为"无肉令人瘦，无竹令人俗"，他还发明了东坡肉，写了打油诗《猪肉颂》："净洗铛，少著水，柴头罨烟焰不起。待他自熟莫催他，火候足时他自美。黄州好猪肉，价贱如泥土。贵者不肯吃，贫者不解煮，早晨起来打两碗，饱得自家君莫管。"

物无定味，适口者珍。山珍海味与我无缘，唇齿留香的猪肉才是我的至爱。猪肉的香味，永远飘荡在我的心里。

（载于《川东周末》2017年8月13日）

岁月漫忆

陋室四迁

托改革开放的福,我已搬家四次,陋室里的生活也是芝麻开花节节高。

1987年秋结婚后,我在岳池县九龙镇园田村租了一间农家房屋,面积约30平方米,算是有了个自己的窝。

我用衣柜、碗柜将房屋隔为两间,在过道处用铁丝挂上花布帘子。外间摆一套小方桌凳,外加一把"吱吱呀呀"响的老竹椅。里间为卧室,红色木箱放在条桌上,木架子床上铺着鲜艳的床单,床单上叠着豆腐块状的真丝软缎被子。厕所和洗衣台,由三家住户共用。房间里没有厨房,需在走廊上烧蜂窝煤煮饭,一煮饭就烟熏火燎、汗流浃背,稍不留神就成了"大花脸"。

房间电压不稳,灯光昏黄,还时常一

闪一闪的。半夜上厕所时,一拉开关却亮堂堂的,我们戏称为"厕尿电"。夏天,聚蚊成雷,即使挂上蚊帐也难以入眠。

1990年春,我们搬进了岳池师范学校的四合院,面积约40平方米,算是住上了公家房。房内地板总是湿漉漉的,一米高左右的墙体常年浸着水迹,铺的牛毛毡也冒出水珠,房间弥漫着霉味。我们把旧家具全都搬了过来,又做了一个折叠凉板床,木头靠背,楠竹条填框,床尾是一个储物箱,收起来是竹木沙发,放下来就是一个床。厨房的煤烟出不去,收录机、黑白电视机、电风扇、自行车、电熨斗、电吹风悉数生锈,就连以塑料为主材的三峡牌波轮洗衣机也未能幸免。

1995年秋,我的妻子在单位分到了一套共有产权房,两室一厅,有一个凹阳台,我们算是住上了砖混结构的套间。

我们用红杉木做了组合家具,衣柜、穿衣镜、抽屉、博古架隔断构成的高组合家具,摆在卧室;客厅为转角矮组合,上面放电视机、画有花鸟的气压式热水瓶,瓶下是一个圆形金属托盘;书桌上放了一块四四方方的厚玻璃,下面压着各式照片。这一年,我们装上了闭路电视、座机电话,还用上了天然气。

夏天闷热无比,晚饭后,我们提几桶水泼在楼顶的隔热板上,噗噗地响,烟气腾腾;天一黑,就拿着篾席或凉床到楼顶乘凉,凉快了才收拾行头回家睡觉。

1999年冬,我们在大西街东段购买了一套全产权房,这是一套面积为120平方米的跃层。自此，我有了独立的书房，一千多册书，还有一本一本收购来的开本不一、品相各异的几十本小人书，终于有了"栖身之地"。此外，添置了板式家具，客厅里的仿菠萝格实木沙发最显眼，纹理清晰、线条流畅、手感温润。釉面地砖上显出拼木纹路，算是我对实木地板的憧憬。厕所用磨砂玻璃做隔断，进行了简单的干湿分区。我们也用上了空调、台式电脑、带烘干功能的滚筒洗衣机，还为学音乐的女儿买了一台钢琴。

2017年12月，我家搬进了花漾城小区，房屋面积为142平方米，还有一个地下停车位。小区绿化面积大，有规范的物业管理公司。

我们为这套房选择了中式风格的装修，并特别注重环保，房中设了一个20平方米的书房，我取名"跬千斋"。书房里挂了一些我原创的字画，并配上了平板电脑、盖碗茶具。卧室配备了智能按摩椅，用来疏通经络、放松肌肉、消除疲劳。厕所安装了淋浴房，用上了智能马桶，还添置了具备熨烫功能的天然气烘干机。

电视柜两边分别是留声机和落地钟。闲暇时，我会看唱针划过胶片、钟摆来回摆动，恬静地品味人生。

（载于《广安日报》2018年6月20日）

岁月漫忆

大学生活杂忆

通过预选和高考，1982年，我被录取到南充师范学院（今西华师范大学）中文系。

校门右边的牌匾，白底红字，是郭沫若题写的。校门左侧，是砖混结构的实验楼。从校门北行300米，是行政楼，底层正面墙上嵌有一块碑石，上刻"建设人民新川北第一基石"，是时任中共川北区委员会书记胡耀邦在此楼破土动工时留下的手迹。往东，是食堂和学生宿舍。往西，是各系的办公楼群，两层高的木板楼，灰墙白缝，棕色窗框。穿过苍翠欲滴、姿媚横溢的花园，经过长廊，走过假山，是一座红砖黛瓦的苏式建筑，胡耀邦同志曾在此办公。再往西，是教学楼群，还有医务所。往北，高一个台阶，是大礼堂，礼堂是"工"字形苏式建筑，原为川北行署礼堂。礼堂前有几个篮球场，右边是食堂和面包房。东北角是锅炉房，也是师生洗浴之处。西北角，低一个台阶，是田径运动场。

在校时，我每天基本过着"寝室——食堂——教室——阅览室"四点一线的生活。

当时寝室有4张上下铺铁架床，住7人，门后的下铺供大家放箱子。寝室中间摆着两张条形自修桌，未配凳子。床上挂着老式纯棉蚊帐，蚊帐上贴着明星海报，床的里面摆了一排书。在熄灯的刹那，"卧谈会"缓缓拉开序幕。大家你一言我一语，谈天说地，探讨人生，触及爱情，探究专业。或破立是为，或感时伤怀，或嬉笑怒骂，或义正词严，或以退为进，或穷追猛打，皆竭尽所能，甚至挖空心思，谁也不愿藏拙服输。卧谈会结束时，大家要么意犹未尽，要么不欢而散。"卧谈会"逼着我们去观察，去阅读，去思考，去表达，功莫大焉，让人怀念。

学校每个月补助生活费22元，发给饭票32斤。食堂菜品单价很低，素菜5分、豆腐5分、回锅肉2角、肉丝肉片2角5分、特粉馒头每两补一分钱。每天都可吃一份肉，还能从生活费里挤出几元钱看电影、买书。餐券为塑料材质，分白、红、蓝、绿、黄几种颜色，顶部的一条横线上印着"南充师院学生食堂"，左下角或右下角为"对内使用"字样，中部一边为稻穗、蔬菜、饭碗、水果图案，一边为面值。饭票、面票面值，最小一两，最大一斤；菜票面值，最小一分，最大一元。那二指大的餐券，至今让我温暖，让我眷恋。

外语课在小教室上，其他课都在阶梯教室上。阶梯教室没有课桌，一把一把的木椅子右边伸出曲棍球杆似的弧形围板，供放书本，记笔记。同学们经常提前用书本占座，并将饭碗带入教室，最后一节课如果老师拖堂，教室的某个角落就会响起敲碗声。

老师们学养深厚，授课风格各异，郑临川老师的典雅深邃，刘廷武老师的探赜索隐，汪坤玉老师的行云流水，何承桂老师的激情四溢，胡学富老师的娓娓道来（不看讲义），周子瑜老师的博学多才，杨世明老师的条分缕析，周治华老师的气势如虹，佘正松老师的发微探幽，王光宇老师的深抠细辨（学生给他起了个"王抠抠"的雅号），彭家理老师的文采飞扬，让我们膺服仰慕，几近崇拜。

图书馆里，宽敞的大厅摆满了抽屉式目录卡片柜，搜到所需之书，填好索书条递给管理员，待她从书库取来，书就借到手了。除了借名著，还借一些热门书，如《第三次浪潮》《傅雷家书》《美的历程》《朦胧诗选》等。中文系学生没有固定的教室，就抢占阅览室。记得，我用一把软锁独占过阅览室的一个座位。在那里，我如饥似渴地阅读经典名著、最新期刊，梳理相关文献，沉浸其中，撷英汰芜，开治学探道之蒙，启解释改变之端。读书，让我如逢佳丽，一见倾心。沉迷身心性命、风花雪月、哲理思辨之中，或感风神摇曳，或感深刻睿智，或感恍然大悟，偶有一孔之见，也难保已窥作者之用心。我喜欢吟诵诗词，偏好明清厚远，却未做过诗人梦，大学期间也没有写过一首诗。自知无诗人眼光，无诗人潜质，无诗人语言。

那时的流行是，男生穿草绿色军大衣、毛衣外套，女生穿呢子大衣、红裙子，男女均倾心波浪卷发型，有点小布尔乔亚情调。抱一把吉他，跳一下太空步、霹雳舞，在人们眼中，就是艺术范儿。

男女同学，青春萌动，情窦初开。校园里，谈恋爱并不普遍。恋人们一日不见如隔三秋，总是挎着书包，在食堂碰头，一起吃饭，并肩坐在教室上课。晚自习出去溜达一下，在虚廊月影笼罩、枝丫疏乱横斜的夜色中，或许男生宽阔的胸怀大气地接纳着女生一脸的娇嗔。周末，就花前月下，看电影，跳交谊舞，吃宵夜，漫步江滨，牵手湖畔，任柔情蜜意汩汩流淌。情侣们私下虽卿卿我我，陶醉流连，但在大庭广众之下却略带羞涩，举止得体，少见打情骂俏、勾肩搭背、亲吻搂抱等行为。

男生宿舍楼之间是（四川）省建十五公司，大批男生是在该公司的院坝内看完连续剧《排球女将》《霍元甲》的。周末，团委、学生会就在林荫道上挂出毛笔抄写的大幅歌单，派人教唱歌曲，如《年轻的朋友来相会》《一无所有》《悔恨的泪》《血染的风采》《外婆的澎湖湾》《童年》等。林荫道上一堆一堆的人啊，歌声此起彼伏，一派生机勃勃。

学校在灯光球场办过几次舞会，听说跳什么两步三步四步，还有迪斯科、探戈、华尔兹。舞林高手乘兴而行，兴尽而返。我等"舞盲"拙手笨脚的，未敢踏入舞池半步，怕被憋出一头汗来，也没有心思去围观，怕显尴尬。

（载于《广安广播电视报》2018年第50期）

岁月漫忆

要是母亲在就好了

　　母亲没上过学，话不多，除了会干农活和忙活一日三餐外，她还会纺棉花、打鞋底、扎鞋垫、缝制棉袄，最拿手的是腌制倒扑坛咸菜，做红豆腐、豆瓣、豆豉等。母亲常说人穷志不穷，一家人的衣服尽管有大块小块的补丁，但都洗得干干净净的，院坝和房屋也总是收拾得清清爽爽的，绝不留口实与他人。

　　母亲特别会做饭，做的芡粉粑和滑肉格外好吃。做芡粉粑时，先将红苕芡粉放入水中搅匀，用少许猪油抹涂锅面，将调好的芡粉糊用小勺子淋入锅中煎至两面黄时夹出，撕碎后倒入放有盐、生姜、萝卜干的水中煮透，起锅时放点葱花，那味儿真叫一个鲜美。做滑肉时，先把瘦肉切成小指大小的条状，把盐、豆瓣、酱油、红苕粉和在一起，腌一二十分钟，将和好的肉放入加了生姜、花椒的水中，煮一阵子，看见油星出现一圈时即起锅，放点葱花。滑肉吃起来细嫩滑爽，回味悠长。这两个菜，我至今想起还垂涎欲滴。

1970年我上小学时，参加过抗美援朝的父亲脚板上烂出一大一小两个洞，医治多年也未能痊愈。父亲为脚病所困，挣不了工分，家里分的粮食就少，经常吃了上顿没下顿。母亲那时就成了顶梁柱，苦苦地支撑着我们这个家。有两件事，我至今难以忘怀。

第一件事是制粮。有一年端午时节，父亲在公社卫生院住院，家里早已没有了粮食。节前一天的傍晚，母亲叫我帮忙将屋外堆放的麦草搬到堂屋，我不知究竟。睡觉时，迷迷糊糊地听到用棍击草的声音，也没太在意，起夜时看见母亲正将地上的小麦一粒一粒地拣到碗里，已经有小半碗了，旁边堆的全是麦草。我明白了，原来母亲将所有的麦穗重新捶了一遍。后来，她又一个人用手摇磨，将小麦磨成面粉。早上起床后，母亲把我叫到灶屋，从水瓢盖着的粗碗里拿出两个小麦粑用帕子包上后递给我，说："今天是端午节，快给你爸爸送去。"再拿了一个给我，说："剩下的这两个，你吃一个，弟弟妹妹打伙吃一个。"过了几天，我才想起，不知母亲那天吃的啥。

第二件事是借粮。记得是某一年的农历二月，家中确实无米下锅，父亲瘸着脚到邻近的一个远房亲戚家借了十斤小麦，天快黑时走到离家不到三百米的小桥边，一个趔趄摔倒在地。听见有人喊"贺更汉摔倒了"，我们马上跑过去，看见父亲借的小麦全都倒在了河沟里，混杂在河沙中。母亲麻利地跳下河沟，用背篓不断地往岸上捞，由于是流水，捞上来的多是沙子，只夹杂着少许的小麦粒。我们将父亲扶回家后，父亲母亲哭得像泪人似的，他们最后从沙里只淘出了一小碗小麦。我和妹妹不懂得劝慰他们，只知道跟着流泪。可弟弟不懂事，还吵着要吃晚饭，我拉着弟弟悄悄地睡觉去了。那天，全家都没有吃晚饭。

有一次，父亲说，什么时候能天天有白米饭吃就好了；母亲说，有粗粮能吃饱，就阿弥陀佛了。改革开放后，父亲的脚病慢慢有些好转了，我们家的吃饭问题也不愁了，我暗自发誓一定要努力读书，将来有出息了，要让父母亲天天吃白米饭，隔三岔五有肉吃。参加工作后，家里的经济状况逐步好转，我请父母亲到县城来玩，可是母亲的腰板已直不起来了，又严重晕车，闻到汽油味就翻江倒海，听见汽车鸣笛声就感到心惊，来一次就要躺上一两天，非常难受。我曾用人力三轮车去接她老人家来玩了两次，每次二十元。当时我每个月的工资不足一百元，母亲知道后很心痛，以后就再也不肯来了。2000年农历四月十七上午，弟弟打电话说母亲快不行了，叫我们赶快回去。我与妻子赶到家后，将母亲放在凉椅上躺着，母亲拉着我们的手吃力地说，你们是老大，要照顾好爸爸和弟弟妹妹，好好过日子。交代完后，母亲停止了呼吸，她的两只手紧紧地抓着我们的手。那一年，母亲才六十八岁。

母亲没有享到福，我只有好好地孝敬父亲，不能让他老人家再留什么遗憾了。今年他老人家八十大寿，家人在给他祝寿时，父亲眼含热泪说："要是你妈在就好了。"是啊，要是母亲在就好了，因为，幸福就是要全家人在一起好好过日子。

（载于《广安日报·川东周末》2018年12月18日）

岁月漫忆

岳池师范点滴

1990年3月至1995年3月我在岳池师范学校（简称"岳池师范"）工作。五年中，我讲授过"语文基础知识""口语训练""文秘写作"三门课，做过一期短训班班主任，担任过校团委书记、行政办副主任，参与过校志的编撰。

三十多年后的今天，我对岳池师范的记忆多少有些破碎，这些点滴犹如一张张尘封的幻灯片，映出学校浓浓的历史感和勃勃的生命力。

学校大门外是两排高大的梧桐树，像列队欢迎师生的礼仪小姐。绿意扑人时，浓荫匝地，丰姿绰约；深秋落叶时，瘦削枯黄，漏影斑驳。林荫道为泥结碎石路面，笔直平坦，好似不断延伸的电影胶片，令人觉得深处有洞天。林荫道两边是大片的稻田，稻子熟时黄澄澄的，像洒了一地金子。校门由两根水泥柱连墙构成，门的右边写着"请说普通话"，门的左边写着"请用规范字"，还加注了拼音。拱形门楣上赫然铸着"岳池师范"四个大字，是范祖雄校长的灵秀行书。进入校门，砖石结构的屏风迎面矗立，红底屏面上镌刻着黄色隶书体校训，第一行为"勤奋严谨"，第二行为"求实创新"。

校园大致分布为三个台面。

第一个台面有传达室、绿化区、行政楼、实验楼、水电楼、讲师楼、校办工厂、小卖部、琴房。

传达室位于校门右侧，用于会客登记、邮件收发、接打电话。专司此职的欧利民是一只快乐的百灵鸟，他在送报纸、送信时总是留下一路清脆悦耳的歌声、笑声。

传达室隔壁是简陋的理发室，是承包给屈小芳的。学生每人每期发5张理发票，教师用现金购买服务。屋里，木椅、洗头盆、大镜子、推子、剃刀、剪刀、吹风一应俱全。印象最深的是刮胡子，给你系好围布，抽斗上斗，将木椅靠背放平，头与木枕贴合，先用热毛巾敷一会儿，再涂几遍肥皂泡，静待一两分钟后，剃刀夹在中指和无名指中间，另三根手指搭在剃刀上面，一刀刀细细地刮，根据下巴的不同部位调整刀锋和皮肤的接触角度、力度，剃好一小块区域，师傅就会用手指抹一遍看是否顺滑，修完面，剪鼻毛，抹上雪花膏，给脸部和肩膀做一下按摩，抽闩上闩，木椅还原，就结束了。

绿化区中央，石砌的四方形花坛久经风琢雨蚀，留下斑驳之色。四周为造型各异的花圃，棕榈树、香樟树、桃树、桂花树、绸子花、万年青、夹竹桃、麦冬等各安其位，没有姚黄魏紫，花姿依然恣肆烂漫，花香依然沁人心脾，让我想起了欧阳修"浅深红白宜相间""莫教一日不花开"的名句。最漂亮的是一池的月季，每当花开时节，总有女同学亲手触摸一下它的肌肤，自信满满地摆POSE，留下一个个青春萌动的芳影。花圃间有石块铺就的小径连接，徜徉花海，蓓蕾新发，藤草摇摆，落叶铺散；置身其中，雀跃叽喳，蜂拥蝶舞，蜻蜓飘忽。不见春尽英残，因为四季有花。且走且赏，我终于领略到移步换景之妙了。

行政楼、水电楼南北相向，实验楼（老教学楼）坐东朝西，组成"工"字形建筑群。它们都是一楼一底的木板楼，人行于上，楼板轻则跳舞，重则唱歌。青砖灰瓦红栏杆，曲静宁谧长回廊。一根根砖柱就像一簇簇奋力攀登的爬山虎，象征着师生坚持不懈、直到成功的精神风范。行政楼正中两侧的石栏上各有一座屏风，黑底白框，分别勾画着"学为人师""行为世范"等红色轮廓字。楼前那两棵高大的腊梅袅袅婷婷，卓尔不群，花瓣颤动，浮光跃金，如婉约的少女，深情款款，体香袭人。花开时节，有的学生偷偷摘下几朵夹在来往的书信里，以香传情。楼的两边各有一棵葡萄树。葡萄藤带着嫩绿的叶子爬满了混凝柱架子，熟透了的葡萄挂满葡萄藤，晶莹剔透，似串串珍珠。之后，叶子飘落，光秃秃的。次年春，藤上抽出叶芽，绽开叶片，又浓翠扑人了。葡萄一直被学生惦记着，从酸涩的青果吃到紫黑的熟果。楼后是四楼一底的砖混结构教职工宿舍，又叫讲师楼，先为两室一厅，之后扩为三室一厅。东北边是小卖部和琴房。琴房由土砖与木头结合而成，没有抹灰涂墙，每间只有四平方米左右，摆一架脚踏风琴，坐两三个人就满满的了。看到同学们手脚并用地弹奏出跌宕起伏的乐曲，我感到很奇妙。那里经常可以看见宋岳光老师（别号"宋高人"）弯腰换木条、换钉子、换弹簧、换簧片的身影。

第二个台面有教学楼、操场、四合院、公厕、女生院、男生院、礼堂及伙食团、篮球场。

教学楼原为两楼一底砖混结构，每层四个教室，之后两次加层，先在中间部分加了一层，后在两头加了一层。图书室设在底楼最左的一间，藏书不足万册，没有古籍善本，"藏、借、阅、咨"一体化，是师生视通万里、思接千载、泛舟学海最丰饶的精神源泉。从教学楼下十多级石台阶就是操场了。操场跑道由煤渣、石灰、黏土搅拌在一起铺成，环道只有250米，直道只有80多米，比赛或考试跑100米时，需要占用南边的道路。

四合院四四方方围起一块天地，两道侧门都可进出，西边高出一米左右，就像个露天大舞台，住着近二十名年轻教职工，大家和谐相处，时相过从，喝酒随叫随到，物件随取随放，没有半点龃龉。这友谊似清淡的花香，使人依恋，也能长久。但这里阴暗潮湿，环境与讲师楼有着天壤之别。公厕是砖木结构的，男厕一端像天坛，又似一朵灰色的蘑菇，女厕一端似长长的走廊，通风透气效果特别好，堪称学校的标志性建筑，至今还在发挥余热。女生院由郭家院改造而成，是砖木结构平房，后扩建过一次。男生院为三楼一底砖混结构，位于学校的最北边。礼堂的北边为舞台，西边为伙食团出售饭菜的窗口，南边为后勤四合院，东边敞着，没有墙体。虽然简陋，但每年在此举行的开学、毕业典礼依然神圣，充满柔情壮怀的文艺演出依然让人击节扣掌，热血沸腾。两个水泥篮球场旁边安装的几副单杠、双杠，金属部分已有锈迹。

  第三个台面为居于后龙山脚下的一个六亩多大的堰塘，它像一块温润之玉静躺在那里，它可是岳池师范的"未名湖"。塘水澄澈明净，水波漾漾，涟漪颤动，在阳光照耀下"生"出一块块碎玉。塘中未种莲藕，见不到绿叶擎天、荷香四溢的景象，却有蛙鸣阵阵，虫声唧唧。堤坝上的小草形成软软的草甸，它们睥睨脚下的世界。不知名的野花伸胳膊弄腿，兴高采烈地开着。细软如丝的垂柳随风摆动，像情人轻拢秀发，有万般风情。同学们在那里晒太阳、照相、看书、朗读、沉思、打水漂、弹吉他，满是青春的憧憬。打水漂时，精心挑选扁而薄的石片或瓦片，侧身后倾，贴着水面用力抛出，石片、瓦片像一只只蛤蟆奋勇向前跳跃，划出笔直水痕，溅起朵朵水花，荡起阵阵涟漪。晚饭后或周末，挎上吉他，手指抬落间，嘈嘈切切，或独自浅吟低唱，或邀上三五同学声嘶力竭地吼上几嗓子，尽情释放，尽情宣泄，尽情燃烧。

当时勤工俭学风刮得很猛，学校经营过包装厂、面包房，养过蜗牛，办过理发店、小卖部。之后又兴起"下海潮"，社会上一批体制内人员或辞职或停薪留职，在商海沉浮，但学校除了3名工人停薪留职外，教师们全都坚守着三尺讲台。

周一举行升国旗仪式，旗杆立在教学楼顶，没有出旗过程，两名护旗手直接将国旗交给升旗手，国歌响起，师生行注目礼，国旗徐徐上升至杆顶，升旗手将旗绳固定好即结束。升护旗人员由值周的班选派，是报学校审定了的。时任学校党支部书记杨超杰主持过国旗下的讲话活动，每周一篇，内容大多为励志方面的，好像坚持不到一个学期便停止了，真是倏然而至，戛然而止。

学校办有普师班、短训班、职高班、文秘班（只招收了邻水、武胜两县学生），有统招生、定向生（分配到定向学校工作满10年方可调动）、委培生（不包分配），据说还曾有过社来社去生（回乡做民办教师）。十九世纪九十年代就读的师范生，都是农村学校的尖子生。为了跳出"农门"，吃上供应粮，有的复习了好几年才踏入岳池师范这"云霓之门"。

岳池师范的办学目标很明确，即通过立德树人，培养合格的农村小学教师，强调的是多能一专、"合格＋特长"。因而，学校将精力、资源都倾注于内涵建设。

学校规定上课、集会必须讲普通话，提倡日常生活坚持说普通话。学生人手一份《汉语拼音报》，大家动嘴读，开口讲，互相学习，互相纠正，互相促进。朗诵、演讲活动经常开展。校园广播站办得红红火火，经常收播中央人民广播电台，播放新闻、文学作品和经典音乐，大家最爱听的是孙道临、乔榛、丁建华等名家的配音和朗诵。广播站还推出了点歌业务，每首两元，同学们借歌抒怀，借歌传情。1991年学校组织学生参加由《汉语拼音报》和读去读来读书社举办的中华全国汉语拼音知识运用大奖赛，近60名参赛师生获奖，学校获得组织一等奖。受学校的指派，我这个校推普领导小组副组长到北京国谊宾馆（国务院第一招待所）参加颁奖仪式，丁守和教授亲自颁奖，获奖金1200元，根据学校领导安排，我用此奖金买了一台海鸥牌照相机回校。

为练好毛笔字、钢笔字、粉笔字，学校开设了书法课，要求学生每天练习，考试不过关就不能毕业。渔峰小学刘正权老师受聘到学校上过书法课，掀起了习练书法的热潮。重庆的一个硬笔书法培训机构进校对教职工进行过培训，接着举行了青年教职工三笔字（钢笔字、粉笔字和毛笔字）比赛，我侥幸得了第一名。

美术教学致力培养学生美术素养、美术技能，简笔画教学着重培养学生快速提取典型、突出特点的能力，音乐课着力培养学生识谱、唱歌和弹唱结合能力，体育课着力培养学生领操、队列训练和组织运动会的能力，教材教法融于其中。教师诲而不倦，学生学而不厌，寒暑易节，历练不息，铁杵磨成针，功到自然成。

一到课外活动时间，学校一下热闹了许多。花圃边、树荫下，美术老师带着学生们写生作画；操场上，有的在练短跑，有的在掷标枪，有的在舞刀剑；球场上，大家你来我往，激烈地角逐着，球声、提醒声、喝彩声融在一起；教室里，同学们或试讲，或朗诵，或练粉笔字，或画简笔画；琴房里，琴声悠扬，歌声婉转；礼堂的舞台上，亭亭玉立、风姿绰约的女舞蹈队员塑形体、排节目，惹得一些男生刻意绕道却装作漫不经心地从那儿路过，他们不好意思驻足，却依然被她们轻歌曼舞、清纯风华的身影所吸引。

学校学生社团活跃，以园丁文学社、美术工艺组最为有名。在这里，学生长才得到延展，性情得到陶冶。园丁文学社主张厚积薄发，走入经典著作，领略大家手笔，观察体验生活，从读入手，涵润于心，以读带写。曾邀请《南充日报》的记者、编辑来校开办文学讲座，编有《园丁》小报，一月一期，先油印，后铅印。在语文老师的指导下，经常开改稿会，组织会员参加各类征文竞赛，向公开报刊推荐稿件。通过积淀和发酵，学生的文采、情致、筋骨、灵性都被点燃了，开始驾乘驭骑，直抒胸臆，流露真情。美术工艺组创作热情高涨，雷育红创作的水粉版画《黄鹂与山雀》获全国中师生美展一等奖，姚高强为四川省首届中师生艺术节设计的节徽被采用，真有点"春风得意马蹄疾"的气象。

各班都要办手抄报，一个月一期，嵌在操场边的玻璃橱窗（平时是阅报栏）里，既供大家欣赏，更要进行评比。各班都较着劲，才子才女们绞尽脑汁，独出心裁，力避雷同，岂肯率尔操笔？文章挑选精益求精，报头设计匠心独具，版面划分美观别致，汉字书写谨严隽永，美工装饰抢眼夺目，每期手抄报一出来，无不气韵生动。橱窗前人头攒动，议论声、赞叹声不断，这排橱窗成了学生才华的大展台。杨志明的庞（庞中华）体字，形神兼备，特别受人追捧。

教室门口上方挂着木质班牌，写着白底红字的班级编号。同学们早自习读背，晚自习做作业、预习、写字、看课外书籍。每个教室都配备了一台黑白电视机，安装了闭路系统，周日至周五晚上看《新闻联播》，看完即上自习。

教育实践注重体验和实操，包括参观小学、教育调查、教育见习、教育实习四个阶段。记得，师范附小、东街小学、南街小学为见习基地，师范附小、酉溪小学、石垭小学、坪滩小学为实习基地。见习时间共两周，第二学期一周，第三学期一周，见习结束要提交书面总结。实习在第六学期进行，时间为五周，语文、数学必须实习，其他科目自选一门。实习生背上行囊，在实习学校"安营扎寨"，实习学校的住宿条件普遍较差，睡上下铺算是好的了，睡通铺、打地铺并不鲜见。实习生既上课又当班主任，观摩、备课、试讲、上课、辅导、批改作业、家访，组织课外活动，开展教育调查，领学生去亲近大自然，一系列的活动，让他们学会了钻研教材、编写教案、设计板书、掌控课堂、与学生交流、与家长沟通。轻甜微苦的实习生活，让他们找到了教育的潺潺清泉，褪去了稚嫩，修来了成熟。实习结束师生离别时，学生纷纷伸出手臂与实习老师拥抱，满是不舍与关切，有的学生甚至低声抽泣。回校后，有的学生在周末还来师范校看望实习老师。

为了提高学历层次，不少学生加入了成人自考大军。他们告别慵懒，放弃玩牌、看电视、喝酒、逛街、下棋、打球等娱乐，利用一切课余时间啃那一摞摞的自考教材和自学辅导书，做那枯燥无味的大堆习题。虽然不被学校允许，怕影响了师范正业，但每逢成人自考，不少老师睁只眼闭只眼，默许学生去参加考试，也算"钩帘归乳燕""怜蛾不点灯"吧。即使过五关斩六将在毕业时拿到自考专科文凭的，也非"行有余力"，而是字字看来皆是血，三年辛苦不寻常。

每间学生寝室都有四张木架子床，上下铺的，箱子放在门两边的预制隔板上。墙上普遍贴着异性明星照，有的还挂一把吉他，或许明星是他梦中的情人，吉他是他心中的知己吧。在屋的正中，毛巾挂成一条线，毛巾下的面盆摆成一条线；条桌上的盅把儿、牙膏牙刷、圆形镜子排成一条线；地上的水瓶、床下的鞋子、床上的豆腐干被子放成一条线。洁净清爽的内务，有点军营的味道。

在校生伙食实行包干供给，男女生均供粮32.5斤，伙食费先后有过29.5元、33.5元、37.5元三个标准。1992年11月改助学金为奖学金，按德智体综合表现分为五等，基本奖20元，四等奖25元，三等奖35元，二等奖40元，一等奖45元。早餐吃稀饭馒头，中午卖素菜肉食，晚餐星期二星期五卖面条，其余时间卖饭菜。最令人揪心的是，食堂师傅的勺子会"跳舞"，你看见一勺下去舀着几片可爱的肉，可师傅的手抖几下，那几片可爱的肉就掉进盆里了，欲吃不能。机灵鬼就去与打菜师傅套近乎，被同学调侃也一笑了之。

清华老校长梅贻琦一语道破办学天机："所谓大学者，非谓有大楼之谓也，有大师之谓也。"岳池师范校园朴实无华，没有高楼大厦，没有亭台轩榭，没有参天大树，没有小桥流水，但建筑错落有致，与阒静的环境浑然一体，一砖一瓦一草一木都散发着浓浓的书卷气。以前之名师缘悭一面，只留下高山仰止之情。及余忝列人师之列，学校名师麇集，他们师德高尚，学识渊博，充满爱心，老实本分地育人做学问。如，校长范祖雄的睿智宽容，语基（语言基础知识）老师文德辅的准确淡雅，音乐老师李明英的博学严厉，语文教材教法老师傅安清的幽默风趣，数学老师唐善明的缜密思维，生物老师谢应钦的寓科学于生活之中，化学老师袁继林的探究推演，美术老师蒋高扬的画教双精，给我留下了深刻的印象。老师们都非常敬业负责，从不敷衍学生，一心带着莘莘学子追寻那遥远而深沉的梦。学校不激不随的气质基因、纯正沉潜的教风学风、扎实科学的知行训练，使学生的天赋像种子一样发芽、开花、结果。他们单纯质朴，无浮华轻薄气习，乐学、体证、躬身实践，弦歌不辍，见理守道，专业能力突出，教育情怀深厚，应了那句"不雨花犹落，无风絮自飞"。当时，岳池师范毕业生成了抢手的香饽饽，岳池师范也沉淀为一个时代的知名品牌，因这骄人表现被永远定格在它存续的年代之中。

学校犹如大海，师生犹如海水。大海既有波涛汹涌的洪流，又有跳跃翻卷的浪花。师生既有正襟危坐的严肃，又有顽皮活跃的谐趣。

1991年评职称时，只有5个中级名额，却有13名教师符合基本条件。学校决定实施"赛马制"遴选，在小会议室给每位申报者准备了一把长藤椅，要求其将各自的教案、荣誉证书、刊发的文章、统考的成绩统统摆上，由评审小组打分，大家都觉得很公平，人选上报后风平浪静。

一天晚餐后，我提了一麻袋过期的《诗刊》《星星诗刊》摆在篮球场上想与学生换书，可翻的人多，看的人多，几乎无人拿书来换，我干脆把它们送给了几个喜欢文学的同学。欣喜的是，那几个学生在此后帮我淘来了10多本二十世纪八十年代初的黑白版连环画，如宝文堂书店1981年版《悭吝人》、江苏人民出版社1981年版《基督山恩仇记》、河北美术出版社1983年版《除三怪》、中国电影出版社1984年版《泥人常传奇》，现在显得弥足珍贵。

课外活动时，无辅导任务的教职工在工会俱乐室里翻阅期刊，下象棋，下军棋，下跳子棋。木质象棋，棋子大棋盘大，室内吃子对子将军的"PIAPIA"声此起彼伏。占上风者得意晃腿，谋划将对手赶尽"杀"绝，居下风者抓耳挠腮，红头涨脸如关公。逗意气者，为一步悔棋争得面红耳赤，形成棋子归位和反归位的拉锯战，最后总会有人让步。大家都处于低段，还未修炼到气定神闲、泰然自若的境界。观棋不语是君子，也有手痒难忍者，禁不住去动棋子，经常被弈者呵斥。一旦遇到有人说"你行你来嘛"，也不谦让，顺势就坐了下去。

"不为无益之事，何以遣有涯之生。"那时饮酒的雅兴如春水方生，食堂聚餐喝，遇好事起哄喝，打赌认输请客喝，志趣相投喝，心中不爽喝，喝的大多是沱牌白酒，两元钱一瓶，都是被"悠悠岁月酒，滴滴沱牌情"广告词忽悠过去的。还喝过遂州酒，其雅俗共赏的广告词我至今还清楚记得："月儿明，月儿亮，月光照在酒瓶上，遂州酒好没法说，不喝硬是睡不着。酒香飘进月宫里，嫦娥闻到好欢喜，嫦娥姑娘下凡来，硬要和我喝一台。你一杯，我一杯，喝得脸上红霞飞。啊，亲爱的遂州酒，嫦娥逮到不松手，宁舍月宫不舍酒，为了永远喝此酒，干脆结婚不要走。"我喝醉过两次，但都没有找到飘飘欲仙的感觉。一次是刚从阿坝师专调回，恰遇学校宴请教办和见实习基地学校领导，我想通过豪饮来拜码头，喝了接近一斤白酒，酩酊大醉，神志恍惚，头重脚轻，不知怎么回的家。一次是在傅安清老师家里喝酒，一群人赌酒用大杯子喝，一口一杯，不知喝了多少，被送回家，睡在床上天旋地转的。

傅安清老师向新生做自我介绍时，为了让大家印象深刻，先在黑板上写上姓名，然后用手掌将"安"字捂住，说："千万不要省掉中间这个字哟！""不就是想当老汉儿（父亲）吗？不如叫安哥。"一个学生不以为然地嘟哝着。

汪莉老师第一次到九一级四班上课，先声情并茂地朗诵了毛泽东的《沁园春·雪》，之后，接连抽了三个男生朗诵，不甚满意。她说"找两个女生朗诵"，先叫"罗向红"，无人站起来，又呼"杨情"，还是无人站起来。"都没来吗？"教室一片笑声。汪老师不知，罗向红、杨情可都是男生。

文选课上，刚分配到师范校的毛西琼老师抽同学划分一篇文章的段落，话音未落，宋平同学之手已高高举起，大有志在必得、一吐为快之势。毛老师示意他回答。答曰："根据以往的经验，本文应该分为三段，最前面为一段，最后面为一段，中间部分为一段。"同学们哄堂大笑，他却不笑，环视教室一圈后才一本正经而又不服气地坐下，觉得自己所言既非"祸枣灾梨"，又揭示了普遍规律，却被尔等讥笑，简直不可理喻。

音乐课上，李明英老师一边弹奏风琴，一边绘声绘色地讲解五线谱，弹完一段曲子后，抽一名同学在黑板上记下谱子，叫到正在开小差、扮鬼脸的男生游江。上台后，他毫不犹豫地写下了女同学"江丽萍"的姓名，还在字的转角、连笔处涂了几下，转向同学们时颇有几分得意，然后大步流星地走回座位。全班同学努眼张舌，忍俊不禁。李老师很不解，一边笑一边举起右手食指朝着游江方向点了几下，说"你娃儿早熟！"他的这一惊人举动，不知仅仅是恶作剧呢，还是"向春莺说破春情"，还是另有深意，一直找不到标准答案，就让它成为一个美丽的笑谈吧。

我上语基课讲完双关辞格,抽同学举生活中的例子。一个同学自告奋勇讲了个故事。丈夫是个文人,一天晚上,看见皎洁的月亮,上床时感慨:"今晚的月亮真圆真亮真诱人哪!"妻子情意绵绵地搂着丈夫撒娇道:"是啊!明天好晒床单。"起初教室静静的,随即响起一片笑声。

中师生谈情说爱,被人认为会滑落悬崖,难以挽救。一个月白风清的夏夜,刚下晚自习,某领导打着手电到堰塘周围去抓现行,发现堤坝另一头尽处有一对男女热情依偎,卿卿我我。领导作狮子吼:"站住,别跑!"男生掩护女生撤退,跨渠沟时,一只鞋子陷在污泥里未扯出来,还是高一脚低一脚地逃回了寝室。这位领导提着鞋,到男生宿舍逐室比对,未能发现蛛丝马迹。原来,那个学生逃回寝室后,把满是污泥的鞋子硬生生地关进了衣服箱子,还装模作样地在床上看书,被子捂着的却是长短不一的裤管和沾着污泥的赤脚。刚刚侥幸逃过的一劫,令他突突心跳,瑟瑟战栗,无奈狼狈,猫爪挠心,但并不眼湿鼻酸,他觉得追求美是一种善行。室友鼾声此起彼伏,他也想睡个好觉。可是,疯狂的期待、初恋的温馨、仓皇的逃窜、多事的领导长久萦绕于脑,越想越无边际,整夜辗转反侧,不能入眠。

晚自习前,某班主任正在看教室后墙上的学习园地。忽然被一蹑手蹑脚走来的学生用右臂箍住脖子,"看老子把你掀翻！"同学们一片惊愕。老师使劲挣脱后，与学生对了面，尴尬地说了句"莫名其妙！"这个同学惊慌失措，满脸涨得通红，手心冒汗，连连为自己的无礼和失态弯腰道歉，执礼甚恭，以求谅解。原来，班上的另一名同学与班主任体型背影差不多，又与班主任穿的一样的服装，同学俩经常开肢体玩笑。班主任一走出教室，全班同学都在做怪相（鬼脸）。

一天晚上，刚拉闸熄灯，班主任从翕张的门缝中悄悄地进了男生寝室。临窗户上铺的一个同学正兴致勃勃地调侃班主任，大家都在嬉笑。忽然下铺一同学发现班主任站在屋里，便刻意咳嗽一声进行提醒，可上铺那同学并未领会，继续调侃，寝室的其他同学皆把被子塞入嘴中，大气都不敢出。大约两分钟后，班主任老师轻轻地说了一句："敬小波，该睡觉了！"敬小波恍然大悟，惶恐得连舌头都伸了出来。老师轻轻地退出寝室后，同学们一阵大笑，转而调侃敬小波了。

一男生去商店买了一条牛仔裤，觉得既便宜又时髦，当场便迫不及待地穿上，晚上睡觉也舍不得脱下。第二天醒来，发现两个手掌外侧变成乌黑色了。他立即叫寝室的两个同学陪同到县医院检查。医生又是听诊又是把脉，又是照片又是查血，忙乎了好一阵子，却未发现任何问题，茫然而无从下手诊治。一个室友从输液室要了点酒精试着给他消毒，酒精涂抹之处，乌黑色立即消失。医生细问缘由，原来这位同学通宵将双手插在裤兜里睡觉，由于新买的劣质牛仔裤没有透水，布掉的色染到手上了。纯粹是虚惊一场。

男生食量大，定量不够吃，经常通过帮女生搞劳动等方式获得"赞助"。月末，一个男生兜里已经没有饭菜票了，同寝室的同学跟他打赌说："你早餐如果能够吃下20个馒头，我们每人送给你2斤饭票。"他一想，14斤饭票，相当于半个月供了。于是横下一条心应战。一会儿，20个馒头、一碗稀饭就摆在他面前。这馒头好像比平时大，既蓬松又结实，可能师傅把许多力气揉了进去。开始，他不喝一口稀饭，只吃馒头，三四口一个，三四口一个，下肚很快。寝室里鸦雀无声。当他吃到第十八个时，已难下咽，肚子撑得难受，坐不下去，站着不舒服，更无法躺下去。没法去上课了，只好叫同学带了一张病假条给班主任，说肚子疼。他自己则绕着宿舍边的乒乓球台慢慢转圈儿，转了整整一个上午，午饭也不敢吃，打赌的饭票也没能得到。

岳池师范已实现华丽转身，2004年已升格为广安职业技术学院。

（载于《渠江潮》2018年第2期）

岁月漫忆

我经历的基础教育

二十世纪七十年代，每个公社都设有一所中心小学。大队的公办班用的木桌凳，民办班大多用的石头桌凳，学生提来一个草蒲团垫在石头上坐，也有自带木凳来坐的。大队办过初中（农中），公社办过高中，一般是初中学历老师教初中生、高中学历老师教高中生。

因春季招生改为秋季招生，我在岳池新场六大队读了五年半小学，也提了五年半篾书篓，跟小伙伴追逐打闹时，书本多次掉到水田里，为此没少挨父母骂。家穷，雨天打赤脚，久雨路滑时，就将细草索捆在脚板上防滑，手脚都生冻疮。教室为石瓦房，石墙到顶，房顶嵌了几匹玻璃瓦（亮瓦）作为光源。厕所是石头垒成的，没有天棚遮风挡雨。下课就玩修马路、老鹰抓小鸡、扇烟盒、抽陀螺、斗鸡、滚铁环等游戏，没有上过一节正规的体育课。

我的初中是在七大队巍峰寺读的。由于离家远，中午不能回家，用尼龙网兜提一盅熟食到学校蒸热吃，泡菜味与饭（粗粮为主）味串在一起，酸不溜秋的。由于学校没有任何仪器，教材规定的实验无法做，两年的物理课只向大家展示过几种不同的弹簧，化学课只做过一次高锰酸钾加催化剂制氧的实验，听老师说，弹簧、试管、酒精灯、药品还是从乡小借来的。

初中毕业，农村孩子渴望考上中专中师，跳出"农门"，端上铁饭碗，我没有这么好的成绩，只好在白庙中学读高中。先是自带粮食在伙食团蒸饭，有时花2分钱买一瓢大锅汤菜下饭。预选后，就购饭菜票打饭吃。饭是在洋铁皮托盘里蒸熟的，师傅用竹块划成方墩出售。

后来我考上南充师范学院，毕业后先分配在阿坝师专工作，1990年调回岳池师范校。岳池师范校当时培养的是农村初中、小学的师资力量，这批师范生是来自各初中学校最优秀的生源，通过三年系统学习，成为未来全县农村教育的中坚力量。

2001年，我任岳池县教育局局长后，推动了几件事情。一是发布了规范师德师风的"十条禁令"，动真碰硬地抓，师德师风明显好转；二是大力提升高中教育质量，征地扩校取得突破性进展，岳池县高考本科上线率连续四年居全市第二名，罗渡中学成功创建为省级示范性普通高中；三是规划建设了一批基点校，撤掉了一些规模小、生源少、办学条件差的村教学点；四是持续发力抓"大课间"，主研并亲自全程答辩的"整合农村学校体育资源，促进学生人人享有体育与健康教育"课题获得四川省第三届普通教育教学成果一等奖；五是实施"十万家长教育工程"，提高了家长素质，形成了家校教育合力；六是争取到了农村学校经费收归县管政策，改变了学杂费被乡镇挪用的状况，教师的工资有了保障。

2010年后，政府对教育的投入前所未有，义务教育均衡发展。教师待遇显著提高，农村学生免费吃上了营养餐，资助贫困学生工作广泛开展，教师学历、生均占地面积、教学用房、图书设备仪器配备普遍达标，不少学校建起了塑胶运动场，校校通了宽带网络，普及了教学触摸一体机、多媒体，大班额现象基本消除。课程改革有序推进，民主课堂、高效课堂、智慧课堂成为常态。

基础教育事业的欣欣向荣，让我这个老教育工作者倍感欣慰。

（载于《广安日报》2019年5月14日）

岁月漫忆

岳池的早餐

一方水土养一方人，浅丘带坝的地形，丰富的物产造就了岳池人的会吃嘴馋。早餐乃一天中最初的期待，是大脑活动的能量之源。岳池人称早餐为早饭，体现了对早餐的高度重视。岳池早餐食材荤素质朴，滋味纵横开阖，火候恰到好处，有几个品种是大家的至爱，它们能很快安抚住在咽喉中抓挠的馋虫。

面条分手工面、机制面，人们最喜欢手工面的麦麸味。面条煮好即用近两尺长的竹筷和竹笊篱捞起，劲甩两下，去掉多余水分，盛入碗中，加入猪肝、猪脚、猪肉丝、牛羊肉、鸡杂、肥肠、排骨、滑肉、煎蛋、豌豆、猪肉杂酱等臊子，再加佐料，浓墨重彩的油辣子蚕食着我们的味觉，化成了面条永远不变的忠实搭档。有的面馆兼卖卤牛肉、卤毛肚，用辣椒面、花椒面、盐和味精做一个干碟，吃客边呷酒边蘸着干碟吃肉，怡然自得。最有名的是火烧坝牛肉面，可惜已经停业几年。吃客喊"宽汤"，厨房就多舀汤；吃客喊"带黄"，厨房就将面起硬一点；吃客喊"带瓢"，厨房就将面起软一点。一次，吃客喊"宽汤宽面宽臊子"，老板机灵地回答"那就只有宽钱了"。罗渡的鼎锅面纤细而有筋力，汤鲜而不浑。店里习惯给客人配一碗萝卜汤，促进消化，增强食欲。武胜麻哥面，面条断生即起锅入碗，淋入熟菜籽油，用筷子挑散，淋上佐料，浇上肉臊，吃来柔而不稠，麻辣酥香。刀削面馆里，厨师左手举面团，右手拿弧形刀，通过头顶削面、远距离削面等花式表演吊起人们的胃口，用刀削出的面叶，中厚边薄，棱锋分明，煮熟后捞出，加入臊子、调料，入口外滑内筋，软而不黏，越嚼越香。下南街曾有一家兰州拉面馆。厨师将面团搓成长条状，执其两端，两臂如玩拉力器般伸展，把长长的面条折成两股，两股拉成四股，四股拉成八股，越拉越快，越拉越细，一直拉下去，拉到粗细适度为止。其间还要在撒有干面粉的案板上重重地摔，防止粘连。拉面吃在嘴里韧性十足，利利落落。岳池大多数人吃水面，也有吃干溜的。做干溜，面条断生即捞出，放入姜蒜汁、油辣子、冬菜（芽菜）、花生米碎、酱油、胡椒粉调匀，撒上葱花即成，"吸溜吸溜"吃来顺滑爽口，麻辣厚重。吃完再喝一碗加葱花的清汤。成都担担面虽以咸鲜微辣之特色蜚声海内外，但因岳池人不习惯那种卤汁味，重庆小面的复合型麻辣口味虽声名远播，但因其香料味太重，在岳池都未能出头，有虎落平川之感。生日早上是一定要吃面条的，这叫长寿面，也许取面的长、瘦形状，谐音长寿，讨个口彩。

包子常用馅儿为猪肉、羊肉、牛肉、素菜、食糖等，好的馅儿成团又不发死，细腻但不松散。蒸熟后，一揭开笼盖，香气扑面而来，从笼屉纱布或棕丝垫上拈出的包子花纹清晰、皮薄馅酥、鲜嫩爽口。也有做生煎包的，将包子底部煎出一层金黄色的脆脆的锅巴，上半部撒一些芝麻、葱花，闻起来清香，吃起来皮酥不硬。生煎包一定要吃刚出锅的，边吃边呼哧呼哧地呵气。馒头形圆而隆起，暄软蓬松而富有弹性，层缝如页岩相叠，撕下一块放在嘴里，闻着发香，吃着发甜。把面粉捏成褶皱像花开一样，面片间撒上食盐、花椒面，抹一层花生油，就叫"花卷"。热气腾腾的包子、馒头、花卷与晶莹浓稠的稀饭是绝配，如果再来一盘加白糖或食盐的花生米，就脆香兼收了。

与饺子比起来，岳池人更钟情于抄手。面粉加水后细搓慢揉，擀制成"薄如纸、细如绸"的半透明状皮儿。将肥三瘦七比例的猪牛羊肉和小葱、韭菜、芹菜、白菜、生姜用刀背沿一个方向摇散去筋，剁细达到如绵如糊的糜状，作为馅心，用筷子头拨一点肉馅往皮子上一抹，对叠成三角形，再把左右角向中间叠合成菱角形，如人之两手相抄，用水黏合好。水沸后放入，煮至抄手浮起、皮皱、发亮时掺入凉水，以免煮破皮。起锅入碗，加入食盐、红油、胡椒和清澈浓郁的原汤，视之娇小玲珑，挺拔舒翘，食之柔嫩鲜美，麻辣交接。清汤抄手则汤鲜淡雅，香味醇厚，很受老少青睐。

用石磨将黄豆磨成豆泥，用滤帕布过滤出豆浆，倒入大锅煮沸，撇去泡沫，转开文火，用石膏水重复均匀地点搅豆浆锅，凝胶产生，豆花制成。一进豆花店就感受到空气中浸润着朴素的窖水香，径直朝着摆有红油辣子、青椒碎糊、豆瓣、葱花、香菜末、榨菜末、豆豉、香辣酱、蒜泥、花生碎的佐料台走去，一边喊："老（嫩）点，二两饭，一个烧白（肘子），一个皮蛋！"等你端着小山丘似的蘸水小碗走到空位时，豆花、米饭、烧白肘子、调味的皮蛋就在那里等着你了。不需吆喝，店家都会免费给你端来一碗窖水。将灰白色或淡绿色的皮蛋壳叩裂剥去，剖开透明而有弹性的蛋清，掏出鲜嫩欲流的蛋黄滴入蘸水碗，再加上食盐、味精搅匀。蘸水碗置于豆花碗和饭碗之间，三点成一线。夹一片豆花在麻辣、鲜香、油亮的蘸水碗里蘸一下入口，刨几口散酥、浓香的白米干饭，间喝几口窖水，既品尝了豆花的绵嫩、爽滑，又疏解了昨晚的酒劲，脸蛋红彤彤的，额头、鼻尖上已沁出细细的汗珠。"半碗海椒一碗饭，烧白肘子加皮蛋，一片一片作减法，半碗窖水赛神仙"是对吃豆花饭形象的写照。

岳池大都卖水米粉，质地细软，不易断碎。臊子有羊肉、牛肉、鸡肉、鳝鱼、肥肠、白豌豆。与米粉配套的是牛羊肉蒸格、肥肠蒸格（最多九分熟）、小笼包、豌豆汤、羊杂汤，岳池人不习惯像南充人那样加油干泡着吃。汤料用香料与猪羊筒子骨加水炖制而成，鲜浓雪白。调料主要有花椒、红油（清汤粉和鸡肉粉不用红油）、葱、姜、蒜、酱。米粉汤汁丰盈，食之细绵爽口，微嚼而烂，清香鲜美。城门洞的老羊肉粉馆开得特别早，六点钟左右就营业了，老规矩，先买牌子后上菜。第一批来客主要是晨练老人、钓鱼者、赶早班车者，先买一个蒸格叫一碗粉，端坐在木方桌前，用筷子将盐须（香菜）铺均匀，捂一会儿，再拿筷头插入蒸格，觉得入味了，一丝肉一口酒一夹粉，把一盅白酒喝完，抹抹嘴，满意地离开。由于生意太好，买了牌子站着等菜的不少，服务员端出来的菜经常被半路拦劫，先买牌子的坐着干瞪眼。有一年立冬的早上，邻桌之一老者干等了近二十分钟，实在不能容忍，便从桌上拿起两只未收的碗摔在地上，吼道"我赔碗钱，这下可以吃到了嘛"，服务员立即端来了他的菜。

除了这些，岳池的早餐还有醪糟汤圆和八宝粥。煮醪糟汤圆，水开时汤圆下锅，汤圆浮起后，加入醪糟，煮至米粒浮起，就可以起锅了。汤圆有纯糯米粉子的，有用黑芝麻、白糖做馅的，白如凝脂，温如软玉，汁酸味甜，甘醇微醺，味觉层次丰富。还有在醪糟汤圆中加鸡蛋的，不是做成蛋花，而是做成荷包蛋。在下蛋前先放糖以增加水的比重，小火咕嘟，鸡蛋不会沉底粘锅，蛋形完整漂亮。还有一种叫"玉米汤圆"的，是将嫩鲜玉米直接用石磨磨成稀稠的糊状，用手捏为团形，放入南瓜汤中煮熟，南瓜的甜、玉米的香相互交融，让人欲罢不能。

八宝粥一般在小摊上卖。从粳米、小米、红枣、枸杞、杏仁、核桃、花生、莲子、百合、桂圆肉、葡萄干、豆子等食材中选十来种，混合在一起，用文火熬好，倒入蒸熟的糯米饭，加银耳汤、豆面、果脯、白糖，再加个茶叶蛋，搅匀调好，红黄相映，黑白互衬，一勺一勺地吃，质软黏稠，鲜艳甜润。一勺入口，三春不忘。

岳池的早饭，实在太过丰富，一日亦不曾相忘。

（载于《广安日报·川东周末》2019年4月21日）

岁月漫忆

蒋二妈结婚

那天,我回老家,与六十多岁的蒋二妈叙旧。蒋二妈说:"现在结婚啥都不缺,就缺点程序和神秘。我们那个时候结婚,虽然穷酸,但热闹、讲究、真实。"

蒋小琴和我家在同一个生产队,因嫁给我堂二叔,就喊她"蒋二妈"。

小琴面容姣好,辫子到腰,脸上带着羞涩的微笑;二叔周正硬朗,眉心有一痣,举手投足间透出满满的自信。他俩从小一起玩,一起上学,一起劳动,一起跟邻队的王师傅学裁缝手艺,互有好感。二叔的父亲看出了端倪,就托人做媒提亲,小琴家高兴地应允了。

两家知根知底,"访人户"只走了形式,吃了饭后,直接办了"打发"(赠送)。

通过一年多的交往，双方对这桩婚事均没有异议。眼看俩青年快满二十岁了，二叔托媒人向女方带话，提出"开庚"。蒋家开出庚帖，用红布包好，送往二叔家。二叔请人"合八字"，一推算，两人相合，适宜婚配。由媒人导行，带上二叔生庚和两挑彩礼送往女方"换庚"。礼物第一挑为肘子和糖果糕点，第二挑为400元聘金、衣料、梳子、篦子、镜子、红棉线。女方只收下第二挑礼物，第一挑礼物悉数奉还，并随送衣、帽、鞋及文房四宝等归礼。

择定婚期后，将婚期帖用大红纸封装好，通过媒人给女方送去，并送行架钱（彩礼）500元和若干份茶食礼品，算是"报期"。

在婚期的头一天"过礼"，两个挑子，放着四十斤猪肉、五十斤大米，还有一只鸡、一只鹅、一包盐、一包茶、两个红蛋、两包水果糖，派人挑到蒋家去。

二叔、小琴到街上去照了黑白结婚照，带着喜糖喜烟到公社扯（领）了结婚证。小琴在法律意义上正式成了我的"蒋二妈"。

小琴出嫁的头一天，不断有长辈来"添箱"，送上缎面或印花铺盖、床单、枕巾、洗脸盆、暖水瓶等贺礼。帮忙的几个妇女，在白布裹单上摆好棉絮，将缎面或印花铺盖布置于棉絮之上，折角引线，缝好四方。

父母长寿、儿女有四个的一位妇女为小琴扯脸上梳，用男方送来的红棉线把脸上的汗毛绞掉,扯去额角汗毛,用红鸡蛋在脸上来回滚动。然后,磕破红蛋,用蛋清洗脸。

晚上,花筵酒结束后,小琴由两个女傧相搀扶,腿略弯曲,上身微倾,在堂屋拜祖宗、拜爹娘、拜亲戚。当面受拜者都往拜席上丢钱,母亲将给的钱拾起放入女儿的衣箱四角,作为"压箱钱"。

拜完香火,两个女傧相手执烛台把新姑娘小琴扶到堂屋,并在三张木方桌镶成的歌台上方居中坐下。桌上摆着糖果、花生、干盐菜、倒扑坛洋姜、茶水。小琴面前放着一面圆镜,证明自己不是未婚先孕的"四眼人",不怕照。其他男女老少围着歌台坐下,屋里水泄不通。

坐定后,众人先齐唱,接着一个女傧相唱起"起头歌"。女傧相唱完,小琴开始哭嫁,她哭道:"四季豆豆开白花哟,背时媒人夸亲家哟。你说亲家猪圈大哟,喂个猪儿喂不下哟。"唱着唱着,歌者自然分成了两派,开始拉歌,双方都挑最短的歌来唱,像《刘三姐》里的山歌、毛主席语录歌,歌声此起彼伏。十一点了,大家兴致还很高,小琴叔娘拉了一下小琴衣襟,暗示差不多了。小琴唱起谢父母歌:"一谢父母多辛苦,趁早摸黑盘大奴。奴今要舍父母去,怎不叫奴落泪珠。二唱父母心地好,自己喝稀干留到。干的拿给奴家吃,肥足树苗长得高。三唱父母心地善,父母恩情高如山。如今难舍父母去,叫奴怎不泪涟涟。"小琴爸妈掏出钱来作为女儿的送行礼。小琴叔娘把我们眼巴巴地望了一夜的水果糖和花生散发后,唱起了嘱咐歌:"三朵菊花一起开,姐姐出嫁要勤快,勤煮饭来勤炒菜,服侍公婆理正该,侄男侄女宽心待。"女傧相唱起扫堂歌:"竹叶青来柳叶黄,撒把柳叶扫歌堂。"宣告坐歌堂结束。

第二天早上八点左右,二叔身穿蓝色军干服,脚穿小琴亲手做的布鞋,在头发上抹了头油,与抬行架的、担挑子的、由未婚姑娘组成的秧歌队,一起到小琴家去迎亲。小琴家前的石头地坝上摆满了准备好的陪奁,任人参观。

席毕,双方的秧歌队分坐两边,唱了一阵歌后,迎亲送亲队伍开始集结。随着两只红烛插在堂屋桌上的香炉里,只见小琴穿着格子衣、黑色的确良(涤纶)裤子,梳着大辫子,由女傧相扶着跨出大门,头也不回地来到秧歌队中,正式发亲了。二叔将糖果四处抛撒,让大家哄抢,借以脱身。

抬行架的、担挑子的先出发。千担缠着红线,抬着床、柜子、桌子板凳;挑子贴着红纸,上面放着一铺一盖一箱子,下面的箩筐里装着小件。二叔、小琴与秧歌队慢慢跟上。送亲的四男四女,都是蒋家的上等亲戚。小琴的弟弟押轿殿后。由于两家相隔不足一里地,队伍要往街上和邻村转一大圈才到新郎家。

我弟弟的门牙掉了两颗,几年不长新牙,都快十岁了,怪不好看,家里人很着急。老一辈人相信,让新姑娘摸一下就会很快长出新牙。婆婆拉着他在进院子的路上把小琴拦下，请她摸一下弟弟的缺牙处。摸过后，弟弟鞠躬说了声"谢谢二妈"，虽说平时大家都很熟，她的脸还是红了。

十点多钟，父母在堂、儿女双全的曹表娘开始铺床，箴席下面放了竹格蔸、核桃、花生、石榴，席子上撒上了红枣、花生以及硬币。她一边铺床一边说"铺床铺床，儿孙满堂，先生贵子，后生女郎……"铺完后退到门外站着，又说"铺得好铺得快，生起娃娃才好带"。接着，两个乖娃娃滚床，横滚竖翻。二叔的母亲给曹表娘和小孩发了小礼信（红包）。

迎亲队伍快到二叔家门口时，鞭炮齐鸣，新郎新娘通过石梯进入堂屋。堂屋门楣上贴着"九畹兰香花并蒂，千树梧碧凤双栖"的大红对联，里墙贴着"天地君亲师位本宅土地神位"。拜天地拜祖宗拜爹娘后，进入新房。二叔满面春风地走出新房接待客人，逢人便散纸烟，边散烟边说"谢谢"。

二叔家竭尽所能"敬治喜筵"。厨房里，案板上的菜肴争奇斗艳，大铁锅上的竹蒸笼整齐叠加，蒸汽缭绕，满院飘香。厨师和打下手的忙着清蒸烧烩和烧火。由于场地的局限，开的流水席，一轮吃了吃二轮。菜品照例是八大碗席：豆豉打底肉髈、冬菜扣肉、粉蒸肉、夹沙肉、芙蓉蛋、米卷子、黄花芋头、酥肉排骨汤，一应俱全。

送亲客最尊贵，必须陪好。男送亲客坐堂屋，女送亲客和押轿娃儿坐厢房。陪男送亲客是重点，也是难点。二叔家请了两个亲戚作陪客，一名教师、一名江华厂的工人，坐在侧座。宴席一开始，陪客绞尽脑汁说好听的，一而再再而三地劝酒。送亲客特别讲究礼节，谨慎接推，得体应对，没有出洋相。

各席都由威望高的长辈当桌长，桌长喊"请"，其他人才能动筷子。每人最多夹两次，便要把筷子放下来，否则，叫吃相差、没教养。

新郎新娘在父母带领下到各桌敬酒，他们杯中是酒是茶，客人并不在意，纷纷表示祝贺。

婚宴结束后，双方秧歌队分坐两边开始唱歌。送亲客集体到新房看望新娘，祝福家和万事兴，然后告别。二叔的父亲逐一发给送亲客扎包，打发押轿娃儿小礼信。

送走送亲客后就在堂屋谢媒。桌上放着四张十元钞票、一块两匹肋骨猪肉（按风俗应是一个猪脑壳）、两瓶酒、两包糖、两盒香烟，随着喊礼先生"谢媒开始"，谢大玉站在桌前，大声说道："一张桌儿四个角（读为 guo），今天好话该我说；一张桌儿四四方，生个儿子到中央；天上下雨地下流，夫妻恩爱到白头……"说一句，主人加一元钱，大致说了近 20 句吉祥话，钱已码（堆）了一大沓，快要垮了似的。喊礼先生宣布谢媒礼成，媒公媒婆在众人赞叹哄笑声中收起钱和礼物离去。

晚饭后，闹洞房。众人将面粉撒在二叔母亲的脑壳上，边撒边问:"咸(读为han)不咸?"直到她大声回答:"不咸,不咸!""腌咸婆婆"才停止。"闹洞房三天不分大小",老表弟兄是主力,个别老辈子也去凑热闹。人们吃着糖果、炒货,围着新郎新娘逗趣、搞笑。先叫新郎新娘坦白恋爱过程,给往外吹气的纸烟点火。接着让新郎新娘过独木桥、吃糖果。只见,一人用细线提着糖果,让新人同时用嘴吃,等两人的嘴都挨到糖果时,猛地往上一提,后面人一拥,两人就接吻了。拿一根长条板凳作独木桥,新人从两头往中间走,走到一起时,新郎只有把新娘抱着转个圈,才能过去。新郎新娘羞涩应对,起哄声、掌声、笑声不断。闹房的人走了,二叔的妈送去一盏灯,说道:"新姑娘来接亮,把灯放在桌子上。今天照的煤油灯,明年添个胖孙孙。"我在隔壁的家里听到二叔说:"赶紧把门关好,免得老表弟兄又转来闹。"哗的一声,门栓上了,不知是二叔关的还是蒋二妈关的。

迎亲的第二天,押轿的弟弟带上礼物接姐姐姐夫"回门"。到家时,二叔将礼信钱交给来迎请的弟弟。岳父岳母及全部送亲客出面迎接,并设酒宴款待。辞行时,娘家回送了双倍礼物。一回院子,一群小孩立即把贴着"喜"字的大门插上了门闩,并高声讨要喜钱。二叔、蒋二妈只好不断往门缝里塞硬币,直到孩子们满意,才进入家门。

(载于《广安日报》2020年1月5日)

岳池的闷热

岳池的夏天，炎热与低压、潮湿搅和在一起，闷热无比。

六点起床，漫步余家河，晨练的人群里老人居多，中青年人大多慵懒地躺在床上。花草树叶干涩涩的，不见露珠，更闻不到隐隐的芳香。疲惫的凉风，伸下舌头，扮个鬼脸，还未让人体验到绸缎般的柔润细腻，便溜了。

早餐，跨过清澈活泼的麻柳河，到老城区进馆子，或吃羊肉米粉，或吃中和豆花，或吃罗渡鼎锅面，吃出一脸汗水。

十点左右，太阳伸出利爪，野蛮而肆无忌惮地炙烤着大地，以显示其强悍的统治力。白色云朵状如鱼鳞，偶尔冒出的几缕乌云——雨的花苞，还未来得及轻颦浅笑，转眼间就被烈日掐掉了。

溽热之浪滚滚翻涌，它用细线和环扣编织出一张大网，撒向漫山遍野，撒向大街小巷，撒向每家每户，撒向旮旮角角，密密实实地罩住，让人无处逃遁，令人喘不过气来。稍微干点体力活或走一段稍远的路，就汗渍渍的，单衫薄裙上映出张牙舞爪的图案。

树木花草被晒得病恹恹的，低眉颔首，不见了叶子鼓浆、花蕾鼓胀、娉娉婷婷的娇媚风情。

树上的蝉拉锯般地呐喊着，想把天空撕破，让它漏雨。鸟儿懒得飞出去觅食，蹲在树上一动不动，没有了叽叽喳喳、咕咕嘎嘎的叫声，没有了高踞枝头、嗖嗖掠过枝头的活力。

黄狗趴在地上吐着舌头，呼哧呼哧地直喘粗气，连叫两声、抖抖毛、晃晃耳朵的兴趣也没有。我心惊胆战地望着它，蹑手蹑脚地通过；它心不在焉地看着我，懒得搭理。

我一下班就急忙回家。提上单位发的防暑药品、清凉饮料，跨出门厅。石梯发着白光，太阳如芒刺背，"冰淇淋——雪糕——"叫卖声不绝于耳，尾音拖得老长。我又犹犹豫豫，趑趄不前了。

下班就"猫"在家里，一杯清茶相伴，几片西瓜解暑。我还是觉得，老家那清亮的银白色的井水更清凉，更甘甜，更解渴，虽然它不用花钱买。我这个习惯穿长裤的人，也顾不得斯文，褪去"华衮"，穿起了短裤，趿拉着拖鞋，光着膀子，可汗水还是直冒。如果会打坐，气沉丹田，眼看鼻尖，摒除杂念，吐纳天地，兴许好些，可我不会打坐。

不想吃大鱼大肉，只想吃点稀饭，喝点绿豆南瓜汤，炒个胡萝卜苦瓜什么的下饭。我最爱吃的是凉拌折耳根。买一两斤刚从田埂野地敲挖出来的野生折耳根，白茎一节一节的，根须伸展，叶片紫红。洗净，掐成段，倒入红油酱醋，添加食盐花椒，放点白糖味精，和些蒜泥姜颗，搅匀滗水，装盘上桌，入口一嚼，咔哧咔哧，脆嫩清香，回味悠长。能否清热解毒、开胃利尿我不知道，吃得特别饱那是确定的。

下午上班路上，脚下的水泥路面蒸腾着热气，近看发白，远看像有一滩一滩的水在晃荡，让人迷糊。放眼望去，道路就像粗糙的缝线，将撕裂的地块缝合起来。密匝匝的电梯公寓有的瘦骨嶙峋，有的膀大腰圆，你推我搡，刻板地开着蜂巢洞穴般的门窗，依稀送来钢筋的赤裸粗粝和混凝土的散漫不羁。真想吼几嗓子，还是憋住没吼，怕被人视为神经病。洒水车有气无力地一边呻吟一边作业，尘土变得老实了，水却被蒸成一帘烟幕。

街边几个四五十岁的搬运工，穿短裤平底凉鞋，背心卷起至胳肢窝，正从货车上扛下袋装水泥，躬背负重，一步一顿，气喘吁吁，汗水不断从古铜色皮肤涌出，只是用搭在肩上的帕子一揩，又继续干。我放缓了脚步，猜想他们胸背上可能汗迹"漫漶"，盐花串串。不曾想，水本是解渴的，此时却成了渴的象征。

好又多超市的出入口，一些老人带着茶杯在那里玩牌、下棋，原来他们是来"蹭"空调的。

晚饭后，花漾城小区的人工喷泉开始运行，水柱俯仰顾盼，水雾缓缓飘散，它的周围总是站满了面带微笑的男男女女、老老少少，顽皮的孩子掬起水洒在脸上，寻找凉爽的慰藉。假山池里，硕大碧绿的荷叶托起几朵含羞待放的荷花，搔首弄姿想把风撩下来，可你围着池子走上几圈，微风不起，波纹不漾，哪来的"风动伴莲香"？莫不是，人和花一样，出发时就迷了路。

夜晚，月光树影斑驳，晕黄的路灯还想把白昼拉长。与几位亲友同事，择陆游广场对面一啤酒摊坐下，摊开尹烧腊，喊来小龙虾、烤串、煮花生、牛皮豆腐干、素菜拼盘之类的，叫老板点一盘蚊香，搂一件啤酒，加一瓶岳池特曲。嘈杂像热情过度的朋友鞍前马后地"侍候"着你，只好混迹其中。推杯换盏间，豪情万丈，乱侃胡诌，斗胆说些别人不敢说但自己不吐不快的话，抢着说些平时不方便说现在又忍不住的话。桌上不时有人撺掇"吹了！"用牙咬开瓶盖，雪白酒沫喷溢而出，瓶与瓶碰撞间，一仰脖子，咕咚咕咚，好几瓶冰镇啤酒灌进胃里，禁不住还打个嗝。烟头红光明灭，起哄鼓噪不断，喝白酒的一口吞下一大杯，足有一两五，摇头，皱眉，往嘴里扇风，仿佛干辣椒籽沾在他喉咙上不得解脱，火苗在他腹中燃烧似的。酒友们眼神迷醉，有点"花看半开，酒饮微醺"的感觉了。回家吧。远处火车发出的汽笛声沉闷而悠长，牛叫似的。没有青蛙"呱呱"叫，没有蜻蜓款款飞。广场舞者收起摇摆，成群散开，意犹未尽地回家了。

家里早已没有了蒲扇，电扇搅出的风也是热的。躺在凉席上，强闭双目，大脑晕乎，身子翻来覆去像烙大饼似的，睡不着。爬起来，用湿毛巾抹脸，用冷水淋身，这些都不管用时，被困住的肉体只好接受空调枯燥的清凉。此时，不由得想起了小时候四肢八叉地躺在篾席上、凉床棍上露天纳凉的自由和舒服。

很多天未下雨了。人们盼望天公发顿脾气，让蛰伏的雷电张牙舞爪，让瓢泼的雨水浇个透心凉，却又屡屡对雨失望。

为了撵走闷热，会游泳的人、不会游泳的人纷纷涌向泳池，脱去衣裤，挣脱束缚，抱起放纵，"扑通扑通"跳进水里，有的双腿伸缩，蹬得水花四溅，有的胡乱扑腾，如"狗刨骚"，有的套着游泳圈恣意迎浪戏水。天与池成了彼此的倒影，玉臂藕腿、铜背银胸被放大着扭曲着，夹在上下两重天空之间。独自坐在沙滩椅上的我，竟"噗"地笑出声来，小时候光着屁股骑在牛背上颤巍巍浮行堰塘多刺激呀，跟小伙伴们齐扎猛子打水仗多有野趣呀。看来，记忆是风干不了的。

年龄大的、体弱多病的、有钱的、赋闲的，纷纷向北方向水边向山上转移，有到东北、内蒙古的，有到丽江、大理的，

岁月漫忆

有到雅安、宜宾的，有到峨眉山、青城山的，有到武隆、黄水的，人们在那里拥抱清凉，寄情山水。

"天地不仁，以万物为刍狗。"我们何不依物随形，从容不迫，去享受大自然的馈赠呢？此种境界，余虽未能至，然心向往之。

（载于《广安文艺》2021年第4期）

岁月漫忆

回首穿着

光阴荏苒，岁月峥嵘，我也快满六十了。然而，我对穿的记忆，像胎记一样，抹也抹不掉。

二十世纪六七十年代，家里普遍贫穷，填饱肚子都很难，穿着"新三年，旧三年，缝缝补补又三年"，除了草绿色军装、劳动布工装，衣服基本为黑、灰、蓝三色。

仅有的几件衣服一年穿到头。在冷得牙关直颤的冬天，没有专门的里衣（内衣）穿，直接穿棉衣棉裤，戏称"挂空挡"。衣服的膝盖、手肘和屁股处补丁摞补丁。

衣服不合身了就传给弟弟妹妹穿，外当面穿旧了就翻里当面，即使连补的价值都没有了，仍舍不得扔掉，拆成布片用来补疤或打布壳（打袼褙）。

衣裤破了，母亲便在麻篮找出一块颜色相近的旧布，剪出能覆盖破损洞缝大小的布片，折叠边角后，穿针引线，一次穿不过，就用嘴打湿一下线，使线变细、变直、变尖，最后把衣服补得平平整整。不被明显看出来就算补了一个好疤。这与后来小年轻在新裤子的臀部扎两个蝴蝶形补疤不可相提并论，前者是不得已而为之，后者纯粹为了标新立异。

农闲时节，母亲拿出平时积攒的碎布片，用面粉熬制出浆糊，开始打布壳。大张的旧布打底，碎布块层层拼接粘贴，贴三四层后，又用大块的布粘盖住。布壳打好后，在阴凉通风处阴干。

母亲晚上点着煤油灯（当时没有电灯）纺棉线。她坐在纺车前，右手摇车，左手用拇指食指和中指握住棉条往外均匀地抽送，右手稍微倒转一下，左手中抽出的线就快速缠绕在线轴上，渐渐变成纺锤形。纺出的纱线送到三溪公社一个姓蒋的老太婆处织布。只见她双脚轮番踩踏板，拉动牵绳，迎灌梭子，那个枣红色的木梭犹如一条小鱼似的，来回游动，把纬线扎进经线中，形成布卷。粗棉布漂泊、染色后，用来缝衣做被。

年成好时，过年前要在家过一天裁缝。一次，父亲带我到供销社去扯布，他通过眼看手摸选定了阴丹布、卡其布、细花布，营业员用木尺量好尺寸，持剪刀在布边上剪一小豁口，拽住两角，展臂奋力一扯，"吱吱吱"，布断开，折叠好，递给父亲，接过布票和钱。

我最喜欢那竖着一道道绒条的灯芯绒，它锁温保暖好看，可家里买不起，只能望"绒"兴叹。参加工作后，我先后买了多件灯芯绒衣裤，慢慢享受长时间压抑后喷涌的快感。

裁缝师傅用背兜背来一架蝴蝶牌脚踏缝纫机，一个炭熨斗，还有剪刀、直尺、软尺、画粉什么的。

师傅用软尺给小孩量身形尺寸时，叫我们抬头、挺胸、伸臂、收臀。父母叮嘱师傅做宽松些，保证明后年穿着不显小。

衣服的样式很单调，母亲做偏襟上衣，在腋窝处开襟，右衽宽大，左衽窄小，蜻蜓状布花扣通过腋下。父亲做军干服，四个胸挖袋，袋盖暗扣，单排五粒胶木纽扣。小孩儿做开裆裤，大孩子的衣服有几粒黑扣子，两个明兜儿，说不上是什么样式。

师傅在案板（饭桌上铺旧布）上执粉画线，"咔嚓咔嚓"裁剪，脚踩缝纫机踏板，手拉布料"嗒嗒嗒"地通过缝纫机压脚，锁边钉纽扣，衣服做成。用一块湿布盖在新衣上面，用炭熨斗在湿布上熨烫。马上试穿，看是否熨帖合身，是否断线开缝。扯扯边，转转圈，那个满足哇，别提多开心了。

试穿后，新衣服就锁进木箱里。

大年初一清早，从床上一骨碌爬起来，迫不及待地穿上新衣，咧嘴笑着，在小伙伴面前显摆一番。穿新衣走人户（走亲戚），神清气爽的，脏了都不愿脱下。到现在，我买了新衣服仍不舍得马上穿，关键时候才拿出来穿，也许是童年时的烙痕已深入骨髓，习惯成自然吧。

我初中同班同学吴某，其父在供销社卖化肥，穿过用尿素包装袋（尼龙做的）做的衣服，洁白、抖擞、亮丽。

有一种合成纤维布叫"的确良"，它挺括不皱、鲜亮滑爽、不缩水、耐磨。若穿一件的确良衬衣，戴一块上海牌手表，推一辆凤凰牌自行车，就能征服一方老少，包括特别讲究打扮的下乡知青。

成年男性大多系人造革棕色腰带，两头的银白色金属扣互扣，一头铸有五角星。妇女儿童的裤腰带一般用布绳、尼龙绳或缩筋带。

男性大都戴解放帽、栽绒帽、鸭舌帽，女性戴布帽、毛线帽，遮阳保暖。

无钱买胶鞋、筒靴，雨天便只有打赤脚，踩着粪便、污水之类的脏物，脚板就长肥疙瘩，瘙痒、灼热、胀痛甚至糜烂。

老百姓常说"穿钉鞋，拄拐棍，把稳着实。"我见二叔穿过钉鞋，他说，将鞋底鞋面用桐油浸泡后晾干，反复多次，产生防裂和防水效果，然后在鞋底钉上十多颗蘑菇状的铁钉，钉鞋就做成了。我没有钉鞋可穿，久雨路滑时，就将细草索捆在脚板上防滑，双脚冻得锥心痛，长的冻疮冷时疼热时痒。

壮劳力挑担常穿草鞋。鞋底由稻草或麻丝编成，用麻绳将伸出的鼻子、前耳子、腰耳子与后跟连起来。草鞋穿起来柔软轻巧，透气防滑。下雨天干农活，披蓑衣戴撩撩壳（斗笠）。蓑衣用棕皮丝编织而成，撩撩壳用竹篾夹竹叶编织而成，呈圆顶形。夏天穿塑料凉鞋，脚趾、脚后跟露在外面，穿裂口了，就用烧红的铁片插入裂口处，待塑料融化后抽出铁片，使劲捏合在一起。家境好的，冬天穿一双翻毛牛皮"大头鞋"，里面有羊毛，保暖效果很好。

母亲做布鞋很在行。用纸沿鞋底剪出样儿，再按样儿剪出多层布壳叠积粘合，在底面蒙上白粗布，鞋底（千层底）雏形就成了。

打鞋底时，母亲右手中指戴个有细槽的"抵手"（顶针），将针头在头发上轻轻一蹭（沾上头油使针尖更润滑），先沿着鞋底边缘用细麻线走一圈，再纳圈内部分。粗针带着细麻线穿过去，拉紧，有时用牙齿咬住麻线拽。遇到针不容易穿过时，就用尖嘴钳夹住针身一拉，或用顶针将针屁股往前顶。不留神针刺伤手指时，赶紧用嘴吮吸一下止血。针法也不复杂，一面是"•"一面是"×"，厚实紧密，线脚均匀。

用黑布做鞋面，用旧花布做里布，中间夹一张布壳，再用白布条滚边包口，鞋帮儿就做好了。鞋帮儿有时加两块"松紧"（弹力带），穿来更方便更伏贴。接下来是绱鞋，把鞋帮的底边往里折叠缝在鞋底。最后，用嘴往鞋里喷点水，把布条或棉花灌进鞋中扎紧，鞋撑得饱满圆鼓。一两天后取出填充物，鞋子就可以穿了。

我特别喜欢母亲做的高帮抱鸡母棉鞋，鞋面中央凸一棱，形如抱鸡母之头。

穿皮鞋的，穿旧了也不舍得丢，还要修补好继续穿。

皮鞋底磨损得厉害，就要垫底。修鞋匠取出一块厚厚的旧胶皮或汽车外轮胎，根据鞋底磨损斜度削成一个斜坡，放在薄的地方，正好把鞋底垫平，用铁锉打磨出细纹，涂上胶水，晾干，将铁脚伸入鞋内作墩子，钉合胶皮与鞋底，将鞋放在膝盖上，用片刀把多余的胶皮切掉，让胶皮和鞋掌浑然一体。

为了让皮鞋底经久耐用，就将皮鞋钉上铁掌（形如马掌），走在石板路、水泥路上，哐嚓哐嚓地响。

随着改革开放的推进，商品经济大发展，人们的衣着由"穿暖"向"穿美"转变，由"趋同化"向"多样化"转变，由"一衣多季"向"一季多衣"转变，由"请裁缝做"向"上商场买"转变。品牌、时尚、个性成为服装的三大决定性因素。

纯棉、纯毛、真丝绸缎、真皮等高档面料变得常见，正装、休闲装、运动装有了明显的场合分工。

西装、旗袍、唐装、吊带装、露脐装、透视装、风衣、T恤衫、夹克衫、羽绒服、皮鞋（靴）、高跟鞋、运动鞋等悉数登场，让我有"乡下人进城，看得眼都疼"之感。

那旗袍，最吸引人眼球，竖领、盘扣、无袖、开衩，颜色、花纹大气精巧。女士着一袭旗袍，勾勒出玲珑曲线，尽显东方女性含蓄温柔、妩媚灵动和优雅矜持之美。男士穿"补丁"西装蔚然成风，在手肘处缝一块不同颜色的椭圆形布，展现出独特魅力。"外短里长"穿法也悄然兴起，打破了穿衣的常规。

二十世纪八十年代初，男性流行穿喇叭裤，戴一副有进口标志的蛤蟆镜，女性流行穿蝙蝠衫和裙裤。喇叭裤裤裆浅、臀部紧、膝部窄、裤脚宽大，形似喇叭。当时学校视喇叭裤为奇装异服，不准穿者进校。记得岳池中学的田存真老师曾拿着剪刀站在校门边，看那架势分明就是谁敢穿喇叭裤进校就把谁的裤子剪破，这么做威慑作用挺大的，还真没人敢穿着喇叭裤来。蝙蝠衫袖幅出奇宽大，配上健美裤，上宽下窄，上松下紧，这种有冲突感的搭配成为时髦女青年的最爱。裙裤有下裆，下口放宽，外似裙内是裤，实用洋气时尚。

就读南充师范院时，男生时兴穿军大衣，有的领子上还缀了一匹栗色的人工毛领，女生时兴穿麦尔登大衣，也有穿连衣裙的，小V领、泡泡袖、微束腰、大裙摆，美艳不可方物。大家穿得几乎一模一样，却没有"撞衫"的顾虑，依然青春逼人。我见同寝室的一个杨姓同学穿过"假领子"，穿着外套时，露出的衣领部分完全与衬衣相同，但外套一脱，除了肩上那块布，里面只有几根带子悬着。或许爱美与虚荣从来就是纠缠在一起的吧。

我非澄澈无染之辈，也有虚荣显摆之时。二十世纪八十年代中后期，我在阿坝师专教书，请岳池服装厂一位姓黄的师傅做了一套毛蓝色的毛料中山装，立翻领，四个贴袋，笔架形袋盖，扣好扣子和领钩，在衣服左边的上袋里别支黑色钢笔，配上黑色系带皮鞋，派头十足。买过一件藏青色呢子大衣，围一条深灰色格子围巾，飘逸潇洒，走一路就吸引一路人的目光。

九十年代，牛仔裤风靡一时，真有"地无分南北，年无分老幼"的盛况。什么镂空的、磨洞的、撕裂的、抽须的、拼贴的、绣花的、漆痕的、染色的，不一而足，颇能彰显个性，但因自己腿型差，我从未穿过。

织毛衣、绣鞋垫是那时女性的两项基本手工活。

妻子给我织了三件毛衣，有圆领的，有高领的，有桃儿领（鸡心领）的。见她先后用过竹针、不锈钢单针、不锈钢环形针。买来毛线，撑线，缠线球，起针，平针，反针，串花，不断挂线、划弧绕线、收衣边、锁袖口、挑领子，织成的毛衣针脚细密、均匀平整，菱格纹、麻花纹等图案整齐而有浮雕感。她给自己织了一件松垮的大翻领粗棒针毛衣，配上裙子和高跟鞋，娴静绰约。她还给家里人钩过鞋子和帽子，挺漂亮的。

母亲一直给我做鞋垫，直至弃养。她用布壳按脚的大小形状定码定样，正反面蒙几层布，表面蒙一层新布。用圆珠笔在垫上画格起稿，用彩色线疏密有致地走针，花、鸟、字，图案栩栩如生，最后用白布条锁边。绣花鞋垫穿着透气保暖，吸汗防臭，还有按摩作用。"慈母手中线，游子身上衣"，没有念过书的母亲为子女辛苦操劳了一辈子，每忆先慈，泪水涟涟。

  社会进步，日新月异，人民乐享发展成果。我不由得想起了清代名臣张廷玉在《澄怀园语》中的一段话："人生乐事，如宫室之美，妻妾之奉，服饰之鲜华，饮馔之丰洁，声技之靡丽，其为适意皆在外者也，而心之乐不乐不与焉。惟有安分循理，不愧不怍，梦魂恬适，神气安闲，斯为吾心之真乐。"

（载于《广安文艺》2022年第2期）

岁月漫忆

儿时过年

"爆竹声中一岁除,春风送暖入屠苏。千门万户曈曈日,总把新桃换旧符。"这是王安石笔下的春节。春节,俗称"过年"。龙年出生的我,总忘不了儿时过年。因为过年有好吃的,有新衣服穿,有压岁钱收,有火炮放,有仪式感。

一进腊月,孩子们就掰着手指头数还有多少天就要过年了。"胡萝卜,抿抿甜,看到看到要过年,娃儿要吃嘎儿(肉),老汉儿没得钱"的童谣开始唱起来了。

改革开放前,每到这个节骨眼,父母总是愁容满面,回家数数积攒的钱,清点剩下的肉票、布票、酒票、糖票,精心构思如何熬过这个"年"。

年景好时,可以找裁缝制新衣。拿出

土白布和凭布票买回的阴丹布、卡其布、细花布，给家人各制一套新衣服。母亲做偏襟上衣，父亲做军干服，弟弟做开裆裤，我的衣服上有几粒黑扣子，两个无盖的兜儿，说不上是什么样式。母亲用厚纸或笋壳叶剪出鞋底样儿，打鞋底，做鞋帮儿，绱鞋，每人都有了一双布鞋。试穿后，锁进箱子里。

包产到组后，邻居间预约好时间，依次杀年猪。那时的猪，吃的粮食、青饲料、野草，没喂混合饲料，养殖时间都在十个月以上，猪大膘肥，吃起来瘦肉质地细腻、肥肉醇香可口。

将肥猪从猪圈里拖拽出来，按在石板上，猪撕心裂肺地尖叫着。屠夫取下叼在嘴里的尖刀朝猪颈部捅进去，抽刀放血，肥猪"嗷——嗷——"嚎叫几声，腿抽搐几下，便彻底咽了气。屠夫用剔骨尖刀，先在猪后蹄割开一道小口儿，把捅条插进去抽出来，嵌进一根竹管。肺活量大的扯住猪脚皮，鼓着腮帮子往里吹气。拿一根短粗的木棍，在猪身上砰砰地捶打，只见气流在猪皮和肥肉间缓缓蠕动，吹得四个猪蹄子慢慢伸直，肚子胀成大鼓状。用一根细麻绳，紧紧扎住猪蹄上的气孔，不让漏气。圆滚滚的猪体被掀进开水大锅，再用瓢舀起沸水往上浇，浇透后就"唰、唰、唰"地刨猪毛，猪被刨得白生生的，看起来肉滚滚的。将猪挂在树杈上，一开膛破肚，"下水"破腹而出，冒着白气。接下来是剔骨、分割，肉啊内脏啊油啊，分类丢进箩筐或背筐。边油、脚油尤其金贵，下年做饭的油料就靠它了。

杀了猪要邀请同族、长辈、亲朋好友过来聚餐，叫做"吃疱汤"，主要吃猪血、猪肝、猪心肺、猪大肠、精瘦肉，猪头、猪尾巴留着过年、元宵节吃。

农村普遍要做腊肉、灌香肠。将肥瘦相间的肉划成四五斤一块的，在瓦缸里用盐腌制一周左右，取出，洗净，晾干，穿绳，将肉挂在灶屋的房梁上，用柴加柏树丫点燃后的烟慢慢地熏，直至色泽金黄乃成。灌香肠时，将猪小肠清洗干净，刮得削薄透亮。肠口用小竹筒撑成透明的圆柱形，将拌了食盐、海椒面、胡椒粉、料酒、五香粉的肥瘦肉条灌入肠内，用筷子塞紧，每五六寸系为一截。结束时，用针在肠壁上刺扎，排出空气。香肠灌好晾干后，与腊肉一起熏制。

春节时还要到街上买春联。对子摊排了一大堆人，每个摊一张方桌，桌上一堆裁成条状的红纸，几支型号不一的毛笔，一碗墨汁，一支笔，一把镇尺。摊后挂有已写好的对联。摊主与买者商定内容和字体后，择红纸、叠格、倒墨、挽袖举笔、蘸墨运腕，楷书、魏碑、隶书、行书跃然纸上。一副副对联墨迹未干，就被帮着牵纸者买走。一切都是那么自然，丝毫没有逞才炫学之感。拿回家，刷上浆糊或米汤，贴好，刷平。

放鸭人也准备回家过年了。头天还看见放鸭人站在田坎上，手执长长的斑竹竿，竿子顶端套一牛骨头鸭嘴壳形勺子，撮泥巴惩戒跑得太远或落后太多的鸭子。天黑前，将几百只鸭子吆进竹篱笆围成的圈舍过夜。晚上，睡在可伸缩的拱桥形竹木棚里，棚顶用薄膜和簽叶覆盖。第二天上午，鸭棚子忽然不见了，只有一片鸭粪和几坨支锅煮饭的石头。

腊月十六"倒牙"，总要想办法搞点肉吃，打个牙祭。据老人们说，这天是商店老板付清雇员工钱的最后期限。如果老板说："今年你辛苦了，明年他方发财。"那就表示明年你不用来上班了。店铺亦从这日开始催讨欠账，贴出"年关在迩，请销台账"的告示，销一个钩一个。

腊月二十三，祭灶王爷，把灶头打扫干净，点上香烛，摆上祭品，在锅中放一盏菜油灯，为灶王爷照路，让它"上天言好事，下界保平安"。祭灶王爷标志着进入年节了。

腊月二十四"打扬尘"，对室内外进行彻底大扫除。父亲戴起帽子，披上蓑衣，把房顶、房梁、墙壁、窗户上的蜘蛛网、灰尘刷掉，用锄头"起阳沟"；母亲带着我们几姊妹清洗器皿厨具、换洗床单被褥。

腊月二十五，推磨做豆腐。先将黄豆提前用清冽的井水泡胀了，随着推磨人身体有节奏地前倾后仰，吊着的"丁"字形磨荡钩一推一拉，磨扇匀速转动，声如闷雷，喂进磨眼里的豆子被咀嚼成了乳白色的粗浆，流进石磨下的大桶里。将一块粗纱布的四个角分别系在木制十字架的四端，将粗浆倒入纱布包内，斜正摇晃，豆浆便从纱布中沥出，漏入瓦缸内。豆浆入锅，大火熬煮直至沸腾，用盛有胆巴水的汤瓢缓慢地绕圈搅动，豆浆与胆巴水"交流"，修道成仙，不停翻腾出丝丝白花儿，又结成块状。在大筲箕里铺上滤帕布，舀入豆腐花，纱布从四方折过来覆盖住豆腐花，上面放一块木板，木板上面压一块石头，窨水慢慢往外流。揭开纱布，就是一大块嫩滑白净的豆腐。

家家户户打水粑粑。将糯米混点黏米，用水泡胀，反复搓洗，适当加水，用石磨磨出细腻滑润的粉浆，装满白布袋，扎紧袋口，吊干水分，变成粉团。

腊月二十八左右，男朋友要接女朋友到家过年，路上男前女后，隔一段距离。正月初三左右要送女朋友回家，打发她一节布料，几元钱。

年末的两三天，叔伯弟兄一家一家轮着请吃团年饭。团年饭照例安排在中午，川东一带都这样。

吃团年饭有基本的程序和仪式。

长者率领大娃细崽，带上四四方方的"刀头"、酒、水果，到祖坟边供祭，烧纸钱，放火炮，三鞠躬，祈求祖先的神灵保佑。回家后，在神龛前"供老人"，点香烛，焚纸钱，跪地磕头，请逝去的先人回来过年。

在大门前的院坝里放火炮。为了减震，有的捂着耳朵，有的张大嘴巴。

这顿一年中最为丰盛的午餐，母亲绞尽脑汁把家人最爱吃的、最拿手的菜凑足十二个，寓意月月红。

　　猪脑壳肉是当然的主菜。用烙铁烫毛根，用菜刀刮油垢，用温水洗净，猪脑壳露出金黄色，与一匹匹包隆叶阔的青菜、一块块皮红肚白的萝卜同锅煮，一是吸油盐，二是取"长青"之意。当筷子能毫不费力地插进肉里时，就起锅拆骨。母亲首先抠出核桃肉（猪脸颊肉）喂到我们嘴里，看到我们狼吞虎咽的样子，可舒心了。鱼和扣肉不可少。鱼象征年年有余。扣肉是专门给婆婆做的，她年龄大了，牙齿又缺。肉皮细嫩，进嘴即化，不用咀嚼。

　　小孩儿负责摆好碗筷、勺子。父亲举杯，讲几句祝福的话。一家人，笑逐颜开，推杯换盏，大快朵颐。这顿饭吃得越久越好，桌上聊些家常事，似乎没说什么，却什么都说了，一时的沉默也令人陶醉。平常稀罕的白米"干饭"自然管够，缕缕饭香中透出浓浓的家的味道。

　　腊月三十早晨，家家户户会把瓦缸、石缸里的陈水舀干，清洗干净，挑水装满，寓意新的一年家旺财满。

　　三十下午，家家户户贴上"春回大地风光好；福满人间喜事多""天增岁月人增寿；春满乾坤福满门"之类的对联，贴上"福"字。也有在大门上贴门神的，左神荼，右郁垒，以避鬼驱邪，祈祥纳福。

　　用沙子炒好胡豆、豌豆、黄豆、红苕干、葵花籽。

爆米花由师傅进院加工。将玉米或大米装在爆米花机的大圆肚密封罐里，罐上有气压表，罐下是一个专用煤炉。一边拉风箱一边摇转罐体，压力达到一定程度，师傅将高压铁罐卸下，用套筒将开口阀门一扳，"砰"的一声巨响，一团白烟升腾而起，白花花的爆米花便装满了麻布口袋，抓一颗丢进嘴里，轻轻一嚼，又酥又脆。

家里没有炒过花生过年，因为队上的土质不带沙性，种不了花生，要想吃得靠买。为了吃花生，我可守过嘴。一个腊月三十的下午，邻居一家人围着饭桌吃炒花生，我坐在他家的门槛上眼巴巴地望着。看他们，用手指一捻，壳剥掉了，用嘴一吹，果衣飞了，露出白里透黄的果仁儿，一瓣一瓣地送进嘴里。馋嘴的我，一股股口水从双颊涌出，真希望他们散（送）一颗给我吃，可未能如愿，只好悻悻离开。

川东这片不重视年夜饭，晚餐凑合即可。

晚饭后，拿出从残渣中淘到的没有爆炸的"瞎炮"，一颗一颗地抛到空中放，甚至插在牛粪里放，比谁的声音响、威力大。后来也买过擦炮、甩炮、冲天炮、魔术弹，玩得可"嗨"了。

被叫回家后，把脚板洗干净，期盼来年不缺吃。母亲特别交代，大年初一忌扫地、汲水、做针线、用刀剪、倒粪秽、说不吉利话，更不能打烂东西，如果打烂了，要说"碎碎（岁岁）平安"。一家人围炉夜话，东扯葫芦西拉瓢，想到哪儿就说到哪儿。实在睁不开眼了，躺上床，一会儿就睡着了，脸上带着甜甜的笑意。

子时家家户户放火炮"出天星"，"噼噼啪啪"的声音不绝于耳，祈求新年红红火火。

大年初一天一亮，父亲从木箱里拿出新衣服，我们急不可待地穿上，给父母和本家长辈作揖拜年。长辈边分发压岁钱边说：你们又长大一岁了，要乖！得到的压岁钱少则一两角，多则七八角，很少有上一元的。用小手帕把钱包了一层又一层，放在里衣兜里。

早餐吃汤圆，寓意合家团圆。糯米粉搓成球，无馅儿，加醪糟，放红糖。待汤圆慢慢浮出水面，你挤我我挤你，捞起，汤圆香糯软滑，还带点酒味儿。

碗勺一放下，衣袋装满炒货，就去新场街上"跑初一"。

路上人群络绎不绝，街上人流如织，摩肩接踵。除了买卖货物的，大多数人在闲逛和看稀奇。专门窃取别人钱财的"摸二哥"也夹杂其中，他们兴风作浪，通过推挡、扯衣服角、引起纠纷等手段造成混乱，伺机下手。小摊沿街道两旁摆开，有卖糖果糕点的，有卖农产品的，有卖气球风筝的，有卖针头麻线的，有剃头修面的，有给黑白照片上色的，有画糖画的，有打气球套圈的，有租娃娃书（连环画）的，有算八字的，吆喝声、讨价还价声汇成一片。你付钱他给货，各得其所。

挑战写数字的摊前,摆着若干桌凳,坐满了大大小小的挑战者。每人交挑战费1元,给你一个本子一支笔,不限时间,从1写到500,如果不出现涂改痕迹、重写、漏写、添加,就倒赔你2元。这个赌博游戏,看似简单,其实套路满满,人的注意力高度集中的时间有限,加上环境的嘈杂干扰,挑战者都败下阵来,谁也没有赢到过一分钱。

场口是甘蔗市场。从一捆甘蔗中抽出节匀色黑的,砍成多段,用牙剥开嚼之,一肚子的甜蜜便争先恐后地破壳而出,爽口而化渣。

卖蔗人为了促销,举行划甘蔗比赛,围观者众。参赛者各买一定量的甘蔗,各出一定彩头。先将甘蔗立稳,再将锋利的小弯刀架在甘蔗顶上,手不能再碰甘蔗了。忽然起刀,在空中划个圈,猛地往下划压,谁劈的更长谁赢。如果一刀将整根甘蔗从头劈到尾,卖蔗人不收这根甘蔗的钱,但很少见到。

孩子们拿父母、长辈发给的压岁钱,买甘蔗、糖果、麻花、粑粑饼子吃,买小风车、小气球等玩,脸上都乐开了花。

中午吃面条,寓意福寿绵长。用头几天剩下的荤菜做臊子,加几匹菜叶子。食之,汤味醇香厚实,面条劲道爽滑,伴有丝丝清香。

下午聚在院坝里,小孩玩跳绳、修马路、抽陀螺、踢毽子、扇烟盒、放风筝等游戏,跑啊跳啊,嬉笑着,欢呼着;成人玩甩

二、升级、拱猪、偷十点半、扯马儿、长牌等纸牌游戏,有时加点小彩头。

有一年大年初一,我到县城去玩了一整天。先去逛了百货公司,头顶上不时划拉飞过交款夹子,由于自己身上缺钱无票,未买任何东西,但瞧一瞧、摸一摸商品,也算过了把瘾。后又看了舞狮和玩龙。舞狮的,首尾各一人,头顶彩绘的"狮皮"在"笑和尚"的逗引下,摇头张嘴,翻滚跳跃,妙趣横生。上午玩彩龙,每节由一人操动,协调起舞,旋转翻滚,俨如龙跃。晚上玩火龙,舞动者头戴凉帽,上身赤膊,下穿短裤,手持舞龙棍左右摇摆,伴有花筒喷射,火树银花,十分壮观。

正月初二,开始穿上新衣走人户,探亲戚、回娘屋、见好友。"大小是个情,长短是根棍",走人户不能打"甩手",一般拎上白酒和用糖果、糕点等包成的杂包儿,也有带肉的。一般都是先到外公外婆及舅舅家,再到岳父岳母家、其他长辈家。

为了省钱省事,一般事先约定"过客"时间,一天就把所有客人招待了,叫吃"转转席"。头年死了老人的家庭"烧新年香"排序优先,这与死者为大的风俗有关。还有,带"重孝"的人,千万不要去别人家拜年,否则犯忌。

路上行人,一群一簇的,提着礼信,有说有笑,朝亲戚家走去。小孩跟着成人一路上蹦蹦跳跳、嬉戏打闹、说说笑笑,倒也不觉得漫长。

客人陆续到达，主人边接过礼信边说"走得快，好久都没来耍了！快屋里坐！"敬上纸烟，或递烟叶给客人裹烟卷，帮忙点燃。有的人接了纸烟暂时不抽，把烟夹在耳朵上。主人家的小孩恭恭敬敬地给客人端茶倒水。一会儿，端出醪糟汤圆或鸡蛋汤圆给客人"打腰台"。如果煮出来的汤圆发红发酸，证明粉子已经霉变，还是舍不得扔掉，凑合着吃了。饭桌上，大人们夹一下菜放一下筷子，喝一勺白酒，有滋有味地品咂。喝酒的方式主要有"走圈儿""夹壁头（两人一组喝）""划拳"三种。劝菜、喝酒、聊天，一顿饭可能吃两三个小时。妇女们在一旁不停地劝说自家的男人"别喝了"。饭后吹牛、打牌、下棋。客人急着走的，主人要挽留，"忙啥嘛，就在这里歇（住宿）噻！"客人起身坚持要走，主人就赠给长辈添岁钱，发给小孩压岁钱，送出院子，向客人边挥手边说"慢慢走，二天（以后）来耍！"

正月十五之前结婚的，就婚宴、过客"两锤做一锤打"了。受到邀请的家，在之前所收数额的基础上增加点额度，或加送某种用品，以示人情越来越重。婚宴都是办坝坝席。请来厨管师傅，挑来蒸笼、厨具、碗筷，从街坊邻里借来桌凳，用粉笔在底部写上物主的名字。房屋不够宽的话，就在空场地上搭个棚子作厨房，拆门板作案板。堆砌的土灶上摞着高高的热气腾腾的蒸笼，里面是"八大碗"的菜品，有髈（肘子）、扣肉、酥肉、排骨、粉蒸肉、芙蓉蛋、肉丸子汤或猪蹄汤、卷子等，以新鲜瓜菜、豆芽、杂豆、芋子、萝卜、洋芋、红苕垫底。蒸菜一端上桌，浓郁的鲜香像炸弹在嘴里爆炸开来，清淡中的丰腴在口腔中回荡。木甑子蒸出来的饭，颗颗分明，粒粒饱满。

坐坝坝席有规矩，必须搞醒豁。桌上有"上下左右"的排序，根据辈分、年龄依次入席，各安其座。父子不能坐上席，爷孙反倒可以。坐上席的喊"请"，其他人才能动筷子。坐上席的动筷夹哪碗菜，大家跟着夹那碗菜。晚辈敬长辈酒，酒杯略放低，以示尊敬。

路远的客人要住下来，叫"歇客"。歇客多了，就打地铺或借邻居家住。

上一年结婚的新婚夫妇，在初二这天要拜女方父母，感谢养育之恩。接下来，给亲戚"拜新年"。他们带一封（包）糖，先拜媒人，再拜双方亲戚。一天拜好几家，紧赶慢赶，一直拜到十五，走到哪家吃哪家，还要接打发，钱就是个一元两元的，礼物多是糍粑、面条、粮食。按风俗，他们那封糖任何人都不能收。一圈拜下来，收得"盆满钵满"，够吃一两个月的了。

正月十五，过大年，中午吃猪尾巴。晚上，母亲会从别人家的菜园子扯些蔬菜背回家，父亲告诉我这叫"偷青"，偷到菜意味着要发财，偷到"葱"意味着更聪明，偷到"蒜"意味着更精明。菜被偷了，菜的主人也不开骂。一来大家彼此彼此，心照不宣；二来别人偷你家的菜说明你能干，家里的菜种得好；三来有"元夕偷青以受詈为祥，失者以不詈为吉"的习俗。

中国人躲不开那浓酽撩人的年味儿，春节已如灵魂一样深深扎进肉体里。"有钱没钱，回家过年。"父母和老房子是家的象征。如今，严父慈母见背多年，弟弟已将老川逗房改造成二层楼房，我们几个弟兄姊妹仍然坚持年年回老家过年，只因"家"是内心深处的根。

（载于《岳池文艺》2022 年第 3 期）

岁月漫忆

铭心刻骨的二十七个小时

女儿大学读的音乐教育专业，学得不错，任过副班长，评过三好学生，参加过多次校内外演出和比赛。通过见习、实习，她发现自己对教育不感兴趣，不想当教师。家人普遍的看法是，女性做教师比较好，经济待遇不错，受人尊重，假期又长，对家庭建设尤其对子女教育好处多多。可家人的意见未能改变她的择业倾向，她一心想从事金融工作。

刚好，智联招聘网上发布信息，成都农商银行招聘员工，要求本科及以上学历。女儿在网上报了名，积极备考，顺利地通过了笔试、面试、体检，被安排到双流支行去实习。

为了扩大择业面，找到一份心仪的工

作，女儿还去四川省信用联社（简称"信用社"）星河艺术团进行了自荐。团长和几位老师听她唱了一首《纳西篝火啊哩哩》，弹了一首钢琴曲《婚礼场面舞》，吹了一段萨克斯后，觉得女儿是个多面手，基础不错。之后艺术团来电话通知说拟录取女儿，但编制只能放在成都片区以外的县联社。

可怜天下父母心，一家人坐在一起对女儿的工作作出艰难的选择。我主张取双保险策略，先在信用社入职，如果被成都农商银行正式录取了，放弃一家就行了，不顾此失彼。但女儿认为成都农商银行录取自己已是铁板钉钉了，何必漂泊奔波呢？她坚持放弃信用社的职位。妻子完全同意女儿的意见。二比一，我只好保留意见，虽然觉得她们的选择有些冲动，并不明智。

女儿实习完了，正式录取名单却不见公布。后来才知道，安邦保险公司抓住成都农商银行增资扩股的机会，已成功控股该行，且陆续变更了董事长、人力资源总监、财务总监。

一天上午九点多钟，女儿接到成都农商银行人力资源部电话，通知她当日下午一点半在总行会议室参加再面试。女儿问："参加实习的都要重新面试吗？"对方回答说："研究生不再面试，重点本科不再面试，普通本科学金融学财会的不再面试。"

这对我们无异于晴天霹雳，觉得再面试好像就是针对女儿的，这个职位肯定泡汤了。最被动的是，我们已向外透露女儿考上了成都农商银行，信用社职位又已经放弃，这不成了个扁担无钩两头滑、竹篮打水一场空吗？我和妻子见面时相对无言，脸色极为难看，妻子很后悔没有听我的，生怕我发火。女儿还在西华师大，要赶快送她去成都参加再面试，慢了就来不及了。我们叫上车，借了一套信用社的职业装，在疾驰的车上通知女儿打车到嘉陵高速公路出口会合。

车上气氛沉闷，三人无语。车窗外花在献媚，鸟在聒噪，广告牌失落地耸立着。现实的棱角早已撞碎了女儿的憧憬与梦想，她在懊悔、沮丧和迷茫中潸然泪下。车上弥漫着无可奈何的颓丧气氛。

经过大英后，我猛然想起"从来就没有什么救世主，也不靠神仙皇帝"，觉得怨天尤人唉声叹气是浅薄脆弱无用的，奋力一搏也许还有一线生机。"不要想那么多了，还是赶快商量一下如何应对面试吧。"我态度的骤然转变让她俩的精神为之一振。这场变故强烈地提醒我们，面试肯定会涉及报考成都农商银行的初衷。三人大脑高速运转，奇思妙想迭出，归纳出几条有说服力的理由后，就叫女儿默记并重述了一遍。

紧赶慢赶在一点二十到达了总行。女儿下车时，我拍了一下她的肩膀，用信任的眼神鼓励她。

我们坐在车上百无聊赖地等啊等啊，一直等到四点半左右，看见从楼中出来的考生普遍表情凝重，远远地看见女儿也朝车子走来了。我赶紧问："考得怎么样？出的什么题？"女儿声音颤抖着说，参加再面试的有二十多人，站成三排，考官先让每个人作自我介绍，之后向部分人提了问。考官问她："你学的音乐教育，为什么要报考成都农商银行？"女儿回答道："首先，我喜欢成都，喜欢成都市的大环境；其次，我喜欢金融这个行业，自小受母亲的影响，看到金融工作很考验人、锻炼人，帮助的很多人成了大老板，很有成功感；再次，成都农商银行经营管理和经济效益不错，我愿成为团体中的一员与大家共同打拼；第四，我父亲、母亲在成都及周边有很多工商界的朋友，他们完全可以成为我的客户资源；第五，我学的音乐教育专业，除了搞好金融业务，还可以为公司的文化建设添砖加瓦。"我们静静地听完，顿感女儿答得入情入理，周到缜密。我忽然惊讶起女儿的表达能力了。女儿还说，这个女考官在听自己的回答时一直与她有自然的眼神交流，并多次点头，可能对自己有好感，我的期望似乎有了点依托。

回家的路上，在湛蓝清新的天空下，山体丰腴妩媚，高楼影影绰绰，湖面波光粼粼，林间鸟语花香。

人力资源部通知第二天在网上查询录用结果，可上网查了一上午没有任何消息，一家人开始焦躁不安，一次次满怀希望点开成都农商银行官网"重要公告"栏，一次次带着失望下线。一颗心总是悬着的滋味，无法向外人倾诉，更无法呐喊，纠结的心逐渐变凉了，觉得女儿学历低，专业又不对口，被淘汰的可能性非常大。

　　十二点多钟,女儿从学校打来电话,哽咽着说:"爸爸,我考上了。"我立即追问:"在什么地方看到的?"女儿说:"在人才招聘栏,是一个与我一起见习的男生告诉我的。"我上网一查,录用名单上果真有女儿,就爱怨交加地说了一句:"莽子吔,你真是莽人有莽福哦!"我挂断了电话,心情久久不能平静。女儿又急着把这个好消息告诉了她的母亲,声音还是哽咽的,妻子的心情也久久不能平静。

　　这铭心刻骨的二十七个小时啊!

岁月漫忆

生猪户口历史说

生猪是重要的税源，生猪税在曾经占到过农业大县税收的四分之一左右。

从二十世纪八十年代开始，地方政府为了保证税费收入，在大力发展生猪的同时，加大生猪税费征管力度，建立起了"猪户口"，实行"一村一册、一户一页、一猪一格"的"看槽留税"办法，先交税费后购销宰杀。由村干部或代征员按月登记销号，做到交食品站的猪有收购单，宰的猪有税费票证，出售的架子猪有市管费票，死猪有畜牧站证明。生猪税由税务部门委托乡镇财政所代征。

后又推行"猪户口"制度，实行"养猪上户，宰猪凭票卡结算销户"。生猪采购者缴纳采购环节税收后，相关单位将"生猪出售卡"交给农户。农民卖猪时既要查看采购者的"采购证",又必须主动向采购者索要"出售卡"。肥猪存栏数与猪户口有差距的,视为胁从偷税,除补交税费外,还要依照《税收征管法》规定加倍处以罚款。乡镇基本成立了生猪税费征收"小分队"。

与此配套,对个体屠商鲜销猪肉的生猪,实行定点宰杀。

各地还在出县境的边缘地带设立生猪税费检查站,抽调财政、税务、工商、食品、畜牧等部门人员上路拦车,检查出境生猪的税费和检疫凭证。

按照当时的税收政策,农民和居民宰杀自养肥猪,要征收屠宰税。收购生猪缴纳产品税、城市维护建设税和教育费附加。收购生猪就地宰杀销售,缴纳营业税、城建税、所得税。后来,生猪成了"唐僧肉",生猪税费种类越来越多,标准越调越高,搭车收费严重。到1998年,附着在商品猪上的税费有屠宰税、增值税、个人所得税、城建税、教育附加、交通建设附加、工商市场管理费、防疫费、检验(疫)费、生猪生产技术改进费、骟畜费、保健费、发展基金、生产组织费、个体工商户管理费、服务设施费、消毒费等近20项,一头猪的税费总额可达70元。贩运者通过压低收购价,将本应自己承担的税费负担转嫁给了农民。

县、乡镇层层下达生猪发展和生猪税费征收任务,甚至提出"一心扑在猪身上"的口号。各乡镇将脱产干部的下乡补助、年终奖和村干部误工补贴与生猪出肥任务挂钩，将税务、畜牧、财政部门人员的工资或奖金同完成生猪税费任务挂钩。由于生猪存栏量远远小于任务数，为了完成任务，一些乡镇出现了摊派、预征现象，从没有养猪的农户中收取生猪税费，"按人头"收取生猪税费，按"包地"面积收取生猪税费。

1998年8月，四川省政府发文，禁止向农民收取生猪空头税，不准按人头、田亩和牲畜存栏头数平摊税费，不准向农民下达生猪生产、交售的指令性计划，不准超额征收或搭车加码收费。

2005年后，税务部门根据不同类型的生猪经营、加工者，分别采取查账征收、核定应纳税额征收、定期定额征收、按次征收等方式征收生猪税。

2006年全国统一取消生猪屠宰税，"猪户口"寿终正寝。

（载于《当代县域经济》2023年5月23日）

履痕处处

顾痕处处

县城春晨

闹钟响了，六点了，我将熟睡中的妻子摇醒，打开窗户，呼吸一下雨后的新鲜空气，伸伸臂，扩扩胸，快速地漱口洗脸，喝一杯温水，穿上运动装，"噔噔噔、噔噔噔"地下楼，周围一片宁静。走过热气腾腾的早餐店，走过还未睡醒的酒店，走过长着电子眼的警亭。骑行族一溜烟从身边闪过，没有看清是男是女。一位身材壮硕的大爷搓着健身球，双球在掌心中不停地顺转和逆转，玩技的自然娴熟让我佩服不已。

麻柳河边，轻风拂面，空气夹杂着潮湿的草丛气息和泥土滋味。微雨洗去了花草的尘垢，毛茸茸的叶芽顶着水珠，奋力舒展，活蹦乱跳的。树木青翠欲滴，郁郁葱葱，碧碧的，嫩嫩的。那些娇艳温婉的花，那些含苞待放的花骨朵，红的、紫的、黄的、白的，摇曳多姿，顾盼生辉。鸟儿在枝头上欢快地唱着，蜜蜂在花丛中嗡嗡地叫着，蝴蝶在美丽的花苞上轻悠地飞着。

几位老太婆在引桥洞下面，跟着视频跳着拍拍操，平淡地念着"头头拍拍、肩肩拍拍、头拍肩拍、头肩拍拍……"。我俩在青石板铺就的景观道上慢跑起来，拐弯处，一位老大爷在栏杆上压腿。他先把左腿放在栏杆上，双手缓缓地抱住左脚，然后侧脸贴向小腿，并清晰地数着"49、50、51……"。跑过木栈道，开阔地上一个中年妇女在跳独舞，那身段、神韵、节奏和显旧的舞鞋，无不告诉人们她是一个孤独而高傲的舞者。我们的步伐加快了，收紧腹臀，蹬腿送髋，边跑边用力伸展臂膀，贪婪地呼吸。陆游广场上有几十人在《鸿雁》的伴奏下打太极拳，他们穿着荷叶领、对襟盘扣太极练功服，迈腿抬手，不紧不慢，动作轻柔连贯，如行云流水一般，又藏着几分刚劲。有人在练习太极扇，干净利落，击拍清脆，似春风拂柳，飘逸潇洒。河的对岸，一位跑步的老者光着膀子，衣服围卷在腰上，双臂如机翼般平展，嘴里有节奏有起伏地哼着"嗨哟，嗨哟"，从我的视野中慢慢消失。迎面来了两个少妇，手持狗链，各自遛着金毛犬、泰迪犬。金毛犬昂首阔步地走着，雍容优雅；大头小个儿的泰迪犬迈着细步，高傲自信。推开垂柳，遇到一跑步的同事,他取下"随身听"问道,"跑了几圈了?""刚出来,找个时间喝茶。""好的!"快到安拱桥下,我们已从跑变为走了,瀑布、深潭、水雾让人流连,三四老者伸杆钓着"窜水鱼",虽然一条都还没有上钩,仍然兴致勃勃,他们投鱼饵,抛线,目不转睛地盯着鱼漂,满怀期待。

跨过公路,进入东湖林荫道,沿途是一抹一抹鲜活惹眼的绿。道路两旁的垂柳奇形怪状,要么弓腰弯背,要么前仰后合,要么歪头斜肩,起舞弄影,婀娜多姿。茂密纤细的柳丝在微风的吹动下,不自觉地扭动着小蛮腰,犹如绿色丝带倒映在水中。我想,如果笼上烟雨,那就是一幅美丽的水墨画了。到了亿联广场,一群人在玩陀螺,他们一会儿用左手,一会儿用右手,变换着花样挥鞭抽击陀螺,随着"PIA-PIA-PIA"声,陀螺飞速旋转。一位老大爷"养"着5个陀螺,有杯口大的,有碗口粗的,有木头的,有金属的,还有发光的,累出了一身大汗。出于好奇,我去尝试了一下,几次抽空鞭子,陀螺快站不住了,只好求助老大爷救活它们。走进一段曲径通幽的葡萄架,水泥做的木纹休闲椅上,一位长发男士手握竹笛,吹着悠扬的《乡间小路》,其神情是那么的怡然自得。我驻足倾听,不自觉地跟着哼了起来。一对夫妻模样的中年人跑过来了,男的戴着手臂手机套,女的戴着手腕计步器,边跑边交谈着,额上已汗涔涔的了。西北角的平台上,一个小伙子在练棍术,打、揭、劈、扫、挑、撩……梢把兼用，身棍合一，真有点"棍打一大片"的气势。东湖广场，一群中年妇女跳着广场舞，开合俯仰，扭伸踢踏，时而轻盈飘逸，时而疾速旋转。对面的舞台上，上百名男女成蛇形排列，做着回春医疗保健操，转拍推跳、颠搓抖敲，慢腾腾、颤悠悠的，整齐而又绵软。一号公馆侧边的空地上，几个中年妇女在玩柔力球，迎引拉抛，闪展腾挪，人拍合一，心球合一，看似轻松自在，却个个汗流浃背。文体广场东面，一个方队和着《呼伦贝尔大草原》跳着富有韵律的集体舞，零星几对跳交谊舞的就显得势单力薄了。全民健身路径一侧热闹非凡，人们利用器械或转或扭或蹬或拉或压，等候锻炼的、观看的人也有不少。一位白发老人手握一支特大的毛笔，在小水桶蘸上水后，在水泥地上写着毛泽东的《沁园春·雪》，那柳体字是有些功底的。南面是篮球队、乒乓球队的领地，大家你来我往，血性拼杀，吼声、提醒声、呐喊助威声、喝彩声此起彼伏。奇怪的是，这块地面儿已不见腰鼓队、军鼓队、扇子舞队排练的身影了，腰鼓队的鲜红铮亮，军鼓队的飒爽英姿，扇子舞队的柔美华丽，是很动人养眼的，难道他们"乔迁"了？

路过农贸市场，老伴儿买了点莴笋、茄子、冬瓜等时令蔬菜，称了两斤排骨，提着回家，午餐又该是丰富的。

（载于《岳池文艺》2017年第4期）

履痕处处

余家河公园

一进入余家河公园,满眼的绿色,湿润清新的空气迎面扑来。

盲道携青砖、紫红色磨石腰带漫向远处,引我且走且赏。

不锈钢护栏闪亮滑向远方,亭台轩榭翼然临于岸边,默默地等待人们驻足赏景。

昂首怒放的花,含苞待放的蕾,伸胳膊弄腿的小草,嫩嫩的,绿绿的,有的羞涩地躲在大树下,有的尽情展示姿容。美人蕉,绿色茎干上绽放着硕大的花朵,红的似火,黄的如霞,一片艳色。柳枝初绽新绿,柳丝轻轻飘动,细雨中的垂柳好似出浴少妇水淋淋的长发,相向的柳丛眉目传情。

木棍、钢管搀扶着树干,如风姿绰约的贵妇穿着蓬裙在等待什么。整齐刷白的树干，像一队足球运动员。笔直的银杏树上挂着带霜的小果，似串串香妃葡萄。

小溪的水浅浅的，清清的，镜子般明净，丝绸般柔软，如温顺怕羞的少女。小鸟从水面掠过，溪水被划出一道道优美的弧线。小虫浮上，惹出细碎的鳞纹，静静地滋养着游人的灵性与觉悟。四段各有其景。一段水中有石，清澈透底。一段初狭后阔，芦苇掩映，抽出的紫白色长穗如武士帽顶上的盔缨，威风凛凛。一枝再力花挺水而出，紫堇色的花蕊，特别诱人。丛生的水草，柔曼摇曳，又密又高，犹如一片森林傲立水中。仔细搜寻，不见荷叶荷花，不见荷叶上钻石样的水珠，不见"清水出芙蓉，天然去雕饰"之自然清新。

蝴蝶追逐翻飞，蜜蜂翩翩起舞。一对麻雀在草地上，悠闲地漫步，欢快地跳着，不时地叫着。稀疏的蛙声唤来乡村野趣，蜻蜓张着薄如蝉翼的双翅在水面上盘旋。

青白色石头，如卧虎，似牧童，如乌龟下蛋，似天鹅引吭，横而不乱，怪而有趣，顾盼生辉。石梯、石椅、石凳、石台、石栏杆、石桥，各安其所，各尽其用。"竹君子，石大人，千岁友，四时春"，如果栽上几篷竹子，品茗聊天，岂不更加怡情爽性，平添君子之风？

环形石子按摩道上，承载着颤颤悠悠的脚步。灰色钢架，像帆船，像蝴蝶，像屋檐，像玉蚌开壳，勾起调侃和反思。

园丁持剪修抹定型，默默地，只听见清脆的剪声。

道路曲折层叠，晨练者走的多，跑的少，中老年人多，年轻人少。中年妇女们荡秋千，划旱船，放肆说笑。打太极拳的，抽陀螺的，旁若无人，沉醉其中。滑板少年，戴着头盔，猫腰弓颈，像片风飘行。

林荫道，绿地旁，遛狗者众，什么泰迪、牧羊犬、金毛、吉娃子、拉布拉多、藏獒，尾巴一甩一甩的，还见过一妇女牵着大小三条泰迪的，说是祖孙三代。有敞放的，任狗狂奔乱窜，主人慢悠悠跟在后面；有牵着狗链的，人或前或后；有引着狗在木桩、台阶上行走的，可能为了培养狗的平衡感和自信心。

公园尽头，石质屏风空出一道大门，深处真有洞天吗？

无处不景观，不敢再回头看了，否则就走不出去了。

岳池县城，先有东湖公园，再有余家河公园。前者以水秀取胜，后者以石奇显妙，正所谓"一有多种，二无两般"也。

（载于《广安广播电视报》2018 年第 24 期）

履痕处处

峨眉滨河公园

一个周末，为了带外孙上峨眉山看猴子，夜宿于峨眉山脚下的绥山镇。晚上喝了几杯白酒，头有点晕乎，大地仿佛成了天空，我仿佛成了一朵云。

早上六点，醒了，推窗一看，天色瓷白，云朵如缕，就出去散步，踏过一团团静静敷在地面的路灯光，经过绥山派出所，走进了离住处不远的滨河公园。

公园入口处，小树编成人墙似的篱笆，藤蔓爬上了边坡，几乎把这坡面给蒙住了。紫红色混凝土甬道蜿蜒向前，甬道两边已有稀疏的青苔。

花草野性地长着，密匝匝的，像绿色的浪花奔涌向前，又如美式橄榄球运动员扑叠在一起，也似片片翠绿的地毯。花圃有哑铃形的,有纺锤形的,有太极图形的。紫中带蓝的桔梗花静静开放,低调幽雅,不慕繁华。簇簇杜鹃姹紫嫣红,娇艳欲滴。一些未见过的花,含苞着,蜷缩着,馥郁着。晶莹透亮的露珠随着叶尖荡来荡去,荡来荡去,一不留神,投入芳香泥土的怀抱。星星点点的蘑菇像白色的遮阳伞撑着,未闻蘑菇香,却让我想起了歌曲《采蘑菇的小姑娘》。旁边的水沟流水潺潺,清澈透底,掉下的树叶随波逐流,真想捧起水来喝上一口。

  清新的空气夹着禾草灌木的清香,负氧离子含量极高,深呼吸一下,沁人心脾。树木随意生长着,有的头上结有小荚,像人群饭后的闲聊。有的枝头下含着一个个嫩嫩的小绿芽,脸上挂着满满的憧憬。微风拂过,几片枯黄树叶飘然而下。巨大的棕榈树,干如菜坛,枝叶拼命向外扩张,像争抢地盘似的。有的枝干上寄长着丛丛崖姜,不知是匠心独运还是天工造物。林间,蝉鸣蝶飞,麻雀聚散,蜂叮花瓣,给人动静相生、雍容华贵、风情万种之感。让我失望的是这么大的林子居然不见野果,羞红着脸的没有,青涩光鲜的也没有。河的两边是撑天的杨柳树,枝连理,叶相贴,忘情地拥抱着,互相轻拍着小蛮腰,怪撩人的。从它们面前经过时,宛如在与一群朋友告别。

  平台上有几个小水池,由鹅卵石匡成,水池旁边是六堆特大鹅卵石。风儿将池水皱起细纹,波光盈盈,小鱼儿悠闲地游动着,可能是路人大声说话惊动了它们,尾巴一摇就不见了踪影。

一位着唐装、穿布鞋的老人，神清气爽、步履轻盈地提着两只用布围着的鸟笼，他不慌不忙地将鸟笼分别挂在不同的树上，兴致勃勃地用口技与笼中的画眉对话。

喷泉广场旁的运动区，晨练的人们生龙活虎。打羽毛球的，光着上身，发球，挑后场，高远球、吊球，直线、斜线，啪的一声，"杀"球成功。十二张乒乓球台，男女选手挥拍、防守、抢攻、轻吊、抽"杀"，你来我往，像两边人在互撒白豆。围栏网内的篮球场上，红蓝双方激烈角逐，运球传球，劫球盖球，忽然，蓝方防线被撕破，红方高个子转身跃起投篮，只见球在空中划了一条漂亮的弧线后，空心落在篮筐内。

全民健身路径里，压腰架、推手架、太极推手器、云手转轮、踏步扭腰器、伸腰训练器、上肢牵引器、太空漫步机、单杠等器械吸引着一批男女练力量，练灵活性，练韧性，放松肌肉。练着练着，就少了一个。再练着练着，又少了一个，还有两三个一块走的，留下的越来越少。

走到儿童游乐园处，已近七点，不见一名儿童嬉戏游玩。环顾四周，电梯公寓的窗户已陆续透出银白色、黄色灯光，看来，大多数人已起床了。

平台上，左边有十二个中年妇女上着白色横纹T恤，下穿红色短裙，脚穿白色网鞋，跳着健美操。右边有三四十个老年妇女跟着广场舞视频扭腰、踢腿、旋转，虽然动作不是很整齐，但全神贯注，沉浸其中。一群老汉在《梁祝》曲伴奏下打着四十二式太极拳，动作舒缓而不柔和，也谈不上形神兼备，但愿不是燃烧自己本来不多的生命力。一位男士在训练黑色边牧犬抢飞碟，飞碟一抛出去，边牧犬即顺向快速追去，跳起来准确咬住它，并摇着尾巴叼回来交给主人，主人大方地喂给它馒头，这狗的眼神都变得温柔动情了，换作平时，可能就会亲昵地蹭主人的裤脚吧。

几位老者提着水壶、背着太极剑谈笑风生地走在回家的路上。路边，法式凉亭翼然，曲榭留云，木质美人靠把几位略显疲惫的老人收留了。6根白色罗马柱上顶着铁艺苍穹，插着大大的铁盔缨。钢架雕塑似探戈舞者，既优雅洒脱，又挺拔豪放，大气地捕捞着岁月的流痕。砖混基座上矗立着六面体的木条北欧式风车，传递着中西合璧的信息。

公园外为峨眉河，碧波荡漾，清流亹亹，延绵的山脉、挺拔的高楼、柔软的云朵，倒映河面。河滩乱石多姿，自然而无堆叠之痕。一只白鹭蹑手蹑脚向前走，另一只在安详地觅食，它们忽然展翅，在河上低旋徘徊。

堤岸右侧的土地已被挖得皮开肉绽，坡面上立着的那几朵萧索的白花也会痛彻心扉吧。一对寿斑满面的老夫妻相互搀扶着往前走，"执手"的体贴与温暖令人感动。接着，一名与我年龄相仿的男子推着轮椅车,车上坐着一位瘫痪的老人,头发乱糟糟的。两名穿着保洁服的中年妇女在清扫垃圾,她们偶尔抬起头来,似乎有话要说,终于也没有说什么。两个尼姑穿着灰色素衣,扎着绑腿,端庄而轻盈地从我身边走过。四五个老头儿热烈地争论着,散漫地前行着。我那颗未被鞭笞、不用忏悔的心更加淡定了。狂狷不足慕,"中国式好人"不足慕,世故、乡愿、滑头怎么就让人心安理得了?闲云野鹤多妩媚,笑看人生几多愁。我不由得想起了张贤亮的自述:"看得透,放不下;想得多,办不到。"

"一山有四季,十里不同天"的峨眉山已依稀可见,在那里或许能见到顽皮而又通人性的猴子吧。

(载于《广安广播电视报》2018年第44期)

履痕处处

静雅斋

今年春季开学时,北京师范大学广安实验学校与四川锦和文化有限公司合作,在校园里开设了一个书咖,六百多平方米,起名"静雅斋"。

书咖采取阅读空间、书籍、文具、热饮相结合的经营模式。现代简约装修风格,营造出简单、宁静、低调的环境氛围。这里没有 Wi-Fi,不置电脑,拒绝阅读被检索取代。

它没有气派的门头,没有严实的挡风帘子。LED 柔暖的灯光倾泻下来,温馨地呵护着读者。

门的右侧立着精致的提示牌,上写"静下来,读书吧!"它的旁边是新书信息栏,粗头笔写的字俊秀飘逸。再右边,是热饮、茶水供应处。门的左边是吧台,服务员手持书籍、文具扫码收银。电子监控设备忠诚地履行着卫士的职责。

书咖空间划分为藏书区、阅读区、沙龙区三部分。公共空间开阔，没有局促和压抑感。

藏书区呈环状布局，木质、钢质书架不到2米高，没有直抵屋顶的热情但也不太压抑。书架顶上摆着小盆绿色植物，稀罕的花朵从苍绿中挣扎而出。乖巧的塑料凳子绕书架零散分布。几万册书峰连岭接，错落而不凌乱，工具书、中外名著、名人传记、少儿读物、法律文本、教材教辅一应俱全。书脊牵引着书名和出版单位，等待读者对眸临幸。徜徉在书的海洋里，让我这个自认为读过不少书的知识分子一下子觉得孤陋寡闻起来。粗略一看，既有"四书五经"和《史记》《资治通鉴》《说文解字》《世说新语》《红楼梦》《中国哲学史》《鲁迅选集》《人间词话》《季羡林谈读书治学》《文化苦旅》《曾国藩》《周汝昌序跋集》《学哲学用哲学》《国富论》《文明的冲突》《忏悔录》《汪曾祺散文》《我的生活》《射雕英雄传》《面朝大海，春暖花开》这些老面孔，又有余光中、陈忠实、林清玄、迟子建、毕淑敏、史铁生、高晓松、王朔、余杰、韩寒、唐朝等作家的诗文作品。

所有书刊实行开架式服务，选书者穿梭其间。读者或直立，或斜靠，或端坐，沉浸书中。先浏览序跋，欣赏那些深一脚浅一脚飘忽不定的闲话。再随便翻上几页，细读几段文字，看辞章、义理如何，不入法眼的放回书架，遇到爱不释手的，即使价昂如珠玉花钿,也一咬牙买下来,凭阅读卡打个八折,然后心满意足地带走。看书者小心翼翼,只做笔记,不做记号,生怕留下折痕。忘了带笔记本的,掏出手机迫切地定格一个个精彩的片段,此刻的心情,就像小孩看见一只几乎被他捉着的鸟,生怕鸟儿忽地腾空飞去。时间从指隙潺潺地流去,有人涵泳入迷,而错过了吃饭和就寝时间。

两个新书展台,立体式地展示着一些新书或近期热卖的书,犹如一个个超凡脱俗的模特。

这里的书,任由读者翻阅,即使是加了塑料膜包装的,只要没有赠品,也拆开一两本放在书架上,揭去"名家推荐"腰封,即可试读,没有一般书店"要想看,只能买,买了才能拆"的霸道和刁蛮,善莫大焉。送给它一副对联:"为好书寻找读者;为读者发现好书"。

阅读区摆着30套桌椅,配备了多媒体设备,上午、下午、晚自习都有班级来上阅读课,一拨接着一拨。有时由老师介绍如何选书、读书、用书,用厚实的人生经验和丰湛的人文知识,匡悖谬,开愚蒙,大多数时间是学生阅读老师推荐和自己喜欢的书籍。

穿过学生美术作品展览柜、幼儿立体拼图台,就是沙龙区了。墙上挂着赵绍国校长书写的条幅"志存高远",布艺沙发和木质条桌旁,摆着几十种学校订阅的刊物供阅读。手捧一本心仪之书,如见一泓细微的清流,让文字浸泡自己的灵魂,让书的汁液浇灌自己的心田，让纸的精灵滋润自己的学养、视野与胸襟，从而构建自己丰盈的精神生活。通过肉的专一和灵的傲慢进行光合作用，洗掉浮躁，带来从容、恬淡、雅致、惬意和悠然。这里寂然似入定的高僧，只有书页翻动声、椅子挪动声和偶尔轻微的呷茶声，与外面运动场的活跃、比拼、热闹形成强烈的反差。

口渴了，端起茶杯，看茶叶在水中缓缓舒展。惬意地呷一口，书与茶完美结合，"小火慢炖"中，淡淡文意、缕缕茶香生出一些意趣来。我开始相信，没有茶相伴，不忍翻开书页；没有书相随，喝茶便少了点滋味。

书吧上午九点开门迎迓读者，晚上八点关门打烊。师生路过时，有的无视近在咫尺的花团锦簇，飞红点翠，竟挪不动脚步了，忍不住进去探个头，露个脸，尝个鲜。就这样，老师领着学生读，高学段的领着低学段的读，孩子引来家长读，书香如声波、水纹扩散荡漾开去，愈来愈宽，愈来愈远。

唯美是我的坏毛病。我想，静雅斋里，放点轻缓的音乐怎么样，请来作者开展签售活动怎么样，开办文化讲堂怎么样，备上留言簿怎么样，置一些设计独特的工艺小摆件怎么样，搞一些读书交流分享活动怎么样？

静雅斋，让师生优雅地拥有了自己的"书房"。长夏午寐之余，隆冬雪窗之内，那里始终有一群兴致盎然的读书人。

（载于《广安广播电视报》2018年第43期）

履痕处处

龚滩古镇行

2019年国庆节,几家人去游龚滩古镇。中午在彭水县城郑件洋芋饭庄歇脚,品尝了小米蒸排骨、豆腐烧白、清蒸鲫鱼后,驱车溯乌江而上,于下午五点左右到达小银滩。在这里,有按原貌原物原样复制的龚滩古镇。不管它的,就当作古镇来游吧,魂应该还在。

从停车场出来,放眼一看,公路以上是鳞次栉比的钢筋混凝土建筑,公路下面的斜坡上黑压压的一片石木房屋。

一行人拖着拉杆箱,跨过弯曲的公路,下三台不规则石梯,住进了观景楼客栈。

略作安顿后,每人向客栈老板要了一碗10元钱的咸菜臊子面,就着自带的生花生和白酒饱餐了一顿。

为了帮助消化，我们去酒吧街逛了一圈。这里没有摩肩接踵的人潮，不多的几家酒吧，里面并不嘈杂，只有民谣的原生态释放和吉他手的浅唱低吟，没有丽江酒吧的"嗨"唱喧嚣和千手沸腾。这里俨然孤独人的会所，"所谓孤独就是有的人无话可说，有的话无人可说"就是最好的广告语。不知流浪者酒吧晚上是不是通宵营业，浪花朵朵酒吧是不是艳遇荒岛。

太累了，没有谁提议去参加篝火晚会，跳拍手舞。大家一致同意，回客栈休息。

坐在木质美人靠上，俯瞰古镇，红色檐灯，明暗不一，闪烁晕染，似在招手让河中的过客上岸休憩打尖。

夜里，下起了小雨。"梆梆"的打更声，"天干物燥哦，小心火烛咧"的吆喝声，犹如催眠曲，让疲乏的我们酣然入睡。不知打更人的灯笼是提着的还是腰插竹棍支撑的，敲击物是木质的还是竹质的，很难派上用场的铜质大锣究竟有多大。

一早起来，喝着老鹰茶，凭栏远眺，一片吊脚楼映入眼帘，袅袅炊烟轻飘飘地从屋顶升腾，在峡谷间萦绕，渐渐消散。一群鸟儿呈"人"字阵形摆开，盘旋翻飞，最后向江的那边飞去。对岸群山环抱，绝壁巉崖，古木森森，黛绿逼人，半山腰云蒸雾蔚，如梦如幻。江水清幽缓流，如绿色皱缎铺向远方。船只驶过唤起粼粼水波，引出清脆的篙声和妇人捶捣衣服声。江边，一群学生在写生，他们不断抬头低头，沉浸在观察勾勒中，用白纸和铅笔留住美丽景致。

据记载，明万历年间的大塌方，造成乌江严重堵塞，流急滩险无法通航，货到龚滩必须起岸转运，于是此地逐渐变成一个舟楫列岸、商贾云集、露水情绵、纤夫曲背的繁华码头。

带着期望，沿街寻觅早餐地。吊挂着的草烟、红辣椒、玉米、大蒜、腊肥肠和巴掌大小的鲫鱼随风摇曳，朴实憨厚的老南瓜静静地躺着。挂在墙上、放在地上的花背篓，竹丝细腻，色彩艳丽，花纹丰富，方圆凹凸，造型别致。我们走进一家布招牌餐馆，点了拇指宽的董氏手工碱面、顶部点缀着红米的糯米包子、绿豆粉、猪蹄风萝卜、排骨干豇豆吃了。

饭后，大家依坡曲进，悠闲地走在若玉如脂、光可鉴人的青石板上。檐上水珠"滴……答……滴……答……"溅在青石板上，声音清晰，节奏舒缓。并不平整的青石板路曲折幽深，连接着整座镇子，石板上小窝细坑的，可能是背夫的挂棍留下的痕迹。

离开一座吊脚楼，迎面又是吊脚楼，吊脚楼望着吊脚楼，吊脚楼牵着吊脚楼，或坐东向西或坐西朝东，争着往山上爬，层层叠叠、密密麻麻地列在悬崖坡地上，倒映水面，形成一幅浩大的古典油画。这些明清建筑群，石头铺底，木柱悬空托起，穿斗架梁，半边"人"字斜坡屋顶，小青瓦，花格窗，司檐悬空，木栏扶手。古铜色板壁，木板横置，可能与盐仓方便人们取盐的考虑有关吧。

几个姑娘撑阳伞挎背包快速从我们面前走过。一个孕妇挺着大肚子，慢而坚定地走在拉链似的石梯上，目光满含憧憬。在她的感染下，我们前进的步伐更轻快了。

在巷子里行走，如进迷宫，东绕西转，东拐西弯，无穷变换，面对三岔路口时，靠着路标牌的预告，又可走向一片新天地。

靠家庭作坊支撑的土特产商店门前没有人吆喝揽客，经营者不争不抢，奉行酒好不怕巷子深、愿者上钩的生意信条。

黄狗趴在地上，耳朵耷拉着，只有眼珠子偶尔动一下。

原住民并不介意陌生人不断从身旁走过，只是按部就班地劳作、休息、娱乐、喝茶、饮酒、晒太阳，平凡平常，温暖惬意，不像福建云水谣土楼全被小商贩占据，烟火气、人情味也被他们随意地卖掉了。

一路未见浓阴如盖的大树，但随处可见肥润的花草树木，石梯缝隙也长出青翠的草尖，绿幽幽的苔藓布满墙头。顺着敞开的大门进了一户人家，地坝上码着一堆原木，一问才知主人是木匠，一年四季靠修房造屋打家具为生。院里翠竹摇曳，藤蔓垂吊如瀑，破罐、废盆、生锈的洋铁桶都栽着花草，绿意婆娑，生机盎然。一段腐烂的木头，树心填满泥巴，上面种的三角梅，张开如篷，悄然绽放。一个奇形怪状的树蔸在一边孤独地立着，不像迎客，似在沉思。

立在路边的"永定成规碑"，规定了光绪年间背运货物的力价。花十元钱买门票参观土司府"冉家院子"，雕梁画栋，气宇轩昂，古床鎏金，雕花纠缠，道不尽的豪华。据传，当年为了规避土司的初夜权，他姓人纷纷改姓冉，不知那些本不姓冉的人会把姓改回来吗？恐怕不现实。从西秦会馆前走过，外壁朱红粉饰，封火墙昂首翘檐，壁垒森严，给人宏大挺拔的气象。虽然没有进去，却可以想象，当年它为陕西籍盐商联络同乡、聚会议事发挥了多么大的作用。

龚滩古镇，乌江与阿蓬江在此交汇，土家族与苗族在此融合，一湾的吊脚楼，清一色的石板路，古意民风，宁静恬淡，难怪吴冠中说这里"是唐街，是宋城，是爷爷奶奶的家"。

快到中午了，肚子饿了，不能久待了，桃花源的牛蒡茶、土家盐皮蛋、绿豆粉佛手还等着我们去品尝呢。

（载于《岳池文艺》2020年第1期）

履痕处处

桃花源

在网上看到"世界上有两个桃花源，一个在您心中，一个在重庆酉阳"的广告语后，我们在国庆节期间慕名而去，体验了一把世外桃源的生活。

中午抵达目的地后，我们选择在"土家八大碗"餐厅就餐，根据服务员的推荐，点了年糕、笔架腊排、绿豆粉、土家盐皮蛋几个菜，用土碗盛装。听老板娘介绍，土家盐皮蛋制作考究。在泡好的盐蛋顶端开孔，将蛋清倒出，灌入青豆、午餐肉，用食品袋封口，放一段时间后，取出蒸食，颜色晶莹透亮，口感筋道清香。一行人刚刚凑成一桌，要了半斤白酒，浅杯轻酌，感觉有点姚子雪曲"清而不薄，厚而不浊；甘而不哕，辛而不螫"的风格。

出门右转，走过一段不远的街道，即到桃花源。

"山有小口，仿佛若有光"。入口处为大酉洞，洞口有一片桃树林，桃花溪从洞中潺潺流出。小瀑布似绺绺白练挂流石梯之上，岩壁滴水落石之声若珠入玉盘，清脆圆润。往里走，渐亮，隐隐有流水声。洞尾左侧高处的崖石上，刻有"太古藏书"四个斗大的楷体字。相传，为躲避"焚书坑儒"，咸阳儒生数人，辗转逃难，负笈来此，将商周经典古籍藏于洞中石室。"复行数十步，豁然开朗"，一个巨大的天坑出现在眼前，四面环山，整个秦人村落别无出口，仿佛一个远离尘嚣的避世天堂。对面那古风十足的茅草屋下挂着一块木质牌匾，上书"世外桃源"四个红字。

石板小道曲径通幽。边走边看，时急时慢，移步换景，景随步变。古树怪石，篁竹叠翠，屋舍俨然，小桥流水，炊烟袅袅，雾霭山岚，一片比一片美，一层比一层奇，遍地都是写意山水小品。

经过一路石跳磴，见一亩大小的池塘，清澈见底，石子粒粒，水草摇曳。供观赏的鱼儿，白的，红的，金黄的，草绿的，花斑的，在水草丛中摇鳍摆尾，恣意游弋嬉戏。撒下饲料，"哗哗"的水声响起，鱼儿破水而出，纷纷抢食。

一只小竹篷船静待塘中。塘边竹枝散披，垂柳依依。亭台轩榭，临水而筑，错落有致，构思巧妙。

面对阡陌交通，大家决定按反时针方向游览。游道多为不规则石块镶铺而成。

梯田层层叠叠，稻穗青黄夹杂，随风起浪。

拾阶而上，油纸伞群下，一清纯灵秀、衣袂飘飘的土家族姑娘在卖老鹰茶，两元一大碗。买了一只艾蒿煮土鸡蛋，吃来软嫩清香，是否具有她说的理气血、祛寒湿的功能，就不得而知了。

桃源居里，草房排排，木屋榅榅，竹帘掩扉，农具挂墙，栅栏里菜畦瓜棚，萝卜缨翠绿入心，玉米挂满屋檐边，红彤彤的辣椒在墙面形成长短不一的红色瀑布，一派农舍野趣。沿路桃林，枝丫弯曲，手挽着手，肩挨着肩。翘望枝头，疏叶无红。

农事坊里，有背篓、簸箕、撮箕、筲箕、斗腔、禾筛、米筛、箩筐、鱼篓、金竹锅铲、斑竹落地灯等展品，都十分精致。鹤立鸡群的是近三米高的竹背篓，我试着去背它，自己好像被挂在背篓上，有些滑稽。编箩筐的老伯面带微笑随意地与我们交流，好像在驾轻就熟地编织美好生活。

不时见游客穿上秦晋时期的服装，尽显秦风晋韵，"怡然自乐"。

路边，看见几个人围着一汪水在大声喊"来水啊！来水啊！"水果然就咕咕咕地冒了出来，真神奇！这喊水泉名副其实。

沿着盘迂曲折的栈道前行，走过丛丛绿树，太古洞映入眼帘。洞里钟乳壁挂，如笋似柱，如幔似帘；乱岩流水，飞沫四溅，绰约多姿；色彩斑斓，如入魔界瑶池，好似"地下桃花源"。相传秦始皇焚书坑儒的时候，有一群咸阳儒生，带着藏书逃到这里与世隔绝，繁衍生息，过起了隐居生活。

出洞后，觉得这幽深的洞如果用来储酒，酒缸上定可滋生厚厚包浆、层层酒苔，郎酒厂的天宝洞、地宝洞不也就是两个洞吗？又一想，搞旅游收门票或许更划算。老婆一听这想法，来了一句"不准提钱，提钱太俗气！"

洞下一湖，薄雾迷蒙。沿岸慢行，到了有茶铺酒肆的休息区。工作人员在作擂茶工艺展示，先将茶叶放入擂钵捣烂，加芝麻、生姜、花生米，再捣烂，用白糖开水调成糊状。我象征性地要了一碗品尝，清凉甘醇之味在喉间腹中飞蹿。又叫了一壶宜居茶，慢慢欣赏芽叶经沸水激活后，逐渐呈现出它原本在山间活泼的样子。

走马观花似地看了竹编、织锦、染布、苗绣、酿酒、榨油、碾米、铁器等手工业项目展示，精湛的工艺令我一路惊叹。

稍事休息，到了桃之夭夭厅，驻足欣赏挂着的与《桃花源记》有关的一些书法作品。文房四宝摆在那里，没有多少人挥毫，偶有挥毫也多为涂鸦，难出什么珍贵的墨宝。

旁边是陶公祠，一栋杆栏式仿古黑色建筑。正门廊柱上，赫然挂着一副"地远离尘俗得洞前流水陌上飞花此地堪寻彭泽宰；祠幽通古今看晋代衣冠秦时风月先生曾记武陵源"对联。大门对联内容为"为人高洁难自弃；隐在山林怀式微"。祠里供陶公木刻像，他头戴帛巾，身穿袍衣，左手抚须，右手拿书。墙上是他的自传体铭文《五柳先生传》。挂着的三十多幅画，艺术地介绍了陶渊明的人生旅途，让人们懂得他的伟大人格在于"不贪图人的富贵，又不伺候人的颜色"。祠里收藏的一些古今书法作品和书籍，增加了陶公祠的文化厚度。

阳光斜落身上。想歇息宁静一下，于是走下踏跺，在旁边的石凳上静坐发愣，老婆却举起相机说"来给思想者照张相"，咔嚓一声就抓拍了。至今看这照片，本人弯腰屈膝，右手托着下颌，是有点"思想者"的意思。起身走向石香炉，独自敬了一炷香。祠中已无一人，只能静听自己的脚步声回响。不知怎的，忽然想起了清人齐彦槐《冲麓村居》中的"古树高低屋，斜阳远近山，林梢烟似带，村外水如环。"

可惜我们来得不是时候，桃花源内虽桃林夹岸，却没有赶上桃花绽放之季，与含苞欲放、喷红吐艳、落英缤纷擦肩而过。

自然赐予封闭格局的桃花源的不是园林，可用"推开园门是红尘，闭上园门即深山"来描摹却是恰如其分的。这里的冲淡自然、纯净和谐、男耕女织、自给自足、知足常乐，够得上"不足为外人道也"的神秘和珍贵，远超"一鞭一条痕，一掴一掌血"的雄奇般堆砌，更无尔虞我诈的凶险和灵魂拷问的沉重。这种淡淡的感觉，让人沉醉。

意犹未尽地走出大酉洞口。大酉洞如穿梭在现实与理想之间的时光隧道，入乎其内拥理想见诗意，出乎其外阔眼界引感慨。

到了广场，回首一望，雄壮巍峨的石牌坊上，横书着"桃花源"三个行楷字。两侧为著名诗人流沙河题写的两副对联：外联为"时光隧道今通古；桑竹田园主娱宾"，内联为"无影无踪渔郎路志；有根有据陶令文章"。《酉阳直隶州总志》中说："核其形，与渊明所记桃花源者毫厘不爽。"《四川通志》载："酉阳汉属武陵郡之迁陵地，渔郎所问之津，安知不在于此？"实际上桃花源是后人根据《桃花源诗并记》附会出来的，岂有毫厘不爽之理？

国内有大大小小三十多个地方都号称自己才是真正的"桃花源"原型，常德和酉阳为谁是真正的桃花源还有过激烈的交锋。

有句话叫"桃李不言，下自成蹊"，又有句话叫"外师造化，中得心源"，硬贴软靠不管用。桃花源在每个人的心中，谁能成为游客心中的桃花源，谁就是真正的桃花源。

履痕处处

龙湖公园

六点二十出门,去岳池县城东郊的龙湖公园跑步、赏景。

公园大门正中横卧一块黄腊石,十多米长,三米左右高,阴刻"岳池龙湖公园",涂上红漆。主题石的两边有云纹泰山石、罗汉松延伸陪衬,由大到小,由高到矮。

往里走,巨大的京剧脸谱绘制在广场上,有点包拯的神韵。公园的北侧已经开建曲艺百花园,这脸谱算是与之呼应吧。

如果俯瞰,龙湖公园的形状恰似一道活生生的月洞门。粗略一看,其占地不下三百亩,水域不下一百五十亩。

正门与后门均在东西中轴线上。正门前为两排高大的银杏树,树干苍劲挺拔,枝条雅致秀美,新芽迎风点头。后门八棵高大的地笼桂，分两排列成梯形。茶条槭、鸡爪槭伞形树冠，亭亭玉立，蔚为壮观。

公园由绿化带、骑行步道、亲水平台和湖四个部分构成。

大门两侧是观叶主题区，栽种了国槐、银杏、水杉、黄连木、无患子、元宝枫等落叶树。落叶能知四季，到了秋天，定会层林尽染，叠红流金，倒映湖水，犹如斑斓虎纹。枚枚秋叶簌簌落下，为地面披上金黄的地毯。到了冬天，除了桂花树独守岁寒，众芳凋零，只剩下光秃秃的枝条，可惜没有雪去陪伴它们。

再往里走，是观花主题区。栽种了栾树、金丝楠、红花羊蹄甲、黄桷兰、三角梅、碧桃、腊梅、红梅、蓝花楹、玉簪、紫薇、白玉兰、百子莲、十大功劳等花木，大乔木、中乔木、小乔木、灌木高低错落，花开不同季节，红色花、紫色花、白色花、黄色花、蓝色花、粉红色花，各展其美，美美与共。

再往前，是观叶赏花结合区，前木后花。穿行其间，树木繁茂，绿叶葱茏，百草葳蕤，生机勃发，芳气袭人。

高大的如樟树、榉树，艳冠群芳。最大的一棵樟树恐有二十米高，叶片裹枝，枝不旁逸，亭亭如盖。枝繁叶茂的榉树也不甘示弱，已经够高大的了，还在奋力生长。

冬青卫矛、红花檵木、紫叶小檗，皆成彩球状。高大的荷花玉兰，叶子一摞一摞的。红叶石楠互相簇拥着，随风摇曳。未到花期的芙蓉，光枝无叶，气定神闲，如手指，如生姜，如编背篓的经篾。木樨成冠，荫地一片，四时香馥。鸢尾、绿叶紫花，绚丽多彩，柔婉轻盈，别具一格。

地毯草、小画眉草织成的草坪大片大片的，丰腴鲜亮，静谧温馨。草坪中置防水小音箱，被铁壳裹护着。喷灌设备正在自动高压喷水，一根一根不时伸缩的水柱，细致均匀地喷洒在树叶草叶上，让它们喝得恰到好处。几个人，坐在草坪上，凝望湖水中斑驳清浅的倒影，那倒影不时被水浪打破，颤颤巍巍的。其他人看着他们，他们又成了别人眼中的风景。草坪上的两条棕色泰迪犬漫无目的地看着我，又慢慢将头转向一边。不远处，主人和一条边牧犬在玩接飞盘游戏。只见白色飞盘"嗖"的一下被抛出去，边牧犬朝着飞盘方向狂奔，身子跃起，准确叼住飞盘。主人喂给它一块饼干作为奖励。

草坪中，一块晚霞红大理石阴刻繁体字"高品质公园城市"，下面细注"千年银岳池 川渝合作生物医药城 中国曲艺之乡 中国输变电之乡 中国米粉之乡 中国农家乐之源"。

垂柳纤细柔美，风姿绰约，有的枝尾伸到了湖里，微风吹来，划过湖面，撩拨起阵阵涟漪，这让我想起了"一丝柳，一寸柔情"的名句。柳枝密集处，垂帘幅幅，隔中有透，静中有动，实中有虚。

黑色铁艺椅子置于路边，供游人休憩。几座凉亭，静静地为来往行人遮蔽烈日风雨。

环湖骑行步道，红蓝相间。晨练的人们正按各自节奏或慢跑，或急行。有独自一人的，有夫妻同行的，有用轮椅车推着老人边走边看的，有结伴而跑的。三座混凝土桥，弓起腰，把人们送向远方。我忽然领略到了"驼背老公公，趴在河当中，背上有人行，腹下船可通"这个谜语的形象奇妙。

　　湖的前门设三层观景平台，两边有高大的银杏树护卫。后门设七层亲水台阶，多个小广场有序分布，平台正中镶嵌着一块花岗岩浮雕，这里很适合开展水体实景演出。乐舞广场上，有几位中年妇女在打自动回弹网球，弹簧绳固定一处，拍击，弹回，再拍击，再弹回。

　　一座弧形建筑藏在洞里，外为四十根金属斜块并列造型，顶上植蔷薇，以为是展览馆，走近一看，竟是一座公厕。它与大门两边的公园会客厅、工会爱心驿站都采取了凿洞手法，使用起来冬暖夏凉，挡风隔音。

　　龙湖是个人工湖，湖水来自姚家河、大石河和全民水库，最后流入长滩寺河。

　　湖水如碧，偶起微风，拂波弄澜，水面铺满碎银细钻。湖中可见戏水的野鸭子，有的埋头于翅膀下梳理羽毛，有的把头扎入水里捉鱼吃虾，有的伫立水面遥望远方。忽然，一只野鸭子被惊起，"扑棱棱"飞出很远，水花四溅。一条鱼儿跃出水面，"啪"的一声，又跌入湖水。岸边，蝴蝶翩飞，蜻蜓盘旋，蜜蜂嗡嗡，鸟鸣啾啾，各以自己独有的方式拥抱自然。

　　湖水边缘，风车草、美人蕉、黄菖蒲、梭鱼草、宽叶香蒲、再力花、花叶芦竹、水烛组成了水下防护林，铺衍湖中，断断续续、高高低低、隐隐约约，有的挺腰昂头，有的随风俯仰，有的随波逐浪，个个风情万种，顾盼生姿。湖水在它们脚下晃荡。稀疏的睡莲慵懒地浮在水上，圆叶如盖，莲动风来，一荡一荡的。枝枝粉红跃出水面，有的含苞，有的半敛，有的绽放，让水多了些灵性。

　　四个大小不一的湖心岛，像一块块半浸在湖中的碧玉。大岛上近六十棵水杉玉树临风，直指云天，如礼兵方阵，威风凛凛。

　　离开时，东升的旭日给龙湖撒上一层金辉，天上旭日与湖中旭日深情相望，没有话语。

　　龙湖公园的设计借鉴了日式园林构造理念，通过大草坪、落叶植物、名贵树木，营造出通透开阔、简朴清宁之意境情趣，疏而不失旷，淡雅不流寒酸。园中有景，景中有园，人与景合，景因人异。当然，这种简约风格，也容易带来湾环曲折不足、借景引景乏力、一览无余之憾。

（载于《广安日报·川东周末》2023年5月12日）

駐千齋雜記

社会走笔

社会走笔

教育需要在平淡中坚守

跬千斋杂记

　　学校搞"花架子"的并不鲜见：同质化的校园文化被生硬地推销着；公开课靠反复预演、反复"磨"，学生异化为背台词的演员；靠几名学生的展示就标榜自己是"特色学校"；塑胶运动场看似高档完好，平时却封闭着不对师生开放……

　　学校核心文化建设不是为了装点门面，而是为了形成厚重的人文内涵，因此，其提炼应着眼渊源和前瞻，显示独具性，并坚持不懈地作为师生的行为准则和规范，通过和风细雨、润物无声的坚守，形成文化自觉。教育需要按规律办事，教师眼中应有完整而富有个性的学生，通过因材施教，满足学生不同程度、不同方向的发展要求，让其"成为一个能'自得'的人"。

课堂教学应广采百花，披沙拣金，调动学生真思考，真探究，真求异，通过因小通大，推肉合灵，增强理解力和判断力。不能让教师的表演扼杀了学生的天性，消磨了学生创造的欲望。学校是育人的场所，应让学生在读书、听课、讨论、劳动、锻炼、交往中健康成长。办学切忌患得患失，忙不迭地想出各种新花样和新名词，把学校当"秀场"，去迎合，去谄媚。

庄子曰："静而圣，动而王，无为也而尊，朴素而天下莫能与之争美。"教育需要平淡，需要坚守，需要秉持十年铸一剑的精神，需要静待花开。如何保证教育有情、有序、有魂，如何使教学过程最优，如何让学生具备核心素养，是学校的职责，是教育的本分。何不静下心来默默用功，诸如推行集体备课，将个体的研修、预设变成集思广益、优势共享，转化为精彩的生成；推行推门听课，看教学的重点、难点和关键把握住没有，"文以贯道"体现没有，与生活经验联系没有，学生的主体地位受到尊重没有，学生的天赋、个性和兴趣得到保护没有，自信心获得没有，自主性学习方法掌握没有，创新意识树立没有，进而共商解决策略，提出改进办法。教师不能盲目跟风，需要"沉潜"，需要"居敬穷理"，不断超越自己。

（载于《教育导报》2017 年第 31 期）

社会走笔

闲谈喝茶

茶有"荼""槚""荈""蔎""茗""不夜侯""清友""涤烦子""余甘氏""消毒臣""清风使""酪奴""森伯""苦口师"等诸多别称雅号。据说,茶的祖师是唐代的陆羽,著有世界第一部茶叶专著《茶经》。无论老百姓的"开门七件事"(柴米油盐酱醋茶)还是文人雅士的"七件宝"(琴棋书画诗酒茶),茶都贵列其中。喝茶可以止渴、品香、保健、求静、悟人生。

茶文化博大精深,讲究审茶、观茶、品茶。根据是否注重茶的色香味,是否讲究水质茶具,喝的时候是否做到了细细品味,喝茶又有品茶、饮茶之分,各取雅趣与实用。吃茶并不等于喝茶,婚俗中"吃茶"意味着许婚,江湖上吃讲茶指到茶铺去调解纠纷。

茶艺细腻流畅,光功夫茶的茶艺就有烫壶温杯、春风拂面、乌龙入海、关公巡城、韩信点兵、敬奉香茗等二十多道程序。一年四个季节,一日十二时辰,花茶、绿茶、黄茶、白茶、青茶、红茶、黑茶各领风骚,殷勤侍候。

品茶就是要领悟茶的"香、清、甘、活"。喝茶的感觉无疑是惬意的,它透出一股闲逸和淡然。品茶时,二三人足矣,以保持优雅清净的氛围,慢条斯理、温文儒雅地品味,正所谓"一人得神,二人得趣,三人得味,七八人是名施茶"。

"茶里乾坤大,壶中日月长。"无论是陆羽的"精行俭德",还是庄晚芳的"廉、美、和、敬",还是日本的"和、敬、清、寂",茶德茶道一脉相承。"静"是茶道修习的必经之道,因为静则明,静则虚,静则安,静则神骨俱清,静则明心见性,静则物我皆忘。忙里偷闲喝杯茶去,快冲慢品,就为感受那淡淡的香甜、柔柔的清醇、暖暖的真情。煮酒论英雄,煮茶则论道论命。此时,茶已不是茶了。

茶乃生趣之物,品茶品的是意境;酒乃助兴之液,喝酒喝的是气氛;咖啡乃小资之伴,喝咖啡喝的是一种情调。有人说:茶是隐士,酒是壮士,咖啡是绅士。喝茶需要细语,喝酒需要豪言壮语,喝咖啡需要不言不语。喝酒讲究一口干,喝茶、喝咖啡则讲究小口啜饮。喝茶时神清气爽,喝酒时豪情万丈,喝咖啡时默默地望着对方。

茶如女人。有眉清目秀、风姿绰约的，有生性敏慧、沉静敦厚的，有高贵成熟、媚而不俗的，有韬光养晦、抱朴守拙的，有柔情似水、外柔内刚的……但都不像咖啡那样温柔浪漫，雍容华贵。茶如人生。人生高低成败之状，世情冷暖炎凉之态，亦如茶叶翻滚浮腾，浮浮沉沉，沉浮中显示精彩，微苦中透着清香。

　　饮茶与读书是风雅的绝配。赵明诚、李清照夫妇经常以"赌茶"游戏讨论学问，显得那么的情投意合、安贫乐道。没有茶相伴，懒得翻开书页；没有书相随，喝茶缺点滋味。手捧书本静坐喝茶，心情如水，隽永宁静，看到精彩处，轻轻呷一口茶，书韵茶香交融，顿感清新俊逸，身轻如燕，舒卷自如，"从心所欲不逾矩"。

　　茶楼、茶馆、茶园本是品茗、读书、交际之地，但现如今大多变成了麻将馆、博彩所，喝茶已经是打牌的代名词了，亦如二十世纪九十年代初期，高贵的"小姐"称谓被坐台女霸占，真正的小姐不愿再当"小姐"了。"良有以也"！

（载于《广安广播电视报》2016年第49期）

社会走笔

离不得贪不得的酒

酒是一种含乙醇的饮料,有"欢伯""忘忧物""狂药""清酌""曲秀才"等绰号,其发明者或曰仪狄,或曰杜康。起初酒乃敬神祭祖之物,"非酒无以成礼"。而今,酒早已成为"大众情人",武夫爱之,骚客恋之,俚人好之,每逢年节吉日、婚丧嫁娶、庆生奠死、宴亲飨客、洗尘饯行,酒都担纲席桌。"吃点小菜,喝点小酒"基本诠释了百姓生活的意义,请人吃饭干脆就叫"请喝酒"。

喝酒远不止口腹之乐,酒能烘托气氛,放大情绪,总与爱恨情仇、喜怒哀乐、豪情壮志、寂寥忧伤作伴,喜则助兴,愁则解忧,离别则留下相思,迷茫则抚慰彷徨,郁闷则浇胸中之块垒……酒后有人狂笑不止，痛哭不已；有人四肢无力，两眼呆滞；有人恶言相向，借酒撒疯；有人口出狂言，敢上天入地；有人酒后吐真言，把平素不敢告人之事、别人的隐私当众抖搂出来。

古代饮酒讲究拜、祭、啐、卒爵礼仪。时下，无论是独酌、对饮还是聚宴，国人对喝酒讲究颇多：一得有吃的，花生米可，咸鸭蛋可，瓜子咸菜可，喝一口酒夹一筷菜，咂摸咂摸嘴，真是舒服。二得有人陪着，便于倾诉和表白。在推杯换盏、觥筹交错间，热情迸发，称兄道弟，谈至开心时开怀大笑，讲到忧伤处放声大哭，聊起愤怒事击箸大骂。三得敬酒、劝酒。主酬客酢是基本礼节。借酒可以进行服从性和诚意测试。"干杯"本义是喝干杯中酒，可位尊者往往"gàn"而不"gān"，位卑者岂敢较真。劝酒或单挑，或围剿，或投下井之石，或讲道理，或耍蛮横，或玩游戏，智商、情商、口才尽显其中，异彩纷呈。四得找到"花看半开，酒饮微醺"的感觉，意犹未尽，乐不思返。

古人饮酒倡导"温克"，看不起"三爵不识"、狂饮不止之人。酒分量也，"敬酒人不能向受敬者提出量的要求"应该成为通行规则。"酒者，就也，所以就人性之善恶也。"酒是一柄集天使与魔鬼、美好与邪恶于一身的双刃剑。适度饮酒能祛风散寒，活血化瘀，蠲痹散结，陶冶人的性情，耽于饮酒则会使人迷失本性。狂喝滥饮既伤身，又误事，甚至命丧黄泉。面对那飞红流转、静如琥珀、甘甜绵长、醇厚芳香的"汤液醪醴"，虽然欲罢不能，但不可逞强，不可贪杯，不可失礼，不可失态，更不应为其所困。

诗人流沙河《饮酒铭》曰："饮不至醉，半酣即停；醉不至狂，微醺即醒；斯是酒德，君子奉行。"

（载于《广安广播电视报》2017年第7期）

社会走笔

北师广校赋

巍巍华蓥,汤汤嘉陵。京师学堂吐新芽,百年木铎振银城。

灰墙碧瓦,雕梁画栋。嘉树耸绿,芳草铺翠。正德楼激浊扬清,启智园寻真探幽。

静雅斋藏珠蕴玉,沁香居献馔呈馐。萃英厅才展艺显,行健馆虎跃龙腾。

知情意行映日月,美健智正写春秋。为孩子幸福奠基,给员工成功搭台。

焚膏继晷濡高足,滋兰树蕙泽青衿。阅经史子集,穷委究源;研道法术势,通权达变。唤醒发展知足知不足,涵泳沉潜有为有弗为。

施教无类,启迪有方。仁爱润心,兴趣引航。细微处见精神,活动中促成长。经砥砺卓尔不群,受淬炼超然迈伦。

嗟夫！桃李不言，下自成蹊。守今日之才苑，占未来之要津。俊彦慕名以往，学子负笈而来。

噫嘻！筚路蓝缕兮，宁静致远。弦歌不辍兮，蜚声杏坛。振羽高翔兮，云榜誉悬。仰望星空兮，坐拥鼎元。

庚子年四月贺志辉为建校五周年恭撰于岳池

（该赋刻于学校晚霞石上）

社会走笔

经典是阅读的主食

宋朝文人黄庭坚说:"三日不读书,便觉言语无味,面目可憎。"在卷帙浩繁的书籍中,经典经过了历史的选择,被流行所推崇,较之一般书籍,它更厚重、更开阔、更准确、更深邃、更透彻、更精当,让人常读常新,历久弥新,并反复被引用、被研究,不断释放着能量。经典的背后是大师,无论研习哪个学科,都应"直奔大师"。流行作品大多缺少思考和深度,只能算是副食,经典才是阅读的主食。

读经典可以事半功倍。"天道无隔,一通百通。"读经典就是站在巨人的肩膀上,绕过虚、假、错、伪,证悟万法实相,直探人性本源,汲取人生智慧,贯通自然人文脉络,能够以一当十。

读经典可以涵养气质。曾国藩说:"人之气质,由于天生,本难改变,唯读书则可变化气质。"经典著作好似"精神母乳",滋养着人们心灵。与经典同行犹如与圣哲为伍,与高人进行精神对话与交流,可以更好地认知、理解、过滤和把握生活,不知不觉地升华自己的气质。思悟大师的研修论断,观古达今,观人知己,可以帮助人树立理想信念,引导人明辨是非,开阔胸襟,立君子之品,养浩然之气,远离自私、浮躁、虚无、狭隘和浅薄。

读经典可以增强表达能力。王国维说:"为文如造屋"。"语""文"不出主旨、章法、词藻三要。常读经典,时览"沧海""巫山",大气别致的结体格调、唯美典雅的语言风格,探赜索隐的严谨态度,抽丝剥茧的精进方略,写作时不由自主地跟着走,表达时才会有独特的眼光、深湛的思考、斐然的文采、灵动的妙趣。

读经典可以播下创新创造的种子。创新是人类活力的源泉。经典具有原创性、典范性和历史穿透性,包含着巨大的阐释空间,是思想的"酵母"、创造的源泉。敢于想象、善于观察、见微知著、求异探究、充满激情、坚持不懈是经典的主旋律,而这些正是创新创造不可或缺的条件。读经典"进得去,出得来",厚实的积淀辅以独立思考的态度和学术批判的精神,"蓦然回首",创新创造才会出现"在灯火阑珊处"。

读经典需要静心玩味。甘甜的泉水总是深埋在地下，无数浅坑抵不上一口深井。碎片化阅读、快餐式阅读都是浅阅读，只能愉悦感官，拥抱肤浅，难以渗入头脑，沉淀于心。陆游诗云："官身常欠读书债，禄米不供沽酒资。剩喜今朝寂无事，焚香闲看玉溪诗。"阅读这一雅致迷人之事，是需要静下心来的，阅读经典更需像吃口香糖和话梅一般反复咀嚼玩味，才能真正领略其意蕴和神韵。与其做流行作品的粉丝，不如做做经典著作的追随者。

（载于《广安日报》2016 年 9 月 28 日）

社会走笔

语文教学必须拿起阅读的武器

当下,不少学生文思枯竭,写出的东西文句不通不雅,文辞不精不妥,乏见解,缺意境,语文课为此饱受社会诟病。

语文不是一门单纯的知识课程,而是"工具性和人文性的统一体",既要让学生形成敏锐的"语感",又要流淌人文情怀,文、道之修皆离不开阅读。可以说,阅读是语文教学的支撑,是语文教学的根,是语文教学的生命。语文教学必须拿起阅读的武器。

语文学习,主要靠长期积累,"得法于课内,得益于课外"。儿童少年正处于思维活跃、好奇心旺盛、记忆力强的最佳年华,让其在浩瀚的书海中遨游,多读多背点经典文章和诗词曲赋,可以终身受益。教师的职责是引导路程、设疑引趣、释疑解惑、鉴赏探胜。如果对课文作肢解式分析、模式化解读，从语言形式到思想内容面面俱到，即使口若悬河、滔滔不绝地"表演"，也是粗暴地挤占了学生阅读的时空，剥夺了学生感受、体验和思考的权利，忽视甚至压抑了学生学习的主动性，无异于水中捞月、缘木求鱼。欧阳修认为写文章"无他术，唯勤读书而多为之，自工"。叶圣陶从不给学生讲授写作方法，只要求多读书，找感觉，再落笔为文。

　　课文并不等于课程，叶圣陶说："语文教材无非是个例子，凭这个例子要使学生能够举一反三""从语文教本入手，目的却在阅读种种的书"。教一篇课文的目的不是"教懂文章"，而是"教会阅读"。一个合格的语文教师应懂得以篇引类，拓宽语文教学的空间，向学生传授读书之法、思考之轨、运用之道，推荐适合学生阅读的经典文本，激发其阅读兴趣，让其养成良好的阅读习惯，不断积累语言材料、语言规律和语言典范，学会涵泳质疑、比较评价，领略语言深处的"骨力"和"神韵"，感悟真知灼见。教师适时用精当丰富的语言、精辟深刻的论述，对学生"文""语"之要害处、思考之疑惑处巧加点拨，纠正错误，补充疏漏，进而讲虚实，论叙议，谈放收，引导学生"更上一层楼"。

　　"劳于读书，逸于作文"，读写是自然结合的。学生在整饬思想语言、磨炼情思的同时，不断强化写作和口语实践，"用自己的话表达自己要说的意思"，情动辞发，事随意转，使表达有意旨、有条理、有气势、有辞章，血脉贯通，姿态横生。开开心心阅读，轻轻松松说写，这就是"厚积薄发"，这就是语文教学。

（载于《岳池教研》2016年第4期）

社会走笔

让读书成为经典版时尚

跬千斋杂记

我们的老祖宗是重视读书的，否则"学而优则仕"的优雅传统无法形成。

不知道国人现在怎么了，居然变得不爱读书了，基本看的是手机。放眼一看，全社会"读书无用论"暗潮涌动。教师不爱读书了，将"学然后知不足，教然后知困"的告诫和"字里乾坤大，书中日月长"的学风置诸脑后，传道授业解惑只盯着教科书、教参、复习资料不放，只研究如何应试、如何猜题。教师没有"长流水"，学生岂能喝到"新鲜水"？学生不爱读书了。只读教科书，只做应试题，视其他书籍为闲书，不敢涉足。家长不爱读书了，觉得读书是孩子的事，督促孩子读书是老师的事，成天醉心于电影、电视、酒局、牌局、游戏、聊天、微博……

国人为什么不愿多读书呢？粗略分析原因不外如下：

一是觉得读书太难，特别是文言文佶屈聱牙，外国小说人名一长串，哲学、逻辑思辨让人劳心费神，数理分析让人头昏脑胀，还要查很多字典，看很多参考书，麻烦。二是觉得工作忙，又舍不得放弃娱乐，哪有时间读书。三是不屑读书，心态浮躁，认为读书事倍功半，沉醉于建立和完善人脉关系。四是认为自己已有高学历，读了那么多年的书，掌握的知识足够胜任工作了，又何必再去读书？五是觉得可以临时抱佛脚，启动搜索引擎，现炒现卖，何必平时"多烧香"？六是用看电影电视剧代替对名著的阅读。殊不知电影、电视剧留下的常常是破碎的、片段的、跳跃式的、蒙太奇一般的零散图像，而读书却是一个完整而漫长的思维过程，阅读的艰辛是一种不可取代的幸福。七是不知道读哪些书。面对浩瀚书海，不会使用书目，不懂得选圣贤的书阅读，选再版书阅读，选畅销书阅读，选获奖书阅读，从书评和名家著作引述中发现好书阅读，选优秀出版社的书阅读。八是舍不得花钱买书。借口图书贵，买不起。内心想的是买书不划算，见效慢。

时尚具有的新奇性、差异性、从众性，读书活动都具备；经典的创造性和永恒受欢迎性，读书活动也具备。时尚和经典这一对对立的范畴在读书活动中有机地统一了，读书永远是高雅的时尚，并且历久弥新。世界有读书日，国家在号召"全民阅读"，读书应该成为经典版时尚。开卷有益，让我们告别浮躁，耐住寂寞，静下心来读书。地无分南北，人无分老幼，都应崇尚书卷气，善待读书人。大众需要读书常识，专业机构应该普及选书读书用书之法，举办读书论坛、读书讲座、读书研讨会、读书演讲比赛、读书征文活动。

行动起来吧，匀出一间屋子做书房，挤出一角摆书架，勇敢走进图书馆和书店，那里是我们的精神家园。空暇时，手捧书卷，让心随着文字游走。下班归来，一杯香茗一卷书，让疲惫和浮躁烟消云散。睡觉前，翻开一本书，躺在床上细细品读。睡意袭来，把书塞到枕头下，嗅着书香入梦。

当人们自觉掏钱买书时，当人们休闲以读书为主时，当人们见面时问"那本书你看过没有"时，读书就快成为经典版时尚了。

（载于《教育导报》2017年第88期）

社会走笔

读书与吃饭

承祖而扬今者,唯美食典籍也。民以食为天,士以书为礼。吃饭养身,大快朵颐,家中有粮心不慌;读书养心,大饱眼福,腹有诗书气自华。吃饭五官安若神,读书双眼明如镜。吃饭有意义,读书有意思。吃饭是在嘴唇牙齿间跳舞,读书是在理智感性中交触。举箸间品美馔佳肴味,翻页时赏诗词歌赋美。饕餮盛宴难免有暴殄天物之感,学富五车不会有理屈词穷之窘。四方食事,不过一碗人间烟火;卷帙浩繁,只是一场潜心修行。书籍和饭菜不可兑换,但息息相通,有了它们,再寡淡的日子,也会变得温暖富足,有滋有味。清代包世臣说:"世间唯有读书好,天下无如吃饭难。"

私房菜无宗无派，经典书有根有魂。读名著"时省效宏"，吃饭菜"兼收并蓄"。招牌菜和经典，选者都是时间，推荐者都是群众。

有的菜是用来开胃健脾的，如鱼腥草；有的诗是用来溜须拍马的，如应制诗。吃饭，忍不住用竹筷去掀开盖面菜，因为相信深处有洞天；选书，眼光不停搜寻，以为最好的书总是独处一隅。买书需要试读，买水果需要尝鲜。

吃饭可以果腹爽口、悦目赏心；读书可以汲取经验、智慧和表达诀窍，显得雅致惬意。吃饭遇到美食津津有味，读书每有会意欣然忘食。读之品之，如嗅幽兰，如品春初新韭、秋末晚菘。

读书，工作从事什么就优先读什么；吃饭，身体缺乏什么就优先补什么。吃饭口味要宽，讲究麻辣甜淡间搭；读书要杂，忌讳经史子集偏览。读书贵在打破专业壁垒，做菜贵在抛弃门户之见。读书如登山，不到达山顶怎知风光无限；吃饭如打仗，不降服麻辣酸涩怎品个中味道。窄街深巷酿金波，老屋古树飘书声。锅贴在吱吱煎烧，美文在朗朗诵读。有人爱喝陈年老酒，有人爱读四书五经。北方人喜吃面食，南方人青睐米饭。多愁善感者好读诗词，牢骚满腹者好写杂文。书籍有序有跋，饭局有汤有果。吃饭，有人喜欢囫囵吞枣，有人喜欢细嚼慢咽；读书，有人喜欢不求甚解，有人喜欢穷经究理。

吃饭，有道菜让你念念难忘，也许那道菜是土的苦的粗的素的；读书，有本书令你魂牵梦萦，也许那本书是旧的薄的小的破的。

菜品取决于气候、习俗和烹饪方法，写作取决于修养、见识和笔力，立意均不可差，味儿皆不可少。有一千双手，就有一千种味道；有一万本书，就有一万种风姿。无论庙堂之高还是江湖之远，乡愁自然是主角。烹饪技法不囿于煮炖炒，写作手法不外乎叙议描。吃饭不吧唧、喝汤不吸溜体现教养，看书不跷腿、写字不歪脖出于习惯。美食家有超人的食欲和口感，饱学者有独到的学养和修炼，文化永远至高无上。美食家总是幸福的，评论家往往是痛苦的，虽然都在欣赏，都是为了向理想处引。

有两种人不可读太多的书：天才和白痴。有两种人不可吃太多的饭菜：胖子和消化不良者。

袁牧有言："读书如吃饭，善吃者长精神，不善吃者长疾瘤。"方圆饭桌绿红四季，高低书柜笔墨千秋。吃饭重色香味形，读书重辞章义理。读书犹吃饭，高者品其意，中者食其味，下者果其腹，就看是否吸收营养，得其神采，化为血肉。吃饭喜聚，读书怕扰。吃饭的最佳拍档是酒，读书的最佳伴侣是茶。一台风花雪月酒，一出悲欢离合戏。酒友被段子逗得哈哈大笑，书友为问题争得面红耳赤。

菜名求雅致巧妙，书名求深刻清新。书籍重装帧，菜品讲造型。三餐讲究好饱少，四季宜读孔庄老孟。新书，尽量读；季节菜，尽量买。经典书，尽量自己购；私房菜，只有自己做。吃饭好去百年老店，藏书好求善本古籍。

　　埋头读书和低头吃饭时，总不会忘记抬头看一看天，那里有诗和远方。再忙也要读书吃饭，收入再少也要买书买菜，住处再挤也要藏书备料。易牙擅调味，遂成厨业始祖；东坡精诗文，乃成千古绝唱。在解决了温饱的今天，降低点恩格尔系数何尝不是一种进步。

　　对酒当歌人生苦短，何以解忧，唯有诗书。饥渴感是宠儿，吃了上顿盼下顿，读了这本盼那本。陈平原说："你半夜醒来发现自己已经好长时间没读书，而且没有任何负罪感的时候，你就必须知道，你已经堕落了。"

　　一粥一饭，当思来之不易；一学一问，只为内圣外王。

　　呜呼！安身之本，资于食，赖乎书。食之不精，脍之不细，是吾憾也；德之不修，学之不进，是吾羞也。读书如吃饭般平常，本应矢志不移、抱恒守毅，时下反复号召倡导，岂非咄咄怪事，可悲可叹哉！

（载于《教育导报》2018 年 8 月 28 日）

社会走笔

如何成为卓越教师？

《中共中央国务院关于全面深化新时代教师队伍建设改革的意见》规划，"到2035年"，将"培养造就数以百万计的骨干教师"。

卓越教师的特质是学生喜爱，同行佩服，社会敬重，有人追随。要想成为卓越教师，必须克服职业倦怠，不断超越自我。

一、对教师职业充满激情

怀有崇高的教育理想和专业情怀，具有自主成长的文化自觉和内动力，激情与理性相融合，既有责任与担当，又有创新与坚持，准确把握教育的脉搏，对学生有一颗火热的心，始终保持对教育真理的追寻与教育实践的执着探索，形成独特的教育思想和教育风格，不断地超越自我。

二、修炼师德

高尚的师德是教师安身立命的根本。"品隆学优"是古人择师的标准。高尚师德表现为：思想深邃又心境豁达，性情舒放又温文儒雅，心气严正又悲天悯人，坚守底线又如沐春风。教师要通过自己在言谈举止、是非曲直、善恶义利等方面表现出的道德情操，用独特的人格气质和崇高的精神力量不断感染学生、影响学生、引导学生。

三、着眼学生的发展

"先有父母心、再做教书人。"浇花浇根，育人育心。爱是教育事业的灵魂，是打开学生心扉的金钥匙。采取多种形式去了解学生，无论学生的家庭背景、天赋禀性、个性特点、发展潜能有什么不同，都能一视同仁地倾注情感，点燃学生的激情，激发学生的梦想。

教师要尊重学生的主体地位和个性。教育的本真不是管理，而是唤醒、引导、激励、帮助和促进。教育不是一种能够以精确方式复制或再现的技术，而是一种艺术。教师要树立以学生为主体并始终关注研究学生的观念，因材施教，顺应天性，挖掘潜能，张扬个性。每一个学生都有自己的优势智能领域，都应该有自己独有的成长轨迹，教师要做的是为这些"种子"提供合适的阳光、水分、肥料。

四、勤学不辍

读书是教师获得源头活水的主要和可靠途径，教师要通过终身学习，不断丰厚自己的专业素养。

选哪些书来读呢？选公认的经典书籍、选教材以外的书，从名家著作引述中、书评中发现好书。要多读经典，经典内涵丰富，具有实质的创造性和无限的可读性。要让思考贯穿阅读全过程。读书如果不咀嚼消化就会沦为书橱，无法吸取营养。要由此及彼、由表及里地思考书中的观点是怎么得出来的，有些什么新材料，这些新材料是从哪里来的，可不可靠，等等。要领略书中思想的深刻，思维的独特，语言的"骨力"和"神韵"。要善于积累和求异，在鲜活的教育教学生活、严密的逻辑推导和科学理论的支撑下，整合提炼生成出新意。

教师还要读好无字之书。一方面，多听专家讲座、学术报告，多看示范课，多参加赛课，积极加入专业学会，构建起自己的学术交流圈。另一方面，"行万里路"，拥抱自然，体验社会，不耻下问，拜良师，交益友，在论争中求真求善求美，扩大视野。

五、研写不息

研究是卓越教师成长的摇篮，是一般教师成长为卓越教师的阶梯。会不会科研，搞不搞科研，是普通教师与名优教师的分水岭。

教育行动研究是基础教育科研的主要方式。要去掉对教育科研的神秘化和畏惧心理，在教育教学中时刻追问"是什么、为什么、怎么办"，在教育理论的指导下去研究本校、本班、本学科的实际情况，解决日常教育教学中出现的问题，不断改进教育教学工作，提高教育效果。

要重视反思在成长中的重要作用，自觉反思，持久反思，深刻反思。在反思过程中，要重视同伴间的交流与分享，充分发挥集体智慧。要通过撰写反思札记、教育随笔、教学日记或研究案例等，随时记录和表达反思成果。

（载于《教育导报》2018年第109期）

读书是气质最好的保养品

曾国藩曾对儿子曾纪鸿、曾纪泽说："人之气质，由于天生，本难改变，惟读书可以变化气质，古之精相法者，并言读书可以变换骨相。"相貌形体乃父母所赐，不容选择，但气质却可以修炼，可以把握。气质是人内在修养的自然流露，在于举手投足间持续透出的一种气息。高雅脱俗的气质具体表现为清新、纯净、自信、从容、淡定、执着和优雅，让人如沐春风，百看不厌，久交不烦。读书与装扮、训练一样，都是提升人的气质的手段，但由于它是"精神化妆"，不会历时而衰，因而是气质最好的保养品。

漂亮在肤，体态在骨，气质却在血液灵魂。寿命的延长和足迹的扩大是人类两大根本性进步。读书使大脑始终保持"活性"状态,让生命抵达古今中外无限的时间与空间,丰富、陶冶和清洗自己的内心世界,涵养出开阔的视野和博大的胸襟,这种书卷气表现为聪慧而又善良,敏锐而又执着,有主见而又心平气和,有规矩而又别开生面,上进而有情趣,收放自如,高洁脱俗。黄山谷曰:"士大夫三日不读书,则义理不交于胸中,对镜觉面目可憎,向人亦言语无味。"

阅读是灵魂的呼吸,一个人的灵魂离开阅读就断绝了与知识、精神、情感的联系,缺乏理性思考和深入追问,看问题难以切入肌理,心胸格局变得狭小,在人际关系处理中变得猥琐,言谈举止可能歇斯底里,仪态和待人接物不得体,任是美女俊男,一交流一相处,也感肤浅粗俗,风韵全失,索然无味。

人的魅力不是纯粹的生理特质。容颜易老,但气质不会老去。何必感慨造化弄人,何必执念年龄容颜,何必因新添几条皱纹、长出几根白发、眼睑松弛下垂而郁郁寡欢,何必为了换来皮肤的暂时平滑,在眉眼间注射,让面部微小神经麻痹。

读书的过程就是再造生命的过程,读书能将生命中寂寥的岁月变成巨大的时光享受,人的气质里藏着读过的那些书的那些独特的美。作家止庵说,"'我'读书就是为了不变成'我们'",最终让每个人都有"表情独特的'脸庞'"。通过读书,透过云层见到阳光,疑悟取舍而用,日子就会变得平淡而充实。读书如果能一直坚持，不半途而辍，那么"此心不动，随机而动"，由量变到质变，你的文化功底就会越来越深厚，专业素养就会越来越丰富，为人处事就会越来越艺术，你的气质就会似老酒一壶，历久弥香。

（载于《教育导报》微信公众号，2019年4月12日）

社会走笔

三修族谱序

先人两修族谱,而今岳池贺家堂一脉祖谱残缺不全,祠堂遭灾被焚,家族分支庞杂,个别名辈不清。族中有识之士,提出三修族谱,并推举宗亲成立修谱理事会,下设编撰组。族人踊跃捐款,盼谱早日修成,以悉源融亲,承遗集芳,崇祖尚宗,敦宗睦族。

为正本清源,小林、族前、族刚、文斌、福刚、贺静(遂宁)赴湖南邵东循源追祖,获可信族史资料,终于认祖归宗。据古谱记载,汉安帝为避父清河王(刘庆)讳,于建光元年(公元121年)诏庆纯,以庆字训贺,更庆纯为贺纯,贺纯公乃贺姓之鼻祖公也。

清康熙年间,大祈、大祥、大翼三堂兄弟迁入四川岳池新场,修建祠堂,开基立业。几十年后，正琳一支从新场骑龙歇迁往遂宁。

编修人员虽诸事丛集，却以收族归宗为己任，不辞劳瘁，不避艰辛，搜集口碑史料，查访登记族众，伏案埋首，潜心稽考，字斟句酌，数校其稿，《贺氏族谱》得以编竣付梓。族谱不尚跌宕，探骊得珠，于理清繁衍传承脉络，于存史规范、明晰伦理，于垂训子孙修身、治家、处世、为学，厥功至伟至巨，吾族宗亲自当谨申敬意。

斗转星移，世系传承。贺氏家族枝繁叶茂，士农工商皆有作为。"欲木之茂者，必培其根；欲流之远者，必浚其源。"愿吾宗亲勿忘本源，谨遵族训，效法圣贤，正心敦伦，修德行礼，行善戒恶，朝勤夕惕，笃力体行。

族谱面世，如宝山在前。冀妥为珍藏，善加利用，果能启发心智，憬然有悟，迎福寿之享，别灾难之侵，则兹谱之修不为徒然。本族后辈苟能承前人之志，缵续辑之，嗣而修之，则宗族文明光焰不磨，魅力长驻，福泽千秋，永葆其昌。

理事会以撰序之事命志辉，数辞不获已，谨揣谫陋，聊贡余悃，或可助后人知此次修谱之概要乎？倘能如此，庶可告慰于先灵也。

纯公第七十三世孙　贺志辉谨序

2019年12月

（族谱已印）

社会走笔

书中有什么?

《劝学诗》中,说书中有"千钟粟""黄金屋""颜如玉",是指封建时代读书可以获得的功名利禄,但这些功利性的诱惑反而忽视了读书真正的好处。人们能从书中获得的,远比功名利禄深远、厚重。

书中有新知。"吾生也有涯,而知也无涯。"读书是自学自得的行为,能够让人尽快地获得新的知识、间接经验和智慧,吸取判断、表达和行动的营养,助推自身发展。书读得越多,视野就越开阔,眼界就越高远,胸襟就越宽广,就会走出在屋檐下抬头望见的那片天,了解事物的异同,拥有更多发展机会。当然,"书是前人经验的账簿",读者不能把别人的思想砖头在自己的周围砌起墙头来，应该多问几个为什么，进行一番仔细的甄别和思考，形成"独立之精神，自由之思想"。

书中有方法技巧。万物皆有运行规律，人类存在共通的思维方式，认识世界和改造世界的运用方法。通过读书而比较简便地获得他人的方法、技巧，通过改进，可以少走弯路，器利事善。也许你久思不得其解的问题，因为读到某本独辟蹊径的书，顿时豁然开朗，再加以触类旁通，那活性的种子就可能滋长出学问思想的胚胎，营造出别样洞天。

书中有大美。阅读是一个敲骨吸髓求知味的过程，吸取的营养犹如浓荫下筛出的万点金光。在阅读中，可以领略语言深处的"骨力"、"神韵"和味道，感悟先哲们的睿智、哲思和权变，欣赏日月星辰、万千山河、风花雪月的自然美和以真善为核心的社会美，感受缜密推演和探赜索隐的科学性，体验百转千回的动人故事和多姿多彩的民俗风情，感知历史的离乱兴衰和人物的悲欢离合，拥抱作者的才情趣味。……它们让你入情入境，心潮澎湃，如痴如醉，令你拍案叫绝，快意熨帖，难怪古人"宁可三日食无肉，不可一日居无书"。

书中有格局。人之格局境界的提升不能寄望于上苍的开示与恩典，只有通过读书，与圣哲为伍，与大师对话，与智者交流，才能逐步达成。你读过什么书，气质里就会藏着那些书的独特的美。在书中不断汲取智慧和高尚修养，灵魂会得到净化、拯救和赎回，高境界和大格局会不速而至，仁爱、淡定、谦逊、坚毅、儒雅等品质会生根发芽、开花结果，自私、浮躁、狂妄、怯懦、粗俗则会黯然褪去。人如果挣脱了名缰利锁，自然会去追求诗和远方。

（载于《教育导报》2020年4月21日）

社会走笔

读书需要好习惯

"工欲善其事，必先利其器。"读书需要讲究方法，养成好习惯。

坚持读原著。"教授中的教授"陈寅恪主张读"原典"（原著）。原典原汁原味，鲜活灵动，尽显骨肉和风韵。现在所谓青少年版、简略版、精编版书籍，普遍没有肉的骨架，只是一具骷髅，原书的风韵已经荡然无存。北京出版社出版的"大家小书"丛书则是个例外，它们均为大家厚积薄发之作，篇幅虽短，于学术、于见识都是满满的"干货"。

多读经典。库切说过："历经过最糟糕的野蛮攻击而得以劫后余生的作品，因为一代一代的人们都无法舍弃它，因而不惜一切代价紧紧地拽住它，从而得以劫后余生的作品——那就是经典。"经典具有内涵的丰富性、实质的创造性、时空的跨越性、无限的可读性。《易经》中讲："取法乎上,仅得其中;取法乎中,仅得其下。"读经典是最"时省效宏"的方式,可以成为阅读的"捷径"。我们应该多读经典名著,与大师对话,少走学习和人生弯路。

重视读序跋。书前为序,书后为跋。序和跋主要向读者说明或介绍与该书有关的一些情况,在读书之前阅读序和跋,有助于读者知著之由起,明书之大概,估书之优劣,提高阅读效益和质量。

读诗词要吟诵。吟诵(不会吟诵,朗诵亦可)是读诗词的最佳途径,能够"由声入情",通过旋律和声音长短、高低、强弱的导引,有助于深刻体会诗词的精神内涵以及作者的心态、情绪、意境,形成良好语感,内化语言材料,提高记忆效率。曾国藩提出:"凡作诗,最宜讲究声调……须熟读五古、七古各数十篇。先之以高声朗诵,以昌其气;继之以密咏恬吟,以玩其味。二者并进,使古人之声调拂拂然若与我之喉舌相习,则下笔为诗时,必有句调凑赴腕下。诗成自读之,亦自觉琅琅可诵,引出一种兴会来。"

不动笔墨不看书。读书不动笔等于走马观花,积累效果差。要把特别的材料、直接的理解和感悟及时记下来,要么原文摘抄,要么在消化、理解的基础上记读书笔记。

善于利用工具书。读书碰上困难，只能借助工具书。遇到难字难词、不明白的成语典故，要查字典、词典；了解国际国内时事资料与统计材料，要参考年鉴、手册；研究政策、写作论文，要借助各种书目、文摘、索引、百科全书、类书、政书、名录、图册、年表、历表。

思想集中。读书，朱熹提出应一心在书上，心无旁骛，雷打不动，且要做到心到、眼到、口到。读书贵在持之以恒，不可急功近利，追求立竿见影的效果。明代学者胡居仁联曰"若有恒，何必三更起五更睡；最无益，只怕一日曝十日寒"。朱熹说："看文字须大段精彩看，耸起精神，竖起筋骨，不要困，如有刀剑在后一般。"

读思结合。孔子曰："学而不思则罔，思而不学则殆。"孟子主张"尽信书不如无书"。朱熹说："大疑则大悟，小疑则小悟，不疑则不悟。"明代学者薛瑄在《读书录》中谈道："读书记得一句，便寻一句之理，务要见得下落，方有益。"浅阅读只提供信息，深阅读才接近智慧。读书要熟读精思，方能解其言，知其意，明其理。读书要下足"寻思"功夫，不可呆看，力争读出"问题"，推敲立论，斟酌证据，悟求通达。陶渊明的"不求甚解"表达的是"什么都不在乎"的超凡脱俗，而不是讲的读书方法。学会"品书"，既要注意字里行间所表达的是什么事实、什么知识、什么思想感情等，又要反复咀嚼品味作者的思维方式和行文的表现力,得其"弦外音,味外味","精妙处,忍不住击节叫好;伤感处,止不住泪眼婆娑;激荡处,耐不住拍案而起;谐趣处,憋不住哑然失笑"。

善于探讨交流。孔子曰:"敏而好学,不耻下问,是以谓之'文'也。"读书既要学而不厌,又要不耻下问。《礼记》云:"独学而无友,则孤陋而寡闻。"自己阅读以后产生了感受,应该大胆地跟别人分享、交流,在交流和探讨的过程中了解更加多元的见解,加深对作品的理解,提高鉴赏能力,甚至可以碰撞出思想的火花。郑板桥指出:"'学问'二字须要拆开看。学是学,问是问。"

知行合一。陆游说得好:"纸上得来终觉浅,绝知此事要躬行。"扬雄提出,"读而能行为之上"。他在《法言》中谈道:"学,行之,上也;言之,次也;教之,又其次也;咸无焉,为众人。"毛泽东说:"读书是学习,使用也是学习,而且是更重要的学习。"要将读书和思考所得积极用于实践,着力改造客观世界和主观世界。要读写结合。写作是用自己的语言阐述自己的观点,是一种主动表达,也是对读书的促进和升华。

(载于《教育导报》2022 年第 22 期 4 版)

社会走笔

如何当好中层干部

中层干部处于"兵头将尾"的地位，扮演着小组织者、大办事员角色。如何让工作更有效，为人更得体呢？关键是要解决好眼光问题、习惯问题、方法问题、规矩问题。

一、通过学习不断提升自己

学习是解决"本领恐慌"的不二法门。学习的主要途径就是读好有字之书和无字之书。都是为了汲取经验、智慧和表达诀窍，提升眼光，提高境界，扩大格局，增强认识力、判断力、驾驭力、执行力、突破力和创新力。

牢固树立大局意识。大局决定局部，整体高于个体。中层干部必须牢固树立高度自觉的大局意识，自觉从大局看问题，把工作放到大局中去思考、定位和摆布，做到正确认识大局、自觉服从大局、坚决维护大局。一群人，一条心，为了梦想一起拼。不能部门利益至上，各吹各的号，各唱各的调。应扎扎实实做好分担的具体工作。

谦虚谨慎，始终将批评当财富。永远把自己放低点，面对批评要反思、检讨自己。心理上一定要接受批评，有则改之，无则加勉。在工作中犯错要先承认错误，再讲述理由，否则就有狡辩的嫌疑。任何时候，都不要去伤人家的人格，不能口出狂言，不能不屑一顾，由着自己的性格和脾气来。

保持独立人格，不搞宗派主义，不拉山头，不阿谀奉承、吹吹拍拍，不搞人身依附、翻云覆雨那一套。与下属一定要处理好关系，一碗水端平。不挣功卸过，要推功揽过。

二、养成良好的工作习惯

增强工作的预见性。善于在工作中发现苗头性、倾向性、规律性的问题，看到核心处，抓住关键点，提出管用策。常规性工作不等待领导安排，主动着手，早做准备，总是等待领导布置了、交代了再考虑、再做，时间上就紧张了，工作也就被动了。坚持做到长计划、短安排，立即做。每天上班前，要把当天必须办的事情列个清单，按紧急、重要程度排一排顺序，划分一下时间，从最重要的事情做起，下班前清理销号，力争日事日毕，每天都这么做。对单位作出的决策、部署的工作、定下的事情，要雷厉风行、紧抓快办、案无积卷、事不过夜。安排布置工作时，要让大家都明白你想要大家干什么，你想要什么结果，做到什么样的结果才能让你满意。

勤细为本。考虑问题周到全面，制定措施周详完善，随时比别人多个心眼，可能遇到的每一个问题，都要想清楚，想周全。要追求卓越，把精益求精、坚持一流作为工作习惯，要做就做最好，努力使各项工作零差错、添精品、上水平。办文就要做到简明通畅、文字清晰、对事物的分析认识较为深刻全面，提出的办法措施切实可行；办会就要办得专业规范；办事就要办得无可挑剔。

三、掌握方法以提高效率

毛泽东同志在1934年第二次全国工农兵代表大会上曾说过："我们的任务是过河，但是没有桥或没有船就不能过。不解决桥或船的问题，过河就是一句空话。不解决方法问题，任务也只是瞎说一顿。"

把握规律。对大量程序性、重复性的工作，要及时归纳，发现规律，形成规范高效的工作流程，以简单应对复杂。策划大型活动眼光、要求要高。注意提炼主题，注重创意，把握好节奏，摆好精彩之笔、高潮之处的阶段位置。要善于构建工作载体，统筹考虑需要的人财物及环境支持，选好切入点，找准着力点，在重点工作中寻求突破，在关键环节和薄弱环节上狠下功夫；不断研究新情况，不断解决困难较多、阻力较大、头绪较乱的新问题，消除执行力最大障碍——借口；把工作合理地划分为若干阶段，准确地提出各阶段的操作要领，一浪高过一浪地推进，积小胜为大胜；具体深入地抓好每一个细节。外宣、安保必须纳入总体方案。办事要瞻前顾后，不能头痛医头，脚痛医脚，不能留后遗症，摆烂摊子。

知轻知重。善于抓本质抓主要矛盾和矛盾的主要方面，没搞清楚的事不要下决心，不要急着去办，否则，就像螃蟹吃豆腐，吃得不多，抓得稀烂。"两利相权取其重，两害相权取其轻"，凡事都要用"法律、道德、情感"三把尺子顺次衡量，力争最好的结果，力免最坏的结果。办事需要有很强的分寸感，该说则说，不该说则不说；该干则干，不该干则不干；该靠前则靠前，不该靠前则不靠前。批评人画龙点睛，点到为止，语气绵里藏针，并做必要的事后沟通。接受领导工作任务时，作为下级，以服从为天职。同领导一起商量问题，有什么提什么，反对的意见也可以讲。不在自己所分管的部门或群体中流露甚至公开散布这样那样的不满情绪。

勇于担当。中层干部业务要精，要成为分管工作方面的专家，能独当一面，妥善处理自己负责的那一摊子事情。在关键的时候能够站得出来，冲得上去。在完成任务的决定性时刻，在出现了意想不到的困难或问题时，既能稳得住阵角，又能拿出可行的办法来。

到位不越位。将自己位置提高半格来思考问题，既能增强全局观，看得深远，又能接地气。职责权限内的事大胆稳妥处理。在向领导报喜、报忧、报请求时，反映情况要过滤，避免出现严重失实、以点带面。遇到特殊情况或意外情况不要想当然地表态和处理，应先请示，并提供规定、背景、建议方案及利弊分析，根据领导指示或研究的意见办理。

与领导思维共振。要有"身在兵位、胸为帅谋"的意识，细心留意领导在想什么，在抓什么，体会领导意图，准确把握领导的脉搏，紧贴领导思路，与领导相呼应，建议、谋划直达关键处，真正成为领导的高参。给领导写材料，必须做到材料新、语言实、对象清。一要突出并深化领导的意图，二要突出讲话的主题，三要突出领导的风格。

善于沟通。向上沟通要及时，该请示的请示，该报告的报告，既要提出问题，还要给出意见建议；同级沟通要真诚，互相尊重，换位思考，互利互惠；对下沟通要体谅，不能蛮横霸道，颐指气使。要准确了解下属的优点和长处，有针对性地安排部署工作。

四、清醒明白中严守规矩

做到有规矩的按规矩办，没规矩的按惯例办，没惯例的按领导要求办。

请示在先。接受任务后,不清楚的要立即做个确认,看是不是准确领会了任务、意图和目的。在执行环节,遇到重要事件或新的情况时,不自作主张,要及时请示。不能一件事情请示一位领导不同意后,又去请示另一位领导。也不能在请示领导没有同意后,又找其他理由再行请示。中层副职请示工作,应先同正职商量,经正职同意后再向分管领导请示。中层干部须先向分管领导请示,分管领导认为有必要请示主要领导的,由分管领导单独或带领中层干部一起去向主要领导请示。如果分管领导不在,中层干部通过电话请示分管领导,分管领导认为需要请示主要领导的,中层干部获授权去向主要领导请示时,应向主要领导说明相关情况。

报告及时。报告及时,不拖延,不等待观望;按程序报告,不越级,不越权。如果情况紧急,需要越级向上报告,也要把有关情况及时告知直接主管上级。能当面汇报的要当面汇报,尽量不打电话。

传达准确。无论是正式传达即宣读文件或口授上司指示,还是非正式传达即"吹吹风",都要认真对待,传达不走样,不可夹进自己的意见。

严格保密。不得传播、泄露班子成员讨论工作过程中的各种意见和尚未正式作出决定的问题,"听在耳里,烂在心里"。如果跑风漏气,那就是人格有问题了。替员工保守秘密,让员工敢和你愿和你沟通和交流。

(载于《和谐岳池》2018年第2期)

社会走笔

城市文化标识有赖于传承和培育

跬千斋杂记

《易·贲卦》说:"圣人观乎天文,以察时变;观乎人文,以化成天下。"文化乃一国一地之灵魂,彰显着个性与品质。有了文化方显"气韵生动",否则,虽有亮点,却无特色,无异于崛起的荒漠,终将被湮灭遗忘。

城市文化标识具有标志性、独特性和识别性,是不可替代的地域名片和金字招牌,是增强城市文化软实力、保持城市特质、服务市民美好生活追求的重要依托。它可以是建筑如法国的埃菲尔铁塔,可以是雕塑如美国的自由女神像,可以是独特的空间如莫斯科红场,可以是文物古迹如敦煌莫高窟,可以是民俗如划龙舟,可以是名人如孔子、邓小平,可以是产业基地如好莱坞，可以是文化现象如桂林《印象刘三姐》山水剧场演出……

城市文化标识需要传承和培育。

要传承，必先寻找，然后确认，然后保护，然后发扬光大。土耳其诗人纳齐姆·希克梅说："人的一生总有两样东西不能忘记，就是母亲的面孔和城市的面貌。"文化标识的寻找需要一双文化的眼睛，去发现文化基因的科学性、优越性和独特性，挖掘其丰富的内涵，形成可靠的传承体系，并持续推进有机更新、文化激活和再生利用。城市如史书，街巷如篇目，记载着一个个生动有趣的故事。那么，旧城改造时就不要对古建筑、古树、古遗址、纪念地和特色民居造成破坏，就不要随意让河流改道或用钢筋混凝土去束缚它，文物修复就应"修旧如旧"。不然的话，城市就会失去记忆，建筑就会"失语"。

要培育，应基于有根有魂，容不得粗制滥造。美国著名社会学专家刘易斯·芒福德说："城市是文化的空间，城市的首要功能是文化的传承和教化。"历史告诉我们，地域文化特性和元素衰微消失时，这个地方将失去吸引力。为此，可从四个方面入手抓培育。一是城市规划建设要遵从"道法自然"、"天人合一"、"依山就势"、"尊重地域特色"和延续传统文化原则，对水、天、地、历史文化保持一种应有的敬畏，布局、色彩、肌理符合民族形式、地方风格、时代精神，保持建筑的多样性和丰富性，让居民望得见山、看得见水、记得住乡愁。不要简单地摊大饼，歇斯底里地追求奇、特、怪、洋的视觉冲击，盲目修建大马路、大广场、大草坪、超高层建筑，醉心克隆，矫揉造作与自己毫无相干的雕塑，忽视乡土树草种植。二是标志性建筑应摆在人们目光聚焦地段，利用自然、人文优势资源的独具性，通过大气、灵气的设计，寻求别致而有韵味的建筑形体、合理的功能布局、宜人的比例尺度、和谐共生的建筑群关系，承载人性化的服务内容，把本地差异化的文化特质浓缩出来、标示出来，让人一眼望去就"怦然心动"，一走近就想"撩她一下"。三是广场、道路、街巷应策划推出特色称谓，或以经典内涵命名，或以历史人物命名，或以文化性建筑命名，或以自然环境命名，或以行业作坊命名，或以民间故事命名，或以吉祥语言命名，抛弃傻瓜型的阿拉伯数字命名法。四是合理利用资源鲜明特征优势，持续推介，提高文化标识的影响力度、广度和深度，打造出一批可感知识别、有内涵价值，在国内叫得响、在国际上立得住的知名品牌，形成持续发展的动力，带来溢价，产生增值。

我想，通过不懈的传承和培育，我们的城市才不会出现建设硬伤，才不会处于文脉断裂的无根飘浮状态，才会留下本地人认可、外地人佩服并津津乐道的时代表达符号。

（载于《广安日报》2018年11月4日）

社会走笔
做有效的德育

教育的功能是唤醒和发展，其根本任务是立德树人。德育是矫正长势、完善人格的过程，其目的是让学生明白应该遵守什么行为规范，如何看待人生，最大限度地实现全面自由发展。

2017年教育部印发了《中小学德育工作指南》，为学校德育工作制定了规范。德育工作的有效性如何才能得到保证呢？这是回避不了的一个现实问题。

一、在加强德育队伍建设上下功夫

一方面，要加强师德师风建设，身教重于言教。德国哲学家雅斯贝尔斯说："教育的本质意味着，一棵树摇动另一棵树，一朵云推动另一朵云，一个灵魂唤醒另一个灵魂。"要恪守教师职业行为"十项准则"，坚持教书和育人相统一、言传和身教相统一、潜心问道和关注社会相统一。另一方面，要加强德育专业能力建设，凝聚工作合力。搞好德育干部、班主任、团队干部、家长学校师资培训，加强德育骨干队伍专业能力建设。适时开展班主任专业能力大赛，如情景答辩、主题班会、成长故事叙述、班集体活动设计，提高围绕学生的关切点、兴奋点和工作水平。

二、在有机结合上下功夫

一是"知"与"行"相结合，重在体验。"知"着重解决理想信念、社会主义核心价值观、中华优秀传统文化、生态文明、心理健康等方面的教育问题，"行"就是"致良知"，以知促行，为善去恶，内驱自律。二是思政课程与其他课程相结合，重在互补。充分发挥课程的整体育人功能，在传授知识的同时，潜移默化地进行思想品德教育。三是校园文化创建与社会环境净化相结合，重在同向。厚植校园文化土壤，激发师生成功、成才内生动力。维护校内外和谐，抓好校园欺凌防治工作，全面净化青少年网络成长环境。四是学校教育与家庭教育相结合，重在协同。充分发挥家长委员会作用，开展好家访活动，推广好家教案例，共同做好学生教育工作。做好学生有限使用手机管理工作，防止学生沉迷网络、游戏和不理性消费，让学生专心学习，身心健康发展。五是自律与他律相结合，重在坚持。狠抓常规管理，促使学生逐渐养成良好的行为习惯。要制定《学生基础礼仪形象和行为习惯常规要求》，对学生的基础礼仪形象和行为习惯、时间安排等每个细节作出明确而具体的规定。加强学生心理健康教育和疏导，高度关注特殊学生群体。注重典型宣传，为学生树立生活的榜样，用真实、可感的道德形象激励学生，去掉自私、脆弱、任性、享乐、缺乏责任担当等不良习气。

三、在内外兼修上下功夫

要突出"自主"。依托团委、学生会、少先大队、学生社团，构建以学生干部为核心的学生自主管理协作体。敢于放手让学生在考察、训练、志愿公益、社会服务、课外创新中去实践，逐步觉悟，实现超越。要强调"内化"。内化是一种内在的心理活动，通过解决内部矛盾冲突将外在要求化为自己内在需要，再外显于行。让学生与书本为友，与大师对话，在人类优秀文化遗产中净化自己的灵魂，升华自己的人格。善于抓住关键节点或特殊日子，开展节会活动，增强辐射带动作用。举行升旗仪式、成人仪式、开蒙仪式、拜师仪式、宣誓仪式、启动仪式、表彰仪式、出征仪式，通过庄严神圣的象征标记，将抽象的价值观、道德标准、行为规范变得可见、可听、可触，并且内化积淀为学生的价值判断和组织认同。要把握好惩戒的度。学校要制定控制流程，让教师根据具体情况采取恰当且无风险的方式惩戒学生。同时，要做好对家长、学生的普法和解释工作，让家长理解政策，让学生知道红线在哪里，踩红线会受到什么形式的惩戒。

四、在凸显德育特色上下功夫

首先，涵养鲜明形象文化，传唱校歌，佩戴校徽，使用校标校旗，开发和制作系列校园文化用品，引导师生员工树立牢固的爱校荣校意识，彰显自身文化性格。其次，自主创新，保持昂扬的精神状态和强烈的问题意识，不断破解难题，探索未知，构建起一套锻造学生人格的育人机制、德育理念和模式体系。再次，将德育工作上升到课程的高度，围绕目标、问题和情境，加强对德育"课程、课题、课堂"的实证性研究和思辨性研究，找出相关性、因果性和操作要领，逐步建立起学段衔接、环环相扣、梯次上升的德育体系。

（载于《教育导报》2021年第29期）

社会走笔

让转学生成为最好的自己

北京师范大学广安实验学校（简称"北师广校"）建校初期，每年转入学生在100人左右，分散编进各班。学校着眼唤醒发展，精准施策，使学生有了明显进步，成绩上升，能够有效管理自己情绪，行为习惯改善，性格开朗阳光，与人相处和谐，变得有尊严有追求。一批批转学生的脱胎换骨，让学校赢得了"低进高出"的美名，学校门庭若市，近三年每年转入学生在350人左右。

一、吃透情况，坦然面对

通过对全校转学生的调查、分析发现，他们转学主要出于四种原因：为了就读更好的学校；随父母工作调动；父母不在身边或父母离异；成绩或操行太差在原学校待不下去了。除开第一类，确有一些学生存在行为习惯差、不自信甚至有些自卑、不求上进、我行我素、性格偏激或抑郁、玩世不恭、喜欢恶作剧、冷漠暴力、说谎贪玩、吸烟早恋等问题。这些调查者，之后成为转学生教育坦然的面对者和重要的参与者、建构者、推动者、见证者。

二、走进学生，建立信任

这些孩子转来北师广校，是出于对学校的信任。为了让转学生尽快全面融入学校这个大家庭，我们用心触摸学生，用爱滋润学生，用陪伴抚慰学生，用智慧启迪学生，用精神映照学生。

（一）建立转学生成长档案。通过家访、打电话、面谈，了解每个转学生的成长背景、性格气质、兴趣特长，将上述信息记入《转学生背景调查表》，完善个人成长档案。

（二）真诚接纳，温暖心窝。在开学典礼上表达对转学生的欢迎之意，学生社团主动向其招手，班主任对学习方法、学生基础礼仪形象和行为习惯提出具体指导意见，体育教师开小灶教课间操，安排品学兼优的同学与转学生结对子，让他们感受到集体的温暖。根据学生基础进行培优补差，实行差异化、分层化作业，必要时面批面改。

（三）校园文化熏陶。通过举行开学典礼、毕业典礼、升旗仪式、成人仪式、开蒙仪式、拜师仪式、宣誓仪式、启动仪式、表彰仪式、出征仪式、捐款仪式、开窗阅读、运动会、合唱节等节会仪式活动,将抽象的价值观、道德标准、行为规范变得可见、可听、可触,激发学生成功、成才内生动力。

(四)填补内心缺失。有个学生叫横山玉贵,是中日混血儿,他10岁前在中国生活,10岁后到日本生活。这个孩子性格叛逆、不爱学习、行为习惯差、爱打架、个性偏激,一副满不在乎的样子。之前去了几所学校,都被拒之门外。在他母亲和舅父的请求下,学校决定让孩子先试读一个月。横山玉贵蔑视这里的一切,总是两眼无神地望着远方,好像在说我就这样随便你们怎么办。考虑到孩子中文不好,学校特意把他分到朱老师(语文教师)班上。刚开始他对老师的关爱、关心不屑一顾。后来朱老师了解到他周末一般都在学校,放月假也是自己打车到舅父家,父母很少打电话与他交流,就经常在周末带他吃"大餐"、看电影、逛公园、进商店,或把他带到自己家里度周末,暑假还带着他去了成都的欢乐谷。朱老师的关爱、引导、陪伴像"润物细无声"的春雨,"潜"进了孩子的心灵,填补了横山玉贵内心最缺少的那份母爱。渐渐地,孩子的眼中有光了,有求知欲了,有上进心了,融入班集体了。

(五)给予学生关爱和陪伴。学生患病,老师亲自把他们送到医院、为他们找医生,给孩子洗澡、换药。有学生因为想念父母躲在厕所伤心哭泣,老师一直在厕所外面等着,准备给他纾解情绪、排解苦闷。学生基础差,老师在周末义务辅导,晚自习重点辅导。每月底为当月过生日的同学开party，大家齐唱生日歌，分享蛋糕，拍集体照，其乐融融。这些都是学校的常态。

一天晚上10点，学生杨龙突然发高烧，刘老师用电瓶车将他送去医院急诊室，一测体温，39.8℃。经过四个小时的治疗，小杨的高烧终于被"赶走了"。他们走出医院时已是凌晨两点过了，因为害怕高烧反复，刘老师将他带回家照顾。

周老师班上有六名转学生，他每天早上六点起床与学生一起"激情跑操"，晚上十一点回宿舍休息。他的女儿在北师广校小学部二年级上学，但是他却很难见到女儿一面。因为他早上起床时，女儿还在睡觉，晚上回家时，女儿早已熟睡。谈起他的学生，他的脸上总会露出幸福的笑容，而谈起他的女儿，他却是一脸的愧疚。用他自己的话说"我走娃未醒，我归娃已睡。为师已无憾，为父心有愧。"

学生小欢在日记中说："还记得刚转入北师广校的时候，学校安排我参加华罗庚金杯少年数学邀请赛。由于从来没参加过这类竞赛，也从没有接触过那类题型，我诚惶诚恐，焦虑不安，我想退缩，可我又喜欢数学，内心十分矛盾。这一切好像早就被蒋老师读懂了，一天下午，他突然出现在我面前，手里拿着两本书——《小学奥数举一反三》《奥数思维训练》。不记得有多少个晚上，他放下备课本，放下正在批改的作业，为我讲题;不记得有多少次课间十分钟,他顾不上拍去身上的粉笔灰,一个劲儿地给我分析题目;也不记得有多少个周末,他把做好的习题拍照发给我,红圈黑字标记得清清楚楚……那次竞赛我获得了广安市第一名,我兴奋得整晚都没有睡着,躺在床上,那一幕一幕的情景在我眼前清晰地回放着。"

周老师在演讲中提道:"夏令营,班上有几个孩子想去,其中有两个转学生。他们告诉我:'周老师,你去我们就去。'为了不让他们失望,我陪着他们去了,在南京给他们讲历史、品茶道、学礼仪;在鲁镇给他们讲孔乙己,在西湖一起赏三潭映月的奇妙;在上海一起感受东方明珠的璀璨;在迪士尼和他们一起尖叫,一起看灿烂的烟花秀,我跟孩子们都玩'疯'了!"

寻找并放大孩子的闪光点。"多一把尺子,就多一个好学生。"对不同层次的学生给予不同的评价标准,使他们都能感受到成功的喜悦,给自己装一台发动机。

转学生王馨文化成绩不好,但体育很好,又会跳街舞、弹古筝,班主任让学生社团负责人动员他参加了田径队、街舞社。后来,他多次被评为体育明星,获得了岳池县一千五百米跑步比赛第一名,成功地考取体育院校。

转学生杨文静经常生病,时不时地躲在某个角落偷偷哭泣,成绩"惨不忍睹"。廖老师发现她对写作感兴趣,就找她聊读书与写作，吸纳她进手抄报小组。慢慢地，她的成绩一点点提高了，当上了语文科代表。在一次月考中，她进步非常大，老师当着班上所有同学的面，点名表扬了她，还号召大家向她学习。她一回家就把受表扬的事告诉了父母，还因此高兴了好几天。从那以后，她性格更加开朗，学习更加努力。

杨老师在给大学生小佳的回信中写道："一次在查寝中看见你，我万分焦急，通过与你父亲交流，才知道你三岁时妈妈患重病，十岁时妈妈因病去世。自此以后，我无时无刻不在关注着你，可你的脾气越来越暴躁，很容易和同学因为一些小事而发生争吵，有时还故意顶撞我。我暗下决心一定要解开你内心深处的魔咒。我把对你的关爱藏在心底，努力发现你的爱好和特长，每次班集体活动，让你和同学们出点子，把你拉进'合作'关系当中，渐渐地你和同学们的关系变得融洽、和谐了，脸上洋溢着欢笑。"

三、包容尊重，不离不弃

对学习困难的学生，减轻其思想负担，树立学习信心，引导他们观察事物，吸引他们参加集体活动，及时表扬其进步。给学生一定的"不听话度"，不轻易对学生下结论，学生发生问题或与他人产生冲突时，不指责，而是让其充分表达当时内心的感受，找到思维和框架的误区，在善解人意的情景下对症下药。

四、提高学生爱商、逆商

苏霍姆林斯基说："我们的教育对象的心灵，决不是一块不毛之地，而是一片已经生长着美好思想道德萌芽的肥沃田地。因此，教师的责任首先在于发现并扶正学生心灵土壤中的每一株幼苗，让它不断壮大，最后排挤掉自己缺点的杂草。"学校积极开展理想、感恩、养成、吃苦、委屈、挫折等专项内化教育活动，让学生感受五味杂陈的人生，教会学生与人相处、做人的道理和学习的方法，使学生既"知书达理"又"仰望星空"。唐老师每周都布置一项固定作业——情感作业。通过坚持不懈的教育引导，孩子们发生了巨大的变化：曾经桀骜不驯的孩子变得懂事、听话、越来越有礼貌了；曾经饭来张口衣来伸手的孩子会主动做家务了；曾经顶撞父母的孩子知道体谅父母、感恩父母了；曾经自私自利的学生会主动关心、主动帮助他人了。

五、家校沟通，三方会谈

经常家访或与家长通话。老师、学生、家长在期初、期中举行"三方会谈"，面对面地交流自己的心声，打开心结。黄老师随时抓拍学生吃饭、课间、跑步、训练、远足、游戏、比赛等精彩镜头，并把随拍的照片分享到家长群，被家长称为"黄妈妈"。段老师回忆起一名转学生时深情地说："我第一次教育她的时候，她哭了，但她眼神中充满着不满与不屑。第二次教育她的时候，她哭了，她的态度变得柔和了。第三次教育她的时候，她哭了，她主动给我分享家庭的琐事。第四次教育她的时候，她哭了，同时也笑了，她哭是觉得对不起我，笑是我把她逗笑的。"

六、因材施教，优选出路

学校要做的是，通过立德树人，促进儿童自我发展。我校转学生在高中毕业时，基本上都找到了对自己来说最好的出路。对于成绩比较好的孩子，学校引导他们考重本、普本；有艺体天赋的，培养他们考艺体院校；成绩较差的孩子，不边缘化他们，支持他们参加高职单招考试，以期进入高校深造。

（与罗红合写，载于《四川教育》2021年总第6期）

社会走笔

吃：从『盼』到『讲究』

民以食为天，最是"吃"字牵人心。说起对"吃"的印象，改革开放前就一个"盼"字，改革开放后就"讲究"两个字。

改革开放前，过了年就闹春荒，吃了上顿没下顿，等着国家的退库返销粮"救命"，人们时刻盼吃饱、吃肉、过年过节、进馆子。

盼吃饱。当时粮食少，蔬菜也不够吃，不少人还挖过野菜、白泥巴（观音米）来充饥。我家还出现过一天吃两顿的情况，天一黑就被父母赶上床睡觉，饥肠辘辘的，睡不着，辗转反侧。

盼吃肉。平时没有肉吃，来了重要的客人，才会杀只鸡"办招待"（请客）。吃肉称为"打牙祭"，这是当时梦寐以求的事。提起嘎儿（肉），就想起肥厚的宝肋肉，就下意识地用舌头舔唇，咂吧咂吧嘴。熬油后剩下的油渣也成了解馋的珍馐，孩子们抢着吃，当时有句话叫"不想吃油渣就莫在锅边转"。父母出去坐席，总是舍不得吃那两片薄得透亮的扣肉（烧白）和那两点比胡豆大不了多少的髈（肘子），最后打包回家给孩子们吃。小孩儿喜欢走人户，遇婚丧嫁娶修房造屋，步行几十里路也不觉得累，席上那肉香味可别提让人有多兴奋了。队上的耕牛死了，不管是老死的还是病死的，都分给各家各户吃，不会拿去白白埋掉。

盼过年过节。过年也没有把肉吃够过。有一年过年，我家从食品站买回两只猪脚，还得留下半只招待拜新年的客人。小孩儿揣着父母给的压岁钱，上街买根甘蔗、买几根麻花什么的吃，乐呵呵的。同时，盼着端午节吃粽子、中秋节吃糍粑。家里的鸡蛋基本上交到村代销点去了。如果哪天早饭吃的干饭，母亲又不断使眼色，叫我到一边去吃（怕被弟弟妹妹看见了）的话，碗底一定有一个蒸鸡蛋，那天也肯定是我的生日。

盼进馆子。一次，我被乡小评为"三好学生"，父亲特意带我去街上食店开洋荤。他从衣袋里掏出用手帕包着的几两大米（抵粮票）放在柜台上，又交钱买了一碗臊子面、两个泡粑的牌子。面和泡粑一端上来，我拿起筷子，不等啜汤，迫不及待地提、吸、咽，哧溜哧溜的，面碗很快就见了底，用手一抹嘴巴，清香，顺滑，舒服。再打一碗汤，撒点葱花，拿起泡粑就咬，感觉它色如凝脂，柔韧淡甜。父亲满意地看着我，尽管他什么也没有吃。

改革开放后，包产到户，粮食蔬菜产得多，猪养得多，饭能吃饱了，隔三岔五可以吃肉了。过年吃猪脑壳，还有腊肉、香肠、豆腐干，正月十五吃猪尾巴（坐墩）。粮站、食品站、供销社完成了历史使命，粮票、肉票、油票、糖票等逐渐退出了历史舞台。人们已经不满足于吃饱了，讲究起丰盛、美食、绿色、健康来了。

讲究丰盛。荤的呢，天上飞的、地上跑的、水里游的都有了；素的呢，自己种的、外地运来的蔬菜和水果品种齐全；牛奶、豆浆、鸡蛋、豆腐、面包、蛋糕、果汁已不是稀罕物了。婚丧嫁娶、逢年过节、亲朋聚会，或在家里办，或上餐厅酒楼，除了传统的"八大碗"、腊制品，其他菜肴一大桌。端午节吃粽子到超市去选购中意的，以前中秋节吃的糍粑已被各式月饼所替代。不想做饭，想吃啥，直接叫外卖。

讲究美食。人们更加重视食品的色彩、味感、质感、刀工、造型、起名、典故、寓意等因素了，好吃的剩饭剩菜也开始打包了。于是，解馋、寻味、觅食的"好吃嘴"们应运而生，吃进他们嘴里的是美食，从他们嘴里说出来的就成了文化。

讲究绿色。大家热衷于食用鲜活的食材料，无污染、天然、优质的食品成为市场上的抢手货，粮食要吃当年的，鸡鸭要吃现宰的，鱼要吃活蹦乱跳的，蔬菜水果要吃新鲜的，植物油要买非转基因的。

讲究健康。合理膳食、食补养生成为主流饮食文化，"早餐吃好、午餐吃饱、晚餐吃少"，营养搭配、低盐低糖少油、食不过饱成了饮食遵循的基本原则，"大鱼大肉"逐渐靠边站，药膳、野菜、粗粮开始受到青睐。

（载于《广安日报》2021年8月24日）

社会走笔

在服务社会中优雅体面地老去

我国古代官员退休叫"致仕","文官告老还乡,武将解甲归田"。到现在,各类人员离退休后都回到社区、村落,过着惬意的生活。

人最大的智慧是参悟生死。生命很短,但应该活出其意义和价值。螺丝闲久了会生锈,离退休人员可以在保养身体、游山玩水、涵养雅趣、含饴弄孙的同时,利用自身在法律政策、眼界格局、阅历智慧、技能诀窍、人脉威望等方面的优势,柔性服务社会,获得衰振且隆之"大乐"。"谁道人生无再少?门前流水尚能西!"这也是一种活法。

(一)当好宣讲员。清代县令王凤生说:"士为齐民之首,朝廷法纪尽喻于民，唯士与民亲，易于取信。"离退休人员在学懂悟透、跟上时代步伐的基础上，围绕理想信念、社会主义核心价值观、法律道德规范、形势政策、中心大局和传统文化精华，发文章，做演讲，拉家常，讲好党史国史、优秀传统、发展变化故事，正党风、肃政风、净社风、化民风，传播先进文化，弘扬社会正能量，激励焕发出更多内生动力。

（二）当好言行标兵。以"乡贤"角色介入民间教化，堪为人伦坊表。离退休人员可通过嘉言懿行和言传身教的道德精神力量和人格魅力垂范乡里，潜移默化地感染父老乡亲，促其崇贤、行善、尽孝、担责、感恩、向上。

（三）当好发展助推者。离退休人员可进入非正规就业市场，继续在熟悉领域发挥专长；做些专题调查研究，为破解改革发展难点建言献策；受聘担任非公企业党建工作指导员，充实基层党建工作力量；协助基层干部管理社会事务、开展群众工作、处理矛盾纠纷、维护社会稳定；在网上积极发声，扶正祛邪，传递正能量；传帮带年轻人，促其快速成长，少走弯路。

（四）当好公益慈善使者。小善善于行，大善善于心。离退休人员应甘于奉献，乐行善举，如志愿服务、送文化下乡、关心下一代、捐资助学、扶贫助困、修桥补路、植树造林、义诊咨询、讲学授业、普法传礼、文明劝导，等等，为身边人送去温暖和希望，在助人中育人。

（五）当好传统文化守望者和传承者。离退休人员可采风问俗，爬梳史料，编纂史志，藏书、著书、访书，"志于道，据于德，依于仁，游于艺"，品赏其中之乐、之福、之幸运；致力保护自然生态与历史人文景观，延续其耐久性和使用性；发掘传统民风民俗，延续礼仪教化厚重珍贵之美；传承传统技艺、地方美食、曲艺歌舞、节庆等非物质文化遗产，守护好精神家园，激活文化遗存"记忆"，让自然与文化共美。

（六）当好民间事务热心人。离退休人员可凭着对人情世故的透彻了解，凭着较强的感召力，可以发挥畅通社情民意、疏导群众情绪的"黏合剂""润滑剂""减震阀"作用，或者释疑解惑，化解矛盾纠纷；或者矫正失足青少年，促其改过自新；或者协办红白喜事，移风易俗；或者参与文明劝导，纯化民风；或者参加小区业主委员会，维护物业管理秩序和业主正当权益；或者组织老同志开展科学文明、健康向上的文体、参观、旅游活动，充实退休生活；或者操持宗族事务，修家谱，建祠堂，祭祖坟，立家规，训子弟，奖助学，营造纯正家风，不拖累儿女。

离退休人员服务社会需要注意四点：一是自觉自愿、量力而行，利用自己的兴趣爱好和特长去推动社会发展、帮助别人，不逞能，不做悲剧性英雄；二是谦虚谨慎，密切合作，建议而不强迫、参与而不主导、服务而不折腾，做事而不惹事，切不可以"老资格"自居，越俎代庖，发号施令，给在职同志的工作造成干扰；三是增强服务的准确性，"己所不欲，勿施于人"，在社会和他人可接受的情况下而为之，切不可为图虚名而盲揣蛮办，或一厢情愿地好心干坏事；四是心态阳光，宽容大度，正派为人，不对过去的事情耿耿于怀，平静而有原则地与人相处，临事泰然自若，理直气壮。

"苍龙日暮还行雨，老树春深更著花。"离退休人员毋须忧伤和无奈，保持老骥伏枥、老当益壮的健康心态和进取精神，适度介入社会服务，能避免退休综合征的困扰，有利于获得友谊、寄托和"二度青春"，让自己自在优雅有尊严地老去。常言道："树老怕空，人老怕松，戒空戒松，从严以终。"每天浑浑噩噩睡到自然醒、为"人走茶凉"耿耿于怀，盘算太多个人的"小九九"，生活失去了趣味，人生没有了价值，虽算不上堕落和颓废，但多少有些苍白和遗憾。王维《酬张少府》有"晚年唯好静，万事不关心"的诗句，表达的并非心甘情愿置身世外，而是宦海失落，不得已而归隐求静。

（载于《和谐岳池》2021年第3期）

从与女性的纠葛中看徐志摩的道德困境

社会走笔

徐志摩短暂的一生,都在和女人纠缠。他集"才子""渣男"于一身,对他推崇备至者有之,鄙夷不屑者亦有之。如果我们入乎其内体察,出乎其外观照,可以发现他行事的"合理"逻辑源于其所处的道德困境。

一、徐志摩视"爱、自由、美"为道德准则

徐志摩喜欢才貌出众、与自己个性契合的女人,并热衷于欣赏、赞美、怜爱和追逐她们。在一次散步中,张歆海对徐志摩说:"你这家伙,真是个情种,一刻也离不开女人的慰藉。一旦有了一个心目中理想的女人,马上便才思泉涌,没有了女人,便整天失魂落魄。"徐志摩回答说:

"我生来就爱美,美在哪里,在自然,自然中最美的是什么,是女人!女人是上帝最得意的作品。……那美丽的女人的身上,寄托着我那'爱、自由、美'的理想。"

徐志摩视爱情为"生命的中心和精华",视恋爱为"关超生死的事情"。他将"爱、自由、美"作为理想,"爱、自由、美"几乎成为其善恶判断标准及道德行为准则。换个说法,他以为,做什么、怎么做、做成什么样、行止控制都应该用是否符合"爱、自由、美"的标准来衡量。

二、徐志摩认为追求"爱、自由、美"的一切行为都是道德的

为了得到"爱、自由、美",他可以冷漠无情,可以不顾情面,可以无视他人的尊严,敢于与所有人为敌,绝不隐忍,永不言弃。

他认为与张幼仪离婚是道德的。

徐志摩与张幼仪的婚姻,是典型的父母之命、媒妁之言,遵循的是门当户对原则。他一开始就鄙弃张幼仪,认为她呆板无趣僵硬乏味,视其为"乡下土包子",拒绝从心理上接纳她。

徐志摩留学欧美多年,深受浪漫唯美文化及个人主义、自由主义思潮的影响,将"爱、自由、美"视为人的"精神生命"的灵魂。

1920年秋,在英国,徐志摩通过林长民认识了其女儿林徽因。她年方二八、"人艳如花"、聪颖优雅,令徐志摩怦然心动,

他暗恋上了林徽因，视她为"唯一的灵魂伴侣"。

在二哥张君劢的敦促下，1920年冬张幼仪到达英国与徐志摩团聚。精神出轨的徐志摩对张幼仪漠不关心，看妻子怎么也不顺眼了，甚至施以冷暴力。幼仪偶尔想和他说话，他就一副不屑的模样说，你懂什么，你能说什么。当幼仪告诉他已有身孕时，他不假思索地命她去堕胎。之后，徐志摩悄然离家出走。张幼仪想过自杀，但"身体发肤，受之父母，不敢毁伤，孝之始也"的古训让她打消了自杀的念头。

徐志摩认为与林徽因相爱的阻力来自妻子张幼仪，于是写信提出与张幼仪离婚。张幼仪在生下次子德生（彼得）一个月的情况下，签下了离婚协议。徐志摩在《新浙江·新朋友》上刊登了《徐志摩、张幼仪离婚通告》和送给张幼仪的诗《笑解烦恼结》。

挣脱了婚姻羁绊的徐志摩心花怒放，他满怀希冀地赶回伦敦。可命运捉弄了他，林徽因经过理智和感情的纠结后，作别了这场冒天下之大不韪的恋爱，随父悄悄回国。这个变故让徐志摩尴尬难堪，满腹愁苦，恍惚发愣，郁悒迷茫。

徐志摩认为，没有爱情的婚姻是不道德的，凑合着过也是咀嚼婚姻苦渣。张幼仪可能是好儿媳、好母亲，但绝不是他的好太太。夫妻与其同床异梦，不如及早离婚以解脱双方、成就双方，这是理所当然、顺理成章之事，并无不当，更无过错。

当其父臭骂他时，他还嘀咕："我既然登报，就不会在乎别人怎么看，毕竟这些人跟我不睡一个被窝"，并一脸委屈地哭诉道："你们也要体谅体谅我的痛苦！"

梁启超得知其学生徐志摩离婚的"爆炸"新闻，立即致信苦口婆心地劝导他"万不容以他人之痛苦，易自己之快乐"。他回信情真意切地表示："我之甘冒世之不韪，竭全力以斗者，非特求免凶惨之苦痛，实求良心之安顿，求人格之确立，求灵魂之救度耳。……我将于茫茫人海中访我唯一灵魂之伴侣；得之，我幸；不得，我命，如此而已。"

徐志摩认为追求已订婚的林徽因是道德的。1924年徐志摩与林徽因一起陪泰戈尔访华，一起用英文演出泰戈尔的话剧《齐德拉》后，对林徽因的爱情之火再度燃起。他一有闲暇便跑去接触林徽因。梁思成和林徽因常结伴到北海公园内的快雪堂幽会，他也追踪蹑迹而至，梁思成渐生反感。直到有一天徐看到梁手书的那张字条——"Lovers want to be left alone（情人要单独相处）"，才茫然若失，悻悻而去。

徐志摩认为追求有夫之妇陆小曼是道德的。他发乎情却不能止乎礼，"朋友妻，照常欺"。他写信给陆小曼母亲，请求她支持陆小曼和王赓离婚。他还鼓动陆小曼跟他私奔，甚至怂恿陆小曼堕胎。

三、徐志摩认定为了"爱、自由、美"的一切付出都是值得的

徐志摩与张幼仪离婚在世俗眼中有些薄情寡义，可他对自己选择的陆小曼，却是极负责任、极有担当、无怨无悔的。

他在"新月"俱乐部里认识了交际花陆小曼。她灵动绚烂之极，被胡适视为北京城不可不看的一道风景。王赓冷峻能干，生活程式化，不懂得温存和陪伴妻子。他拜托徐志摩陪陆小曼玩，后又调往哈尔滨任警察厅厅长，夫妻分居。徐陆二人愈走愈近，渐生情愫，心醉神迷，超越礼度。

他们的恋情违背纲常伦教，不被社会和家人所容。1925年3月徐志摩取道西伯利亚到欧洲进行短暂旅行，以暂避风头。他到柏林看望了张幼仪，抱着一周前刚刚夭折的小儿子彼得的骨灰罐，流下了锥心刺骨的愧疚泪水。一路上，徐志摩被相思煎熬，用信抨击肮脏的社会，表达对陆小曼的缱绻缠绵。

徐志摩深信，他和"理想的伴侣"陆小曼的结合能让彼此的灵魂走向圆满。于是托刘海粟做通王赓和陆母的工作，让王赓与陆小曼离婚。又请胡适出面劝说父亲答应这门婚事，可徐申如不同意大逆不道的儿子娶品行轻薄的有夫之妇陆小曼。经再三劝说，徐申如在附加结婚费用自理、由胡适做介绍人、由梁启超证婚、婚后与翁姑同居硖石几大条件后勉强同意。徐申如趁此分了家，张幼仪获得部分家产。这样的家产安排，强调

了张幼仪在徐家的地位。

1926年10月，陆小曼与徐志摩在北京北海公园结婚。梁启超在证婚讲话中对徐志摩的用情不专和陆小曼的不遵妇道进行了毫不留情的批评，告诫二人只能是最后一次结婚。

徐志摩信心满满，在写给恩厚之的信中说："但我毕竟胜利了——我击败了一股强悍无比的恶势力，就是人类社会赖以为基的无知和偏见。"

新婚燕尔，夫妻俩的小日子过得浪漫而惬意，还合作创作了话剧剧本《卞昆冈》，在上海夏令匹克戏院同演了《玉堂春·三堂会审》，陆小曼饰演女主角苏三，翁瑞午饰演男主角王金龙，徐志摩跑龙套（饰演红袍）。

徐申如夫妇看不惯陆小曼养尊处优，不会做事不会管钱，怒而离开硖石去北京找干女儿张幼仪，并断绝了对儿子、儿媳的经济支持。

从小锦衣玉食的陆小曼奢华无度，醉生梦死，看戏捧角，吃大菜，打牌，吸鸦片。"花钱如流水，攒钱如沙漏。"徐志摩对陆小曼宠溺有加，心甘情愿为她付出。为了讨妻子欢喜，徐志摩绞尽脑汁到处奔波挣钱，除在光华大学、东吴大学、大夏大学授课外，还通过开书店、贩卖古董字画、写作、从事房地产中介增加收入，竭力省俭，仍经济窘迫，债台高筑。

1930年，受胡适邀请，徐志摩到北京大学任教。他苦苦哀求陆小曼北上,陆执意不肯离开上海这个令她如鱼得水的花花世界。面对陆小曼的奢靡、堕落和颓废,徐志摩想改造转化她,一次又一次劝说陆小曼振作起来,戒掉鸦片,养好身体。陆小曼却以身体不适和内心孤独为由一次又一次回怼。落魄穷困失望的他,只有窝火憋气,痛苦无奈,一颗心被扎得血淋淋的。

"烟虽不外冒,恰向反里咽",夫妻感情上的裂痕已明摆在那里。可当胡适等人劝他和陆小曼离婚时,他却说:"这些日,熟人都极力劝我,以为小曼既不肯来北京,最好是离婚。胡太太也居然同意这件事,她是素以保护女权著名的。但我不能这么办,你知道她原是因我而离婚的,我这么一来,她就毁了,完事了,所以不管大家意见如何,我不能因为只顾自己而丢了她……"他没有抛弃陆小曼,对她是负责任的,讲情分的。

1931年11月17日,徐志摩回到上海。他见到的是,陆小曼、翁瑞午躺在榻上吞烟吐雾,陆小曼还让千伶百俐的翁瑞午为自己按摩,便怒火中烧与陆小曼吵了起来。陆小曼操起烟枪朝徐志摩砸去,他的眼镜掉在了地上,碎了。徐志摩愤而离家,两天后因坠机而罹难,济南党家庄附近的白马山成了他悲怆生命的最后安顿之处。

四、持"爱、自由、美"道德观的徐志摩令几个当事女性痴迷倾心

徐志摩"是跳着溅着不舍昼夜的一道生命水"(朱自清话),

将"爱、自由、美"与灵魂交融,他的才气和亲和性使他自由洒脱、热情周到、善解人意。与他深交的几个女人都对他痴迷倾心,纵然是他遗弃了伤害了的女人,对他也无怨怼之言,到老还深深地眷恋着他。这或许折射出她们对徐志摩所持道德观的无甚反感,至少能够包容或原谅。

张幼仪作为被徐志摩"休"掉和羞辱过的受害者,少不了心酸、痛楚和无奈,与徐却坦然相处,并未产生怨恨、憎恨甚至报复心理,除了她宽容、善良、开明的品格修炼外,不能说她在徐志摩面前没有卑微仰望、惶恐不安之心,更不能说对徐没有"得而复失"的遗憾。她尽心尽力抚养儿子,料理公司,侍奉徐的父母,不反对徐陆婚姻,向徐伸出经济上的援手,无不为了维持她与徐志摩独特而有效的那层关系。徐志摩死后,她献了一副挽联:"万里快鹏飞,独憾翳云遂失路;一朝惊鹤化,我怜弱息去招魂",还策划编辑了台湾版的《徐志摩全集》。

徐志摩对陆小曼的"激情之爱"发自内心,结果并未转化为"共情之爱",获得持久的幸福。难改交际花本性的陆小曼,在娇慵沉沦的同时对徐志摩激情减退、依恋减弱,灵性不在。夫妻俩离心离德,渐行渐远,感情死结终究未能解开。徐志摩去世后陆小曼懊悔不已,陷入深深的自责之中。她撰挽联:"多少前尘成噩梦,五载哀欢,匆匆永诀,天道复奚论,欲死未能因母老;万千别恨向谁言,一身愁病,渺渺离魂,人间应不久,遗文编就答君心。"又写纪念文章《哭摩》，还策划编辑了《徐志摩全集》，由香港商务印书馆出版（1983年）。据说，陆小曼生前卧室中挂着志摩的大幅遗像，每隔几天，她总要买一束鲜花送给志摩。

才情过人的林徽因满足了徐志摩对爱情美好的幻想，可二人好像总是隔着一段并不算远的距离，这段距离令他们互相吸引、互相欣赏、互相挂念，无法忘怀。徐志摩遇空难后，林徽因用黄绫将捡回的一块失事飞机皮包裹后挂在卧室里一辈子，还写了散文《悼志摩》。1934年11月，林徽因和梁思成乘坐火车到杭州考察古建筑，途经硖石车站（硖石是徐志摩的故乡和安葬之地）时，她走下列车，泪水盈盈，黯然神伤。

当时文学界四大美女之一的凌叔华，是徐志摩"唯一有益的真朋友"，也是隐秘的红颜知己。他们虽无肌肤之亲，但彼此陪伴依恋，互为对方的心理庇护所，个人秘密和不开心的事可以毫无顾忌地、敞开心扉地说。在失恋期，徐志摩与凌叔华通信频繁，半年间竟"不下七八十封"。他还把装有自己日记的"八宝箱"放在凌叔华这儿，并要求她不能给任何人，只能用作日后为他写传记的参考资料。据凌叔华女儿陈小滢说，母亲在弥留之际，一遍遍念叨的是诗人徐志摩的名字，而不是父亲陈西滢或者其他什么人。

五、徐志摩在两种道德观的殊死搏杀中走向毁灭

徐志摩如一匹没笼头的野马,率性而为,全凭感情用事,情之所至随心所欲,不顾一切。

他单纯天真,胸无城府,较少考量功利,常将生活与诗混淆,现实与梦幻混淆。他毅然决然地排斥旧式女子张幼仪,虽然她孝顺贤惠;他甘之如饴地包容新式女子陆小曼,虽然她有如鸩毒。"纠缠如毒蛇,执着如怨鬼。"他在一意孤行的燃烧中毁灭了迷惘的自己,如一颗炫目的流星瞬间划过苍穹,让人唏嘘不已。

他理想而悲催。笃信以爱情为基础的婚姻才是圣洁高贵的,渴望"啜饮清流"。可命运却和他开玩笑,选择与放弃、缱绻与决绝、痛苦与无奈铸就了他悲催的宿命。罗素似的叛逆使他对父母包办的婚姻有着本能的排斥,导致与张幼仪格格不入,他们的婚姻走到了尽头;与林徽因,已然情深,奈何缘浅,求而不得;痴情于陆小曼,她却放诞不拘自甘堕落,得而不适。他坚信与张幼仪离婚、与陆小曼结婚是他追求"爱、自由、美"的正当步骤,是实现信仰与理想的正当行为。陆小曼的无理取闹促使他负气离家,林徽因的中国建筑艺术演讲让他急于赶往北平捧场。两位名媛一推一吸,将他送上了不归路,他孜孜追求的风花雪月、琴瑟和鸣也一并被葬送。冰心感慨道:"谈到女人,究竟是'女人误他?''他误女人?'也很难说。志摩是蝴蝶,而不是蜜蜂,女人的好处就得不着,女人的坏处就使

他牺牲了。"

　　他向传统道德挑战,不愿将他的理想"打磨"成符合社会规范的表达,不愿被动接受责任和义务优先的婚姻。他的道德标准迥异于世俗的价值取向,有别于"存天理,灭人欲"的自觉自律。他的道德体系与传统道德体系缺乏沟通的基础,谁也不承认对方为"天理""天道",谁也说服不了谁,谁也看不惯谁,冲突无从化解。他简直不能理解,为什么人们不敢抗争,竟屈服于传统道德大棒的压制,"爱、自由、美"之马甘被套上辔头,心中的阳光甘被云翳所吞没,在郁闷、隐忍和妥协中苟且偷生。他说:"中国只有两类人:一类是蔑视爱的挖苦者,另一类是害怕爱的懦夫。"

　　他陷入道德困境不能自拔。在中西文化交融中,在"美"与"善"的冲突中,在情感与理智的博弈中,徐志摩并未想过砸碎旧道德的一切,只想为"爱、自由、美"争取到不能再少的生存空间。但传统道德早已定格为一种天然正义,蓄积着所向披靡的审判力量。世俗这面"照妖镜"将他显示为离经叛道的另类,对父母不孝,对子女不慈,对妻子不忠贞,对朋友无信义。没有谁为他撑腰壮胆,于是乎,他的进取成了颓废,他的执着成了走火入魔,他的缺乏盘算成了率性而为,他的忍让成了放弃原则。可他心中的道德准则代替不了现实社会的道德准则,且前者的势力远远弱于后者,从而陷入不合时宜的道德困境。坚守道德必须付出代价,他手持理想之剑,大声呐喊,左冲右突,想以一己之力向传统道德挑战,可它稳如泰山,自己却折戟沉沙,搭上了性命。

徐志摩并无"阅尽人间春色"、玩弄女性的龌龊心思,与始乱终弃、遭人怨恨的"渣男"有本质上的区别。他崇本举末、知行合一,却被揉捏成了无心的迫害者、为情所痴所困所伤的殉道者和被爱累死的受害者。这就是他的悲剧所在。

(载于《四川文理学院学报》第32卷第3期)

社会走笔

无规矩不成方圆

日常生活中发现诸多无规无矩、不成体统的"乱劈柴"言行，既贻笑大方，又让人感到心痛心焦，似有弄明白之必要。

舅子，即内兄、内弟，是对妻子的哥哥或弟弟的称谓。无郎则无舅，因此，只有门郎才能称妻子的兄或弟为舅子，女性不能称己兄或己弟为舅子。在四川、重庆和贵州，舅子也有骂人的意思，称你为舅子，就是指你的姐姐或者妹妹嫁给他了。

"亲"源于血缘，"戚"源于婚姻，"亲指族内，戚言族外"，故存血亲、姻亲之说。既然亲、戚各属一个系统，称谓就应遵循"各喊各"、两条线不乱不比的原则。侄女为婆婆、姑姑为儿媳时，在男方姑姑亦应叫侄女为妈，在女方姑姑仍为姑姑。

"亲"的辈分是确定的，变不了，父永为父，子永为子；"戚"的辈分要看怎么"捋"，从不同的方向会"捋"出不同的辈分。当然，捋"戚"的辈分一般还是遵循"近为先"原则，直系先于旁系，近世先于远世。"戚"的辈分高并不意味着能占便宜，舅子、岳父、外公辈分高，能说占到别人便宜了吗？其他非亲关系也应遵循"各喊各"的原则，父女同出一师或一校，如果女先入师门或校门，则女为师姐，父为师弟，并不矛盾。

亲家，应读为"qìng jia"，不应读为"qīn jiā"。亲家是两家儿女因婚配而产生的亲戚关系。夫妻双方的父母彼此互称"亲家"。由于儿女与干爹干妈之儿女并非夫妻，儿女父母与干爹干妈互称"干亲家"。

方桌无论束腰与否，桌面或面芯板一般由二至三块木板拼接而成，面板黏合处有一道缝隙，其缝隙不可对着大门、冲着主客，以示对客人的敬重，有缝的两方只能作偏座。方桌的具体座次为：上右为第一，上左为第二，下左为第三，下右为第四，右上为第五，左上为第六，右下为第七，左下为第八，尊卑长幼应各安其座，不能随便。

中华民族很讲孝道，在民国之前，无论男女，不管年岁和地位，只要父母在世，都不能"做寿"，否则，会被人看作是催着父母早死。民间有"生日三不过"的习俗，即父母在世不过，孝服在身不过，未满花甲不过。父母在世，自己不能

"办生日",只能"过生日",不能宴请宾客。父母下世后,弟兄们做寿一般也讲个兄友弟恭,长兄没有开祝寿的先例,老二断不可抢先为自己做寿,以免被人指责为不知恭俭之礼的小人。如今,时过境迁,可不全遵成制,"过生日"可以请亲朋好友小聚一下,但以不收礼为宜,否则有敛财之嫌疑。做生的"虚实""进满",全国各地各有不同,随俗即可。给老人祝寿,儿子媳妇、女儿女婿、孙儿孙女、侄子外甥等晚辈应向老人行叩拜之礼,口中还要说一些表示祝贺的吉利话,一般用"健康长寿"或者"福如东海,寿比南山"等词语,但不能用"长命百岁",否则就是只准老人活一百岁,诅咒老人早死。"长命百岁"这个成语一般用于对婴儿或小孩的祝福上。

(载于《广安广播电视报》2017年第42期)

社会走笔

在超越"小我"中成就"大我"

跬千斋杂记

"小我"是生物学概念上的"我","大我"是"修齐治平,弘毅致远"的"我"。人立于世,立德、立功、立言"三不朽"为至高境界,追求这种境界的过程就是不断超越"小我"成就"大我"的过程。

用理想牵引情怀。对百姓有一颗火热的心,对事业执着追求,对工作兴致勃勃,充满勇往直前的激情。努力行走在理想与现实之间,雷厉风行抓落实,动真碰硬抓落实,锲而不舍抓落实,精准发力抓落实。敢于直面矛盾和正视问题,勇于突破工作瓶颈,善于解决疑难杂症,将解决问题、化解矛盾的过程,转化为推进工作、抓好落实的具体实践,在奋斗中实现抱负。

用学习提升才干。通过勤学善察深

思，不断进行自我改造和自我完善，弥补知识空白、经验盲区和能力弱项，不断增强眼力、脑力、笔力，使自己判断有底气，谋划有眼光，推进有招数，处事有章法，逢难有定力，避险有预案。

用定位涵养格局。君子"达则兼济天下""位卑未敢忘忧国"，新时代的领导干部自应心系天下，为公为民。有了家国情怀，就会有爱心，有责任，有担当，有作为，有敬畏；就会紧盯质效，充分考虑性价比和回报率；就会追求可持续发展，优化资源配置，拒绝政绩工程、形象工程和短期行为；就会气定神闲，不蛮横，不任性，不折腾；就会勤俭持业，持之以恒，久久为功；就会拧紧只图自己升迁发财享乐的"小九九"阀门，在超越"小我"中成就"大我"。

（载于《广安日报》2019 年 2 月 22 日）

社会走笔

把家庭铸造成拒腐保廉的堤坝

为官者的家庭无一例外会成为不法分子"围猎"的突破口和攻击点。我们应该把家庭铸造成拒腐保廉的堤坝,让为官的家庭成员不敢腐、不能腐、不想腐。

首先,一起算清贪腐得失账,着力构建不敢腐的敬畏机制。党纪国法利剑高悬,强力震慑。如果把权力拿去寻租谋利,必然让自己心绪不宁,诚惶诚恐,一旦东窗事发,必定人财两空,前程毁了,身败名裂,身陷囹圄,自由被剥夺,家庭家族瞬间坍塌,这个成本是承担不起的。要警钟长鸣,紧箍咒常念,让其心存敬畏,不抱侥幸心理,时刻保持清醒。珍惜"井底之泉",慎初慎微慎独,耐得住寂寞、经得起诱惑,勿为名累,勿为利锁,勿为权迷，勿为欲困，在大是大非面前敢于说"不"，不吹牛，不虚荣，不攀比，不给苦恼留机会。培养健康高雅的情趣，有爱好有雅趣但不玩物丧志，不让情趣爱好成"癖"成"痴"，更不大肆声张，避免被人"雅贿"或"挟持"。远离黄赌毒，健康的身心不被玷污，美好的未来不被吞噬，不倒在堕落的泥潭中。

其次，帮助筑牢思想之"堤"，着力构建不想腐的自律机制。一方面促使他加强学习，读好有字之书和无字之书，完善思维，提升境界，增长才干，多做"立德""立功""立言"等不朽之事，比品格高，比成就大，比名声好，比站得住，力戒得志便猖狂，忘乎所以。另一方面让他明白两件事：一是生活需要并不多，"良田千顷，日餐不过一斛；华屋万间，夜卧不过五尺"，更何况大多数情况下快乐是在与人分享的过程中产生的，要那么多钱干什么，没有必要做金钱的奴隶。二是"常替丈夫思近忧，莫为儿孙作远虑"。儿孙自有儿孙福。让子女自食其力，注重培养其自强自立的精神，没有必要考虑给子女留太多的钱。林则徐给儿子写过一段话："子孙若如我，留钱做什么？贤而多财，则损其志；子孙不如我，留钱做什么？愚而多财，益增其过。"

最后，扎紧家规之"笼"，着力构建"不能腐"的协防机制。一是关注他的"社交圈""生活圈"。"花花世界"容易让人心理失衡。要留意他的心理情绪变化，及时察觉其在言谈举止、穿着打扮、社交活动、文化娱乐等方面的异常言行，发现他沉醉新、奇、贵，迷恋名、特、优时，要及时劝诫提醒，校正其危险思想。二是家庭成员不当特殊公民，不追求特殊待遇，不能有"一人得道，鸡犬升天"的思想。坚决做到不干政、不打听、不传话，不给配偶出难题。把好自己的家门，不该收的礼坚决不收，不该得的利坚决不得，不该拿的东西坚决不拿，该拒绝的拒绝，该回避的回避，该退回的退回，该上交的上交，让不法分子迂回侧击也不能奏效。毛主席曾说，世界上怕就怕"认真"二字，共产党就最讲认真。尤其是在生日、节日、乔迁、婚丧嫁娶时不能麻木，否则会产生温水煮青蛙效应。三是树立孝亲和谐的家庭观，孝敬老人，教育好孩子，安排好家庭生活，用温暖的家庭生活舒缓配偶的工作压力，让配偶"一身正气上班去，两袖清风回家来"。

曾国藩有一句名言"人为财死，不贪少祸。"贪廉一念间，荣辱两世界。对为官家庭成员的贪腐行为，千万不能睁一只眼闭一只眼、同流合污甚至推波助澜，而应当好廉内助，守住幸福门，为他干事创业提供精神鼓励和支持，这才是为家庭做贡献，这才是明智之举。

（载于《广安日报》2020年2月22日）

社会走笔

坚定信心跟党走

通过党史学习教育，我们更加深刻地感受到中国共产党的蓬勃生机和旺盛活力。深信在未来的历史进程中，我们一定将在中国共产党的坚强领导下，实现中华民族伟大复兴。

"政之所兴，在顺民心；政之所废，在逆民心。"从全面深化改革到精准脱贫，从生态文明建设到抗击疫情，从高科技发展到维护国家核心利益，从促进"一带一路"国际合作到推动人类命运共同体构建，中国共产党科学执政、民主执政、依法执政的行动轨迹和带领中华民族从站起来到富起来到强起来的丰功伟绩，让百姓信赖拥护，让人民坚定追随。

我们党在内忧外患中诞生，在磨难挫

折中成长，在攻坚克难中壮大。在这个过程中，党始终与时俱进，不忘总结经验、汲取教训，维护党的纪律，坚持党员标准，"照镜子、正衣冠、洗洗澡、治治病"，必要时拿出"刮骨疗毒、壮士断腕"的气魄，以保持先进性和纯洁性。

中国共产党是全世界少有的组织非常严密、基础非常广泛的大党。在多党合作和政治协商制度的大背景下，随着党对工会、共青团、妇联工作领导的改善，其强大的动员力、行动力和战斗力是世界上任何一个政治组织所无法企及的，其大担当、大气魄、大情怀是世界上任何一个政党无法比拟的。

党在组织体系建设和干部的培养、选拔、任用、监督、问责、罢免等方面形成了完整有效的制度。"德才兼备、以德为先、任人唯贤"的选任标准，既让优秀人才脱颖而出，又推进了干部队伍革命化、年轻化、知识化、专业化，保持了政治上的平衡稳定。

作为一名党员，我们要坚定维护党的核心领导地位，坚决听党话，永远跟党走，以必胜的信心迈向更加辉煌的未来。

（载于《广安日报》2021年5月12日）

社会走笔

幸福『耙耳朵』

"耙耳朵"就是妻子说了算,"幸福耙耳朵"则乐在顺妻之中。"幸福耙耳朵"实际上是顺而不惧,虽主动示弱却绵里藏针,并非没有骨气,蕴含着大丈夫有所为有所不为的大智慧;"幸福耙耳朵"并非无才无用,他们往往大智若愚,眼神天真,小事"装糊涂",大事"顶得住",关键时刻是主心骨。

"幸福耙耳朵"不是想当就能当的,它是夫妻主客观条件共同造就的。妻子不会操持家务或不愿做家务的当不了,妻子格局小无爱心的当不了,妻子没有主见或办事不干脆利落的当不了,妻子耍泼使悍作河东狮吼的当不了。做丈夫的愚昧、平庸、懦弱、窝囊的当不了,容易被鄙视,被压迫；知行不一的当不了，内心不够强大，被迫而为之，无奈痛苦，备受煎熬，全无惬意；有唯美倾向的当不了，唯恐别人弄出了瑕疵，降低了品质，定要跳出来干预一番；有大男子主义的当不了，怕妻子走在了前面，千拦万阻，不让遂其所志。

"幸福妃耳朵"靠四招立足。

招数一，能屈能伸。深谙家庭是个讲情的地方，家事并无对错，夫妻之间不必时时、处处、事事较真，非要分出个对错、高低、输赢来，往往假装"耳痹"。对妻子言行不甚满意时，不吐嫌弃之语，不显鄙夷之态。妻子说话时，做认真的倾听者，不嫌唠叨啰嗦，不斥孤陋浅薄，不翻陈年老账，不计较她生气时说过的话，不揭她过去的伤疤。工作上再不顺心，也不把焦虑、烦恼、委屈、怨气传递给家人，不让负面气息笼罩家庭。

招数二，善解妻意。做家务，遵循"力所能及，发挥所长"原则，不偷懒也不抢着做。妻子生气发怒，则用宽慰、诙谐、逗趣之语来缓解紧张气氛。两口子发生口角后，不把沉默当武器，放下身段主动与她真诚沟通，给她一个台阶下。妻子患病住院，衣不解带地陪护在侧。妻子逛商场，耐着性子陪她，任其东挑西拣。无法按时回家时，打电话向她通报一下，一来避免剩饭，二来令其放心。在外尤其是在她娘家人面前，言行举止间给她留足面子。涉及岳父岳母的事儿，慎待善承，进退恂恂。

招数三，有点情调。夫妻之间，需要尊重，需要陪伴，需要激情，需要浪漫。追求精致生活，回忆当初的美好，聊天玩笑，嗔怪狡黠，撒娇赖皮；吃大餐，看电影，听音乐会，看球赛，玩游戏，散步，逛商场，自驾游，乐在其中。妻子的生日要么送礼物，要么小聚一下，营造出情意绵绵的氛围。

招数四，外润内贞。他们有"柳下惠坐怀不乱"的忠诚，不拿妻子跟有先天优势的其他女人比较。不轻易提出离婚，以免伤了她的自尊心。

"幸福粑耳朵"好当么？答道，既好当又不好当。我想，甘当粑耳朵，乐当粑耳朵，既是一种幸福，也是一种人生境界吧。

（载于《广安日报》2023年4月7日）

社会走笔

也谈"两个半人"

读书经常见到"两个半人"的说法。在我的印象中,能列入"两个半人"的多为如雷贯耳之人。

梁启超以立德、立功、立言"三不朽"为依据,提出中国历史上有两个半圣人,一个是孔子,一个是明朝的王阳明(守仁),半个是清末的曾国藩。

有人提出,要了解西方全部的哲学精神,你只要了解两个半人的思想就可以了,他们是一个苏格拉底加半个柏拉图,再加一个黑格尔。

唐德刚认为,自有近代外交以来,中国出了"两个半"外交家,周恩来是一个,李鸿章是一个,顾维钧是半个。

有一个说法,在我国教育历史上有"两

个半教育家","两个"是指孔子、陶行知,"半个"是指蔡元培。

刘文典是《庄子》研究专家,有人问起古今治庄子的得失,他放言:"普天下真正懂庄子的只有两个半人,一个是庄子本人,一个是刘文典,半个天下人共分之。"

"两个半"不满"三"。人们喜欢用"两个半人"来表达,并非出于吝啬,是有深层原因的。

一是源于对"三"的崇拜。老子的《道德经》第四十二章有"道生一,一生二,二生三,三生万物"之论。无论高低好坏对错,"三"都是一个表达的上限。《左传》中的《曹刿论战》为后世留下了"一鼓作气,再而衰,三而竭"的真知灼见。常言道:"事不过三"。对人犯错误总会以"有再一再二,没有再三再四"的标准来评判,因为过了"三"事情就可能出现质变。查一下汉语成语词典,含"三"的成语数不胜数。

二是源于对"半"的痴迷。"一半",是中国传统文化中的一种"哲学",它是事物的中间状态,不偏不倚,过犹不及,月盈则亏,水满则溢。"说半句留半句",为的是"明哲保身"。"半"是一种人生境界。星云法师说:"这世界,是一半一半的世界。天一半,地一半;男一半,女一半;善一半,恶一半;清净一半,浊秽一半。"只有学会包容不完美的一半,才会拥有一个完整的世界。"半"具有缺陷美,让人有想象空间。《菜根谭》中说:"花看半开,酒饮微醉,此中大有佳趣。"古人喜欢以"半"字入诗,营造出欲语还休、朦胧婉转的美学境界。半月、残月已经成了一个美学范本,画一半藏一半是意境,月圆一半花开一半是圆满。明代文学家梅鼎祚写过一首题为《题画》的诗:"半水半烟著柳,半风半雨催花。半没半浮渔艇,半藏半见人家。"24字中竟有8个"半"字。

社会走笔

谈民国学界狂人

民国时期,社会动荡,思想活跃,大师辈出,学界狂人层见叠出。

"清末怪杰"辜鸿铭生在南洋,学在西洋,婚在东洋,仕在北洋,拥有13个博士学位,学博中西,是清末精通西洋科学、语言兼及东方华学的中国第一人。他热衷推介东方文化和精神,影响重大。西方人曾流传一句话:到中国可以不看三大殿,不可不看辜鸿铭。1917年,受北大校长蔡元培热情邀请,辜鸿铭到北大教授英国文学。他拖着条大辫子,大摇大摆地走上北大文学院的红楼,学生哄堂大笑。他却平静地说:"我头上的辫子是有形的,你们心中的辫子却是无形的。"听闻此言,狂傲的北大学生一片静默。上课前,先给学生约法三章：一是他进教室的时候学生都得站起来，上完课要他先出去学生才能出去；二是不管是他向学生问话还是学生向他问话，学生都得站起来；三是他指定要学生背的书，学生都要背，背不出不能落座。辜鸿铭曾批评胡适的英语是美国中下层的英语，他说古代哲学以希腊为主，近代哲学以德国为主，而胡适不懂德文，又不会拉丁文，他教哲学岂不是骗小孩子的？在爱丁堡留学时，有一次上公共汽车后，他故意买了一张英文报纸倒过来看，惹得旁边的英国人哈哈大笑，认定这个看似乡巴佬的家伙根本不懂英文还要学人附庸风雅。辜鸿铭等他们笑够了，这才把报纸一收，操着一口漂亮的英语淡定地说："英文这玩意儿太简单了，不倒过来，简直没有意思。"旁边的英国人目瞪口呆，车到站了，辜鸿铭从容地走下车去。

章太炎青年时代写出《春秋左氏读》后，曾很自负地宣称，如果刘逢禄看了这本书，只能是爬着逃走，刘逢禄是比章太炎的老师俞樾还长一辈的清代经学大师，曾著有《左氏春秋考证》。有一回，章太炎到北京大学讲学，由马幼渔、钱玄同、刘半农等大师级弟子陪同。太炎先生国语不好，便由刘半农任翻译，钱玄同写板书，马幼渔倒茶水。他着一身绸衫，站在讲台中央，看一眼几位恭恭敬敬的教授，又扫一眼教室里满满当当的学生，满意地笑了笑，开口道："你们来听我上课是你们的幸运，"学生们一阵唏嘘，"当然也是我的幸运。"老先生随后补充道。

曾有人问章太炎："先生的学问是经学第一，还是史学第一？"，他竟然答道："实不相瞒，我是医学第一。"为了给自己女儿起名字，他从浩如烟海的古籍中找到了极为怪僻的文字，导致当时学术界的名流也不认识，四个女儿的名字分别是：章㸚（lǐ）、章叕（zhuó）、章㠭（zhǎn）、章㗊（jí）。他给女儿取这样深奥的名字，本意是想求得儒士名流为婿，可惜无人能认识这四个字，四个女儿只能苦等。眼看没人来上门提亲，章太炎只得将女儿名字公布于众，并且取消了只有认识这几个字才能嫁女的苛刻标准。他临终有言："吾死以后，中夏文化亦亡矣。"

沈尹默以书法闻名于世。一次，他的北大学生傅振伦对他说："先生的字恐怕是中国第一了。"他充满自信地说："我是世界第一。因为欧美非等洲的人全不会写汉字，如果我是中国第一，当然也就是世界第一。"傅振伦点头称是。

黄侃与章太炎并称为"乾嘉以来小学的集大成者""传统语言文字学的承前启后人"。他常说，学问之道有五："一曰不欺人，二曰不知者不道，三曰不背所本，四曰为后世负责，五曰不窃。"他坚持"五十之前不著书"。遗憾的是，黄侃没能挺过50岁就意外身亡，著书之愿遂成泡影。周作人评价黄侃："他的国学是数一数二的，可是他的脾气乖僻，和他的学问成正比例，说起有些事情来，着实令人不敢恭维。"即使对其师章太炎先生的经学,他有时也会批评一声:"粗!"还有一次,黄侃将雨天穿的"钉鞋"用报纸裹着出校门。新来的校卫不认识黄侃,见此公土里土气,腋下又携带着一包东西,于是上前盘问,并要检查纸包。黄侃放下纸包拂袖而去,此后几天一直不去上课。系主任见黄侃一连几天未上课,以为生病,登门拜访。见面后,黄侃一言不发。系主任不知所措,回来后赶快报告校长。校长亲自登门,再三询问,黄侃才说:"学校贵在尊师。贵校连教师的一双钉鞋也要检查,形同搜身,成何体统?荒唐!荒唐!是可忍,孰不可忍!"校长再三道歉,后又托名流们相劝,黄侃才答应回校上课,但是,他提了个附加条件:"下雨不来,降雪不来,刮风不来。"一次马寅初去看他,谈到《说文》,他一概置之不理,再问,他便不客气地说:"你还是去弄经济吧,小学谈何容易,说了你也不懂!"马听完拔腿便走,立即与黄断交。黄侃年轻时曾拜访大学者王闿运,王对黄侃的诗文激赏有加,不禁夸赞道:"你年方弱冠就已文采斐然,我儿子与你年纪相当,却还一窍不通,真是钝犬啊。"黄侃听罢美言,竟道:"你老先生尚且不通,更何况你的儿子。"

黄侃之狂,最有名的要算他那句:"八部书外皆狗屁"。"八部书"是指《毛诗》《左传》《周礼》《说文解字》《广韵》《史记》《汉书》《昭明文选》。中央大学规定师生进出校门要佩戴校徽,黄侃偏偏不戴。门卫见此公穿一件半新不旧的长衫,一块青布包着几本书,又不戴校徽,要看他的名片。他说:"我本人就是名片,你把我拿去吧。"他仔细看了门警几眼,然后说:"我看你倒是有校徽,就请你去上课好了!"说完,便把皮包、讲义交给门警,扬长而去。黄侃爱调侃、挖苦胡适。在中央大学讲谢灵运做官做到了秘书监时,想起了胡适,胡适写了两本书,一本叫《哲学史大纲》,另一本叫《白话文学史》,虽是两本不一样的书,却有一个共同点:都只写了一半,下半部没有。黄侃窃喜,说:"昔日谢灵运为秘书监,今胡适可谓著作监也。"学生听不明白,啥叫著作监?黄侃道:"监者,太监也。太监者,下面没有了也。"学生大笑。有一次,黄侃给他学生讲课兴起之际,又谈起胡适和白话文。他说:"白话文与文言文孰优孰劣,毋费过多笔墨。比如胡适的妻子死了,家人发电报通知胡某本人,若用文言文,'妻丧速归'即可;若用白话文,就要写'你的太太死了,赶快回来呀'十一个字,其电报费要比用文言文贵两倍。"全场捧腹大笑。一次,黄侃、胡适同赴一宴。席间,胡适大谈墨学,黄侃对其所言甚为不满,跳起来说道:"现在讲墨学的人都是些混账王八!"胡适大窘。黄又接着说:"便是适之的尊翁,也是混账王八!"胡适怒极,正欲发作,黄却笑道:"且息怒,我在试你,墨子兼爱,是无父也。你今有父,何足以谈论墨子?我不是骂你,不过聊试之耳。"举座哗然大笑。黄侃只管讲课,却从不给学生布置作业,更懒得考试判卷。如此一来,学生的成绩没法评定,自然无法向校方交差。黄侃干脆给教务处写了一张"成绩单",上面只有五个字:"每人八十分。"校方拿他一点办法都没有。

23岁就在北京大学任教的梁漱溟被称为"中国最后一位大儒",他曾坦言:如果我死了,天地定将为之色变,历史或为之改辙。

徐悲鸿曾说:"中国画家真正画油画的,只有两个半人,我自己一个,潘玉良半个。那(另)一个忘记是谁了。"

刘文典27岁即任教北京大学。在担任安徽大学校长时,蒋介石多次表示要去视察,刘文典却拒绝政治家到校"训话"。之后,蒋介石传令刘文典当面向他汇报,刘称蒋为"封建军阀"。事后刘文典被关押。西南联大期间,刘文典完成《庄子补正》一书,并出版。一直不肯轻易誉人的陈寅恪作序赞曰:"先生之作,可谓天下至慎矣……然则先生此书之刊布,盖将一匡当世之学风,而示人以准则,岂仅供治《庄子》者之所必读而已哉!"有人问起古今治庄子的得失,刘先生放言:"普天下真正懂庄子的只有两个半人,一个是庄子本人,一个是刘文典,半个天下人共分之。"每上《庄子》课时,他开头第一句总会自负地说:"《庄子》嘛,我是不懂的喽,也没有人懂!"他常常对人说:"联大只有三个教授,陈寅恪先生是一个,冯友兰先生是一个,唐兰先生算半个,我算半个。"他讲元好问、吴梅村的诗时,放出大话:"这两位诗人,尤其是梅村的诗,比我高不了几分。"他对其子刘平章说:"我的名呢,就是在校勘学方面可以留名五百年,五百年之内可能没有人超过我。"刘文典讲课时,著名学者吴宓也坐在最后一排旁听。每讲到得意处,他便抬头向最后一排看,问道:"雨僧(吴宓的字)兄以为如何?"这时候吴宓必定会很给面子地站起来,用佩服至极的语态,一本正经地回答:"高见甚是,高见甚是!"有一次发空袭警报。刘文典知道陈寅恪眼睛不好,体力又差,便带几个学生挟着陈寅恪往防空洞跑,边跑边喊:"保存国粹要紧!保存国粹要紧!"看见沈从文也在跑,刘便正言厉色道:"我跑是为了保存国粹,学生跑是为了保留下一代的希望。可是该死的,你干嘛跑啊?"因沈从文是搞新文学的,写白话小说,刘看不起他。在西南联大晋升沈从文为教授时,刘亦大骂:"陈寅恪才是真正的教授,他该拿四百块钱,我该拿四十块钱,朱自清该拿四块钱,可我不会给沈从文四毛钱!沈从文要是教授,那我是什么?"

　　陈寅恪被誉为"公子的公子,教授之教授"。在胡适眼中是一个当世"(治史)最渊博、最有识见、最能用材料"的人。他每次讲课,开宗明义就说:"前人讲过的,我不讲;近人讲过的,我不讲;外国人讲过的,我不讲;我自己过去讲过的,也不讲。现在只讲未曾有人讲过的。"1953年末,郭沫若写信并派人到广州中山大学盛邀他出任中国科学院中古史研究所所长时，他提出了两条谁也不敢提的"任职条件"：一、允许研究所不宗奉马列主义，并不学习政治；二、请毛公或刘公给一允许证明书，以作挡箭牌。

梁启超演讲，走上讲台，打开讲稿，眼光向下面一扫，两句开场白，头一句是："启超没有什么学问，"眼睛向上一翻，轻轻点一下头："可是也有一点喽！"

熊十力和废名的住房两门相对，二人在佛学上有不同的见解。熊说："我的观点是代表佛的，你反对我，就是反对佛。"两人为此争论不休。一次，两人吵着吵着，忽然没有声音了，季羡林先生很奇怪，走去一看，原来两个人互相卡住对方的脖子而发不出声音了，真是"此时无声胜有声"。过了没两天，两人又谈笑风生，和好如初，进入下一轮的争论之中。殷海光有一次拜访熊十力，谈起冯友兰、胡适和金岳霖。熊说胡适的科学知识不如"老夫"，冯友兰不识字，金岳霖所讲是戏论。据牟宗记述，1932年冬他与熊十力言谈中，熊忽一拍桌子，大喊："当今之世，讲晚周诸子，只有我熊某能讲，其余都是混扯。"

1944年，民国教育部授予汤用彤所撰《汉魏两晋南北朝佛教史》最高奖，他得到这信息后，满脸不高兴，对朋友们说："多少年来一向是我给学生分数，我要谁给我的书评奖！"

钱锺书在清华大学饱读诗书，学生给他起了个外号，叫做

"清华之龙"。清华大学毕业后,陈福田等人想让钱锺书读清华研究所,钱锺书答道:"望眼清华,还没有一个教授有资格来当我的导师!"钱老一生惜时如金,埋首学问,无数次拒绝了各种采访、兼职和宴请。对那些虚与应酬的"饭局",钱老视为一大"公害",辛辣地讥之曰:"见些不三不四的人,花些不明不白的钱,说些不痛不痒的话,吃些不干不净的饭。"

废名讲鲁迅的《狂人日记》,一开头就说"我对鲁迅《狂人日记》的理解比鲁迅自己深刻得多。"同学们大吃一惊,不得不仔细听他讲了。

这些人"志极高而行不掩",其言行表现与传统的谦让、隐忍、平和处世哲学格格不入。"狂"是站在风骨、学识方面来看的。学界狂人中有真正的名士,他们为学界大鳄,有大格局、真学问、高境界,笔落而风雨惊,啸长而天地窄,其学术风骨、求真精神傲视方家,他们有任性和对抗世俗规矩的底气、资本,一切源于内心,一切都是骨子里自带的,一切都是那么自然而然。虽有人质疑,但并不招人厌烦,最终,他们巍然屹立。当然,也有嘴尖皮厚腹中空者,他们内心自卑,被优越情结支配,渴望被人仰视,于是装腔作势,语出惊人,粗鲁无礼,达到彰显自己、借以吓人的目的。不知者仰之尊之,知之者鄙之远之。还有假清高者,他们看似对万事万物不屑一顾,端着架子,隔着距离,内心却时刻在窥探别人是否在乎自己，生怕被小瞧、被忽视，脱不了追名逐利的窠臼。

狂者终究害怕更狂者。"不与时人争高下，直取古贤作朋俦"自当高过狂人一筹。

（载于《和谐岳池》2023年第1期）

社会走笔

阅读 点拨 效仿

近年来，语文教学新概念、新名词大量衍生，让人应接不暇，令人无所适从，不少语文教师有点不适应。

语文学科的功能是培养阅读、思考与表达能力。语文学习主要靠积累和实践，得法于课内，得益于课外。这是语文独具的学科规律。语文教学必须遵循这一学科规律，精准指导学生多读书、多思考、多写作，让学生获得切实的进步或发展。古代书院"读书、背诵、讨论"模式，旧时私塾的"朗读、背书和书写"模式，都强调在儿童记忆力最旺盛的时期最大限度地积累语言材料。笔者认为，语文教学应当平实、简单、有效，始终抓住三个关键词。

一、阅读

语文教学，读书为要。黄庭坚的岳父孙莘老就写文章之事请教欧阳修，欧阳修淡淡地回答："无他术，唯勤读书而多为之，自工。"叶圣陶认为课文并不等于课程，"语文教材无非是个例子，凭这个例子要使学生能够举一反三，练成阅读和作文的熟练技能"。我们不能"抱着教材打滚"，除了课本，须以篇引类，构建阅读体系，推荐适合学生阅读的经典著作、精美之文，拒绝"文化快餐""二手货""鸡汤"。要善于传授读书之法，使学生养成静心阅读、适度背诵、批注摘录、写读书笔记、沉潜把玩的良好习惯。驱动学生深度阅读，引导学生学会在具体的问题、情境中提取信息、猜测推论、比较分析。通过大量阅读，学生在语境中获取语用经验，积累语言材料和语言典范，掌握语言规律，形成语感。在广闻博览、融会贯通的基础上，开口讲话、落笔为文，自然"有话想说、有事可写"。说多了、写多了，自然冷暖自知，表达能力逐渐提升。在读写过程中，学会了体察领悟世界，接受了语言文字所蕴含的思想、文化、人文内容的熏陶感染，语言、文字、文学、文化、生活等方面的常识会逐步得到落实。教师作为职业读书人，理应多读书，严肃书必读，"闲书"捎带读，让自己博学多才、精神安宁，还要带动学生喜欢上读书。学生自己喜欢阅读，就不会视阅读为负担了。

二、点拨

学生只有通过读写内化，让核心素养落地生根，才能形成相应能力。现在，不少语文课捡了芝麻丢了西瓜，将主要精力花在对文本做孤立、架空、肢解式分析和模式化解读上，沉溺于语文知识和方法策略的训练，试图从作品里解读出标准答案，学习内容变得碎片化，粗暴地剥夺了学生阅读、感受、体验和思考的权利，教师教得繁琐辛苦，学生学得被动压抑，学生实际获得不多，结果自然高耗低效。教师的功夫要下在"独具慧眼"和"总体观照"上，敢于放手，尽量少讲。只讲不得不讲之处，给学生腾出读书时间。教师的"讲"更多的是点拨，比如，对学生阅读过程的偏颇处、疏漏处进行点拨，对作品的要害处、疑惑处、奥妙处、精彩处、关联处进行点拨，点拨一定要精当深刻而有意味，点就点破、点醒、点精彩。教师精粹简要地提问、组织有深度的讨论、传授学习方法也是一种点拨。语文课要上得有语文味，不搞花架子，不热衷于表演，不图表面热闹精彩，不追求笑声、掌声和轰动效应。有必要组织学生合作探究时，扮演好组织者、引导者、参与者、激励者角色，变课堂教学中的精英垄断为大众参与，确保对话和生成的质量。

三、效仿

效仿是对思考过程的再现，比模仿多问了一个"为什么"。主要效仿借鉴范文的谋篇布局、素材挖掘、思维展开、语言表述，掌握一些经由经验定型了的基本模板套路，先让文章中规中矩，再联系自己的生活实际放胆自由行文，把作者的语用经验化成自己的经验，通过融合重组化用，表达就会结构完整、文从字顺、情感真实。学生不断写作，老师不断批改，强化语言表达实践，活用积累的东西，学生观察、思考、表达能力就会一步一个台阶地提升。如果教师能一路下水实践，就会洞悉关隘沟坎，指引就会更明确，点拨就会更精准，教起来就会游刃有余。

（载于《教育导报》2023年第45期）

社会走笔

施政如治家

《礼记·大学》提出的"修身齐家治国平天下"指明了士大夫修身成长和立德立功的路径,《孟子》的"天下之本在国,国之本在家,家之本在身"饱含"家国情怀"。

家是国的缩影,国是家的延续。世人多论"治国必先治家",所谓"一屋不扫,何以扫天下"。被康熙帝称为"天下廉吏"的于成龙在《忍字歌》中提出"我今治国加治家,视尔万民如子弟",为施政理念打开了另一扇窗,至今仍具有借鉴意义。

十八大以来,党和国家惩办了一批违纪违法犯罪的领导干部,既大快人心,又甚是可惜。他们要么贪污受贿,要么滥用职权,要么玩忽职守,要么拉票贿选,要么权色交易，徇私枉法只为"权、财、色"三个字。可当今谁也没有免罪的"丹书铁券"，谁也不是"铁帽子王"，罪责轻者丢官受处分，罪责重者银铛入狱。

家庭是一个放下名利、纯粹善行的共同体，家庭成员间具有天然的忠诚和亲和力。

治国之法与治家之道具有内通性。我们有必要且可以将"施政如治家"作为对领导干部的基本要求。如果以治家思维施政，就会遏制个人欲望，正己修身，善小而为之，恶小而不为；就会本着"兴利除害、费省效宏"原则，从实际出发谋求"开锁""过河"之策，不瞎折腾，不搞形式主义和形象工程；就会"四海为家"，杜绝短期行为；就会"君子爱财取之有道"，不搞利益输送，不挖自家墙角，不吃拿卡要，不贪污受贿；就会"父其父，子其子"，上行下效，重情重礼，远离诬妄。

"积善之家，必有余庆。"称职的家长威严而不专断，淡定而不茫然。"施政如治家"并不认可或容忍家长制作风，颐指气使、霸道妄为不是正道，也注定没有市场。

近则身家，远则天下。对能走得更"远"、有成为政治家潜质的干部，则着重淬炼战略思维能力、宏观把握能力、谋划发展能力、科学决策能力、应对复杂局面能力，达到"治大国若烹小鲜"的境界。

在施政与治家问题上，对领导干部要讲两句话：一句是"治国先治家",涵养清廉家风,让家人输出正能量,不拖后腿,不谋私利;一句是"施政如治家",用爱心、忠诚、无私、投入来治理一方,获得好政绩,赢得好口碑。

(载于《广安在线》2023年5月9日)

社会走笔

过年的根魂需要留住

春节是中国人的文化胎记,如灵魂一样深深扎进肉体里。中国人躲不开那浓酽撩人的年味儿,过年的过程已固化为带有仪式标志的习俗文化,它承载着人们对生活的期盼与想象,羁绊着秾郁的亲情和乡愁。

有句老话,叫"有钱没钱,回家过年",纵然千里迢迢,跋山涉水也要赶回陌生而又熟悉的故乡过年,"年"与"家"总是如影随形。

及今,每天都像在过年,人们不再为吃穿而犯愁,不再为过年关而苦恼,过年与平时的生活已无巨大反差,春节已变成各行其是的小长假。生活精致了,年味却淡了。提起过年,大人孩子都说没多大意思。大扫除雇家政做，"扫尘"变得可有可无。新衣服直接买，"过裁缝"已定格为不会重复的故事。团年饭在酒楼里安排，即使餐桌上全是挪威三文鱼、澳大利亚大龙虾、日本神户牛肉、俄罗斯鱼子酱，任你觥筹交错、豪饮狂嚼，却不见了家里的随意舒坦。春联不用自己写或求别人写了，可直接买印刷品。守岁时春晚"一统天下"，交流的话题变得单一。礼品由土特产变为包装精美的礼盒，在亲戚家转来转去可能又物归原主。问候则群发短信微信，登门拜年已属难能可贵。给小孩发压岁钱，动辄百元千元的，可小孩缺乏那种弥足珍贵的感动，他们要压岁钱理直气壮甚至有点强迫的味道了："恭喜发财，红包拿来；不拿红包，打成熊猫。"有人"父母在，不远游"的古训也不遵守了，刻意在春节结伴出去旅游，理由是"不拥挤"。

  世易时殊，花开花落，真正的、原生态的过年早已成为历史。传统习俗逐渐被稀释，礼仪礼节逐渐被漠视，亲情友情逐渐被销蚀，团圆陪伴逐渐被弃置，热闹放松逐渐被同化。

  继承乃经，移植是纬。我们无需尺寸古人，亦步亦趋，但民族文化的转型跨越、濯古来新，并非自断血脉的推倒重来，更非茫然无知的随波逐流。如何让传统节日永远不离根魂、更加生机盎然、更好地活在当下，这才是关键。

（载于《广安在线》2023年5月10日）

年轻干部成长需要处理好"五大关系"

社会走笔

跬千斋杂记

干部成长靠自身努力、群众拥护、同事支持和组织培养。"内圣"方能"外王",机遇总是垂青有头脑、有准备、肯努力的人。年轻干部成长中需要处理好"五大关系"。

一、知与行的关系

"学如弓弩,才如箭镞。"年轻干部要持之以恒地读有字之书和无字之书,扩大视野,提升眼光,不断完善履职尽责必备的知识体系,并且拥有一技之长。刀在石上磨,人在事上练。坚持理论和实践相结合,将理论和知识付诸实践,让书本知识内化、沉淀,做到学思结合,知行合一,将自己锻造为"文官执笔安天下、武将上马定乾坤"的行家里手。思深方益远,谋定而后动。要深入调研、深入思考,超前谋划、系统设计，理清思路、配套手段。要统筹兼顾，学会"弹钢琴"，找准工作主攻方向，抓关键问题、抓实质内容、抓管用举措，突出重点、带动全局。亲民爱民，善用权力，"掬水月在手，弄花香满衣"，群众的眼睛是雪亮的。

二、规划与历练的关系

制定一个清晰的自我成长规划，避免迷茫、跟着感觉走。曾国藩说："古之成大事者，规模远大与综理密微，二者阙一不可。"年轻干部强烈地向往目标，并坚持不懈地追求目标。要服从分配，不挑不拣，从基层做起，从小事做起，在艰苦环境中锻炼成长，逐渐积累经验、逐步得到认可、逐渐变得成熟。要敢担当、善作为，冲在前、干在先、作示范，理智成熟，蹄疾步稳，力避兴勃殆甚。不能自视过高、急于表现，要心态平和，坦然面对进退留转。一门心思拉关系、走门路，嫉贤妒能、使绊子，阳奉阴违、搞变通，心浮气躁、频换岗，不会有什么好结果。

三、讲规矩与大胆工作的关系

讲规矩，就是理想信念坚定，对党忠诚，在政治上站得稳、靠得住、信得过；有规矩的按规矩办，没规矩的按惯例办，没惯例的按领导要求办。接受的任务要想方设法按时按质完成，不简单分包，不优柔寡断，不事无巨细反复请示。对认准了的事，要义无反顾地做下去，同时最大程度争取理解和支持，努力化解矛盾、减少失误,力求事半功倍。要勇于攻坚克难,善于解决复杂问题,困难时刻能拿出破解难题的锦囊妙计。要敢于担当,主动分担,既做明眼人,又做明白人,主动投身到各种斗争中去,面对大是大非时敢于亮剑,面对歪风邪气时敢于坚决斗争,面对矛盾时敢于迎难而上,面对危机时敢于挺身而出,面对失误时敢于承担责任。

四、干劲与干净的关系

年轻干部需要奋发有为的激情和干劲,需要勇挑重担、啃硬骨头、接烫手山芋的担当,"载夙载夜,惟允惟恭",这是轰轰烈烈的一面。还需要静心慎独的一面。年富在《官箴》中说:"吏,不畏吾严而畏吾廉;民,不服吾能而服吾公。公则民不敢慢,廉则吏不敢欺。公生明,廉生威。"年轻干部需要不断提高思想觉悟、精神境界,勤掸"思想尘",多思"贪欲害",常破"心中贼",真正看淡个人得失、看开功名利禄,甘于寂寞、享受孤独,公私分明、先公后私,秉持公平、公正和公道,做到"仰不愧于天,俯不怍于人"。以"大我"控制"小我",慎独慎微慎始慎终,顶住形形色色的诱惑,主动绕开权力、金钱、美色"三大陷阱"。张贤亮说过一句话,"想得多,办不到;看得透,放不下",很深刻,值得警醒。

五、干工作与写文章的关系

干工作、写文章是开展工作的两条腿。领导干部动手写文章是基本功,是整理日常思考、梳理工作思路的过程,是在不断领悟修正中提升自己的过程,有利于在更高的层次上,在更宽的视野和更透彻的理论实践上推动具体工作。把实际工作上升到理论,找到事物的本质和规律,找到解决问题的办法和途径,再在理论指导下更加理性地开展工作,这就叫水平。坚持写文章,虽不能完全做到"超越习见、阐幽表微",但功不唐捐,能让自己的眼界更宽,思想更深,理论更扎实,办事更周全,协调能力更强,有利于自己更上一层楼。

(载于《广安在线》2023 年 5 月 18 日)

社会走笔

民办学校路在何方？

随着《民办教育促进法》及其实施条例的施行，国家对民办教育的"引导和规范"力度越来越大，民办学校被要求与公办学校同平台、同期招生，义务教育阶段的招生规模被逐步压缩，支教教师全部回撤，财务监管愈来愈严。

民众对个性化、多样化的教育需求，民办学校对公办学校产生的"鲶鱼效应"，决定了民办学校存在的价值。生存是悬在民办学校头上的一把达摩克利斯之剑。民办学校只有以转型应变、以创新适变，不断增强核心竞争力和公信力，让竞争对手难以复制和模仿，才可能在优胜劣汰中找到出路。

一、顺势转型升级

民办学校已经没有特殊政策优势、环境设施优势、生源优势,要想充满活力,必须建立更具韧性的发展模式,尽快实现五个转变:从商业逐利向赢心圆梦转变,从管理向治理转变,从野蛮生长和粗放经营向质量提升和特色培育转变,从"生源竞争"向"培养竞争"转变,从同质化发展向差异化发展转变。

二、提升团队素养

教师是决定学校生命质量的核心竞争力。要用好现有人才,稳住核心人才,吸引急需人才,储备未来人才。实施培带工程,引领教师历练教学功底、锤炼教学策略、提炼教学思想、提升教学品质,促进专业发展。搭建青年教师"入格"、成熟教师"升格"、骨干教师"破格"、名优教师"自成风格"的发展阶梯。坚持人文关怀,尊重首创精神,建立激励机制和容错纠错机制,增强教职工的成长感、成就感、幸福感和归属感。

三、打造品质特色

一要提供特色服务。给学生和家长适合的教育选择,满足特定家长群的特殊需求,为学生成长奠基赋能,为家长持家育子分忧解愁。多样化、精细化、个性化的特色服务会形成优势和名片,能避免民办学校之间趋同化发展、与公办学校同质竞争的问题,实现差异发展。教育教学质量高本身就是一种特色。

民办学校还应聚焦学生多元发展，将培养兴趣爱好、增强身体素质、参与社会实践、激发唤醒优势潜能、发展一专多能等纳入特色服务范围，精准构建供需匹配的"定制课程"。二要掌握制胜法宝。坚持自主教育，重视培根铸魂，加强学科建设，开发适合学生的学科融合课程群，提供足够的优质教育教学资源予以支撑，构建科学高效的教育教学模式，高效生成学生的核心素养和关键能力，让学生成为最好的自己。

四、规范财务管理

依法建账核算，按规定收费，依法依规进行对外投资、借款借贷和办学结余处置，不通过关联交易向外输送利益，不侵占、挪用、抽逃办学资金，确保学校的资金、资产全部用于学校，并提高使用效益。

（载于《广安在线》2023 年 5 月 22 日）

社会走笔

人生需『四得』

幸福来自内心的感受，而非别人的评价，更不是做给别人看的。幸福指数取决于自我预期的达成度。一个人，如果能够做到"四得"，就能心顺、言顺、事顺，就能心灵平静、内心满足、舒畅自在，获得更多幸福。

一是看得清形势。通过信息收集和调研，不断扩大认知边界，弄清事物现状。注重甄别共性和个性、全局和局部、当前和长远、主要和次要，用历史视角、发展态度、辩证思维对待已掌握的情况和已发现的问题，花一番"掰开揉碎""抽丝剥茧""条分缕析"的功夫，去粗取精、去伪存真，由此及彼、由表及里，把零散的认识系统化、粗浅的认识深刻化、抽象的认识具体化，从纷繁复杂的表象中洞察本质，从众说纷纭的争议中明辨是非，从快速变化的实际中把握规律，从偶然中揭示必然性。准确预测事物的发展趋势，找准问题的制约因素和关键症结，在此基础上审时度势，顺势而为。

二是摆得正位置。《道德经》说："知人者智，自知者明。"成熟就是少一些自以为是，多一些自知之明。经常性地审视自己的人生，通过自我聆听、反躬自省、别人评价来不断沉淀自己，认清自己的本心、能量和价值，知道自己的优势与劣势，避免高估或看轻。清楚自己适合在哪一个领域发展，从而设定恰当的目标，做该做的事情、能做的事情，让聪明才智和内在潜能得到极致发挥。要量力而行，扬长避短，不率性而为。《庄子·骈拇》云："凫胫虽短，续之则忧；鹤胫虽长，断之则悲。"

三是拿得出对策。秉持"内圣外王"理念，"穷则独善其身，达则兼济天下"。谋势结合，理清思路，锚定前进方向。综合精准施策，做最坏的打算，图最好的结果。统一思想，保持定力，形成众志成城、同舟共济、协调联动的强大合力。行事果决，不优柔寡断，"两害相权取其轻，两利相权取其重"，从容不迫地处理，让面临的问题迎刃而解。正视困难和压力，下功夫研究问题，攀高山、涉险滩、破藩篱，打通堵点、破解痛点、攻克难点，破解"疑难杂症"。讲求质量效益，务实功、出实招、求实效，不急于求成，不盲目蛮干，不干"办一件事，留下一堆问题"的傻事。

　　四是降得住心魔。魔由心造。王阳明感叹"破山中贼易，破心中贼难"。降住心魔，就是要挣脱思想牢笼，摆脱诱惑、虚荣、紧张、厌烦、焦虑、苦闷、恐惧、愤怒等心魔困扰，翻越无形的认知监狱。要想降住心魔，必须做好如下修炼功课：修炼心性，扩大心量；懂得取舍，学会放下；避免攀比争斗，"毋与君子斗名，毋与小人斗利，毋与天地斗巧"；与人为善，"己所不欲，勿施于人"，保持良好的人际关系；拥有好奇心，情绪积极，专注喜欢之事；悠闲宁静，主动融入自然和艺术；经常用"不可"来祛除心魔，时时自省、自制、自改，得意不忘形，失意不失节。

（载于《广安日报·川东周末》2023年6月9日）

社会走笔

让全民真正阅读起来

国家一直在不遗余力地推进全民阅读，倡导国民爱读书、读好书、善读书，可揆诸当下，效果并不怎么理想。

一是活动开展多，实际阅读少。国家采取了一系列推进措施，如举办书展、名家领读、送书下乡、推荐优秀读物、建设农家书屋等，可掏钱购书、自觉读书的人不见明显增加。大批私营书店难以为继，关门歇业，连钟书阁、言几又等网红书店也陷入经营困境。现在住房普遍宽敞了，可设置书房的凤毛麟角，觉得腾出一个房间做书房不划算。有的老板办公室插架万轴，可那些书基本未读过，只剩下了装潢价值。朱永新认为："一流的教师应该是一流的读书人，只有一流的读书人，才有可能培养出一流的学生。"可一些教师（其中不乏语文教师）忘了"读书种子"身份，几乎没有藏书，几乎不主动读书，不愿为专业成长埋单。难怪有人调侃：一群不读书的老师在拼命教书！

二是网上浏览多，沉浸阅读少。网络阅读趋于碎片化，难以集中注意力，导致认知能力、分析能力下降，思维趋于表面化，有如朱熹说的"看了也似不曾看，不曾看也似看了"。不少写论文者查阅重要资料依赖网络搜索，不与权威纸质书籍核对，经常出错闹笑话。

三是个别阅读多，讨论辩论少。没有形成讨论、辩论、切磋、分享的氛围，眼界和认识受到局限，难以向深处高处远处拓展，"独学而无友，则孤陋而寡闻"。

四是死记硬背多，联系实际少。被动接受结论和词句多，很少下实地考察的功夫；不懂得兵无常形、随机应变，遇事则"本本主义"，生搬硬套，学以致用效果差。

古人"学而优则仕"，做官时勤于读书，休假中、致仕后依然手不释卷。欧美国家，无论是在火车、飞机上，还是在地铁、公交车上，常常可以看到乘客手不释卷地阅读。阅读是一种自我完善，我们确实需要认认真真地读点好书，以此作为根基，作为学问储备，作为精神支柱，作为生活营养。

要让全民真正阅读起来，必须让读书成为个人习惯和不可或缺的生活方式,并成为经典版时尚。

一要解决读书动力问题。林语堂说:"读书,可开茅塞,除鄙见,得新知,增学问,广识见,养性灵。"阅读是脱离卑琐、变得高大的有效途径。人的困境源于"问题太多而读书太少"!人生的重要经验都在文字里,一个不读书的人是走不远的。阅读可以让人跳出现实环境的限制,悄悄地擦去脸上的肤浅和无知,摆脱平庸,涵养气质,让生活变得惬意。我们不能用浮躁心、功利眼对待读书,追求立竿见影,应保持耐心和耐力,因为"书到用时方恨少",无用之用方为大用。阅读是唯一不赔本的增值投资,何不乐学嗜读呢?

二要解决阅读内容问题。首读经典,因为经典是各领域最顶尖的书,是阅读的主食。要想不走弯路,只有直奔大师,直接与他们对话,站在他们肩膀之上。其次,读与工作、生活密切相关的书。再次,根据兴趣和研究方向聚集相关书籍阅读。

三要解决读书方法问题。精读、泛读、浏览结合,多标记、多摘录、多查阅、多思考、多交流、多实践,积累属于自己的阅读经验,领略书中思想的深刻、思维的独特、语言的"骨力"和"神韵",由"以书为师"到"以书为友"到"以书为敌",在学以致用中提升阅读境界,掌握思考问题、处理问题、表述问题的诀窍。

四要解决引领示范问题。领导是读书的风向标,带头读书会产生"头雁效应";教师是读书的示范者,带头读书会产生"追随效应";家长是读书的启蒙人,带头读书会产生"浸染效应"。支持建立不同领域、不同层次的读书社群,不断发展社员,以书会友,以书交友,通过共读、共享和共同成长促进阅读。

五要解决服务阵地问题。加快建设公共图书馆、社区阅读中心、阅报栏、公共数字阅读终端、农家书屋、流动书屋、青少年活动中心、少年宫等阅读基础设施。改进残障人士、老年人、农民工等特殊群体的阅读服务。

六要解决展示平台问题。举办征文、演讲、辩论、经典诵读、读书分享、故事大赛等活动,让阅读者学以致用,给他们出彩的机会,满足其基本的表现欲。

孔子曰:"知之者不如好之者,好之者不如乐之者。"当国民再穷也要买书、再忙也要读书、住房再挤也要藏书时,书香中国就有点气象了。

(载于《广安在线》2023年6月19日)

社会走笔

师范教育应增强针对性和实用性

跬千斋杂记

笔者在师专、中师从事过教育教学工作，做过教育行政部门领导，现从事基础教育管理工作。在长期教育管理工作中发现，高校扩招之后，特别是师范院校走向应用型大学或综合性大学的过程中，出现了一些师范院校毕业生教学实践能力弱、站不稳讲台的问题。这些实践能力较弱的新教师需要就职学校花大力气培养与再造。通过与师范生座谈，调研师范院校开设的课程、采取的培养方式进行分析，笔者认为，师范教育的针对性和实用性亟待加强。

师范教育具有"理论＋实践"双结合的特性，在"关注学生发展、强调教师成长、重视以学定教"的基础教育新课程改革中，师范教育应把"自主、合作、探究"

的学习方式变革落在实处，深化与基础教育的对接融合，凸显师范特色，提高学生"学"与"教"的适配度，让毕业生具有师德践行能力、教学实践能力、综合育人能力、自主发展能力。

首先，师范教育需回应"跨学科"的时代需求，拓展教学内容，提高师范生综合素质。通识课程应将人类对教育认识的演进、思维模式的重大转折和变化、新教育理论产生的背景、儿童发展规律阐释清楚；学科专业课程应对学科特点、知识框架、课程架构体系把握和描述精准，不特别追求专精深，注重学科之间横向联合整合，以生成较强的综合能力。以语文方向为例，应增加一些实用性较强的内容，如教育名著选读、经典教育教学案例选读、教育统计学、板书及板书设计、考试设计与试题编制、教具课件设计与制作、教师礼仪、心理咨询和辅导、突发事件处理等；组织力量自主编写实用的校本教材，使知识与教学匹配；有些内容可采取系列讲座的方式教学。

其次，师范教育需回应"实践育人"的时代需求，拓宽师资渠道，增强与社会的连接。聘请基础教育名师为兼职教师，发挥其联结基础教育与高等教育的桥梁和纽带作用，负责实操示范和教育叙事，传授先进的教育教学经验，助力师范生形成良好的职业意识和专业情感。教材教法教师应直接介入实习基地的教育教学，主动参与备课、听课、说课和评课活动，密切跟踪、随时掌握教育教学教改动态，时刻关注、灵敏应对基础教育在教育理念、课程观、教学方法和教育评价方面的发展变化。改变千篇一律的大班集中授课方式，组织必要的小组讨论，开展必要的教学模拟，通过师生角色扮演，模拟、浓缩真实的中小学课堂。建立丰富的案例资源库，重视案例教学，引导学生效仿、研讨和探究，促进学生理解、反思和感悟。

再次，师范院校需"守正创新"，坚持传统优势，做实教育实践。三笔字、普通话、简笔画的训练应贯穿四年，并将练习、批改落到实处，考试不合格不能毕业。板书设计教学要突出计划性、概括性、条理性、启发性和美感。简笔画因其画法快捷直观、长于表现事物的基本特征、具有启发性和趣味性、运用十分灵活，很受师生欢迎，必须加强训练。艺体学科教学无需追求系统性，应突出合唱编排、专栏设计、体育项目裁判入门等活动类技能的训练。

教育部颁布的《普通高等学校师范类专业认证实施办法（暂行）》，明确要求每20个实习生不少于1个教育实践基地，教育实践时间累计不少于一学期。现实状况是见习次数少，时间短，观摩不足；允许分散实习，自由、松散、随意，实习质量得不到保证；实习评价方式单一，仅凭一份实习鉴定表确定等级；很少组织教育考察、教育调查，即使作为假期任务布置，也缺乏专业指导、平台搭建和成果要求。应按"见习→实习→研习"不间断的过程来设计，在优质学校建立足够的见习、实习基地，与中小学共建"师范生培养共同体"。建议每学年安排一次见习观摩，时间不少于一周。原则上由教师带队实习，从严掌握委托实习，不搞分散实习。让实习生通过多听课、多试讲、多授课、多熟悉班主任工作、多参加教研活动，充分实践和体验。推行"双导师制"，高校教师和中小学指导教师共同指导实习生，严格双向鉴定考核。

最后，师范院校需"启蒙科研"，培养学生科研素养，树立学术规范。尤其是在本科教育，学生通过撰写毕业论文和参与微课题研究，全方位体验学术研究过程，培养求异思维、批判性思维、创造性思维和锲而不舍的精神，掌握发现选题、寻找丰富可靠的资料（包括证据和经验）、分析论证、解决问题的方法，建立学术意识，涵养学术修养，遵守学术规范。

在此基础上，职后教育（任职学校）要为补师范教育短板提供可靠途径，如集中培训、师徒结对、观摩研讨、活动展示、自我提升、建立名师工作室、让新教师参与课题研究等，为今后走向卓越奠定基础。

（载于《教育导报》2023年第64期3版）

駐千齋雜記

论学杂稿

论学杂稿

散说散文的特点和写作

跬千斋杂记

古代的"散文",是指那些不受俳偶、平仄、韵律约束的文章,有时也称为散体文、无韵文,是中国最早出现的行文体。今天意义上的散文名称是五四时期才有的。广义的散文,包括除去诗歌、小说、戏剧、赋之外的文学作品,除以议论抒情为主的散文外,还包括通讯、报告文学、随笔、杂文、序跋、书牍、赠序、碑志、杂记、回忆录、传记等文体。

散文是最好写的,识文断字者都能写,知名作家、艺术家普遍有散文留世。散文又是最难写的,难在写出新意,写出真情,写得"看山不似山,无水却有水,雨天不起风,平地一声雷"。

近百年来,文学界、教育界对散文有太

多的争论，让人莫衷一是。我只想散说一下对散文的直观感受。

一、关于散文的特征

艺术散文也好，学者散文也好，小女人散文也好，新散文也好，美在描写、意境、哲理，美在语言的光泽，内容的结实，思想的深刻。

散文，散漫如水，手法灵活，表现自由。但，信笔由缰并不是随心所欲，虽"杂乱"却有章法，虽散碎却有脉络，虽枝蔓却有分寸，能于见惯不惊中见出块叠。

写真实的"我"是散文的核心特征，贵在主体意识的坦诚宣泄，自由自在地抒发真情实感，在"真实"基础之上形成穿透力。鲁迅主张"任意而谈，无所顾忌"，刘半农主张"赤裸裸地表达"。余光中认为"在一切文体之中，散文是最亲切、最平实、最透明的言谈，不像诗可以破空而来，绝尘而去，也不像小说可以戴上人物的假面具，事件的隐身衣。散文家理当维持与读者对话的形态，所以其人品尽在文中，伪装不得"。散文不仅仅要写出人的内心、人的精神的真实，更应该最大限度地逼近并抵达真相，发现以往被遮蔽或被遗忘的细节，打捞记忆深处的碎片。散文需要提纯、升华和淬火，但不能言不由衷，矫揉造作，无病呻吟。杨朔的散文素以构思精巧、诗意浓郁、语言清丽著称，但由于对现实生活的反映不够真实，因而美的价值受到了削弱。

就结构说，散文没有固定的模式。苏轼于《文说》中说"吾文如万斛泉源，不择地而出，在平地滔滔汩汩，虽一日千里无难。及其与山石曲折、随物赋形而不可知也。所可知者，常行于所当行，常止于不可不止，如是而已矣，其他虽吾亦不能知也。"由于杨朔散文惯用"见景、入景、抒情、比兴升华、点题"写法，中学教材将其特点概括为"形散神不散"，他的"说教做作"模式广受诟病，被批评为：学生想象的能力、求异的思维、诚实的品质、自然的情感都受到残酷的压抑，写作不再是一种精神的愉悦，而堕落成了一种痛苦的、枯燥无味的编造。其实，散文有"神"可，无"神"亦可，可以有主题，也可以无主题，可以是纯粹的写景，可以是对事物及人相关相似性的联想，可以是描摹的形象灵动，可以是真实而深情的回忆，可以是富含哲理的论述，可以是智性的审视。余秋雨散文的写作也已出现固化迹象：淡笔引出叙说对象，继而描写风光或人物，穿插史料或者讲述故事，赏玩遐想凭吊一番，引出心中的困惑或疑虑，生发出联想，挖掘出内涵，继而对文明和人格进行召唤和呼喊，最后下一个情绪化的结论或是丢下几句发人思索的名言警句。继续走下去，这样的"文化散文"一样会僵化，一样会走进死胡同，一样会没有生命力。

散文动人靠味儿。林语堂先生说过：论文字，最要知味。必须具备独特的审美性，有属于自己的味道，否则就不配叫散文，即使是游记，那也只能算作旅游指南。这个味儿，就是感觉，它可能是细腻深刻，可能是性灵幽默，可能是惟妙惟肖，可能是独特的意绪表达，可能是洞见波澜，可能是人生况味，可能是生命追问，可能是大彻大悟，可能是路转峰回，读罢掩卷，韵味无穷。丰子恺诗云："泥龙竹马眼前情，琐屑平凡总不论。最喜小中能见大，还求弦外有余音。"味道的累积就会变成风格，如鲁迅的沉郁雄浑，周作人的平和恬淡，冰心的灵秀玲珑，朱自清的阴柔忧郁，梁实秋的亲切雅致，林语堂的幽默机智，张爱玲的细碎凄清，沈从文的轻灵瑰丽，汪曾祺的散淡淳厚，余光中的理性机智，俞平伯的典雅委婉，林清玄的悲悯禅思，杨朔的镂金错彩，丰子恺的厚重平实，余秋雨的悲悯崇高，王小波的黑色幽默，迟子建的温情忧伤，张晓风的冰清空灵，龙应台的温暖质疑，毕淑敏的冷静包容。

"言之无文，行而不远"。散文的语言，"浓妆淡抹总相宜"。总体原则是，有深切感觉和体会的则浓墨重彩、摇曳生姿地描绘，展现语言的弹性张力，反之则一笔带过甚至忽略。曹靖华认为，散文也该"讲音调的和谐，下字如珠落玉盘，流转自如，令人听来悦耳，读来顺口，不至佶屈聱牙，闻之刺耳，给人以不快之感"。汪曾祺说："语言像树，枝干内部液汁流转，一枝摇，百枝摇。语言像水，是不能切割的。一篇作品的语言，是一个有机的整体。"在王国维眼中，语言的至高境界是"写情则沁人心脾，写景则在人耳目，述事则如其口出是也"。遣词造句真不容易，朱自清回忆写《欧游杂记》："记述时可也费了一些心在文字上：觉得'是'字句、'有'字句、'在'字句安排最难。显示景物间的关系，短不了这三样句法；可是老用这一套，谁耐烦！再说这三种句子都显示静态，也够沉闷的。于是想方法省略那三个讨厌的字。"据白岩松观察，只会评论不会叙事，形容词太多、名词太少，西方的文字构成显著，简练的言语表达几乎不会，文字不呼吸、不思考，全是我们，"没有我"是一般人写作的大敌。现在，有的散文，除了华丽字章，就是空洞无物，读后让人不知所云。如："吟一阕无边思念，梦几回柔情深种，立尽一岸晓风残月，望断一涯独倚栏杆。经年之后，当所有的迷失都在心灵深处暗香盈袖，一种气息仍会在记忆深处不离不弃，仿佛似曾相识的繁华，触手可及。而在这样一个多愁善感的季节，我用写满忧伤的信笺，典藏你的模样，任雪花如蝶，跌落我的肩上，眺望我们一起走过的美丽。"或许有人认为文采郁郁，是好文章，其实不然，金玉其外败絮其中罢了。或许有人认为这是散文诗，余光中在《剪掉散文的辫子》中认为"在一切文体之中，最可厌的莫过于所谓'散文诗'了。这是一种高不成低不就，非驴非马的东西。它是一匹不名誉的骡子，一个阴阳人，一只半人半羊的faun。往往，它缺乏两者的美德，但兼具两者的弱点。往往，它没有诗的紧凑和散文的从容,却留下前者的空洞和后者的松散。"虽说有点挖苦的味道,却也不无道理。

二、关于散文的写作

散文的写作是需要经营的。如何写得好写得妙那就是艺术问题了。

一是细致观察,以独到的眼光,捕捉描摹独到的细节和意象。二是掌握基本的表现手法。

散文的开头方式不拘一格。一般说来,有直接入题的,有以问开篇的,有追溯历史的,有讲缘由的,有引诗文、古语、谚语、他人之言的,有设问的,有自编诗文的,有写景状物的,有评价论断的。散文开头,最忌生硬突然、陈词滥调、盲目引用、故弄玄虚、不着边际。

散文的结尾讲究自然、巧妙、有韵味,大致说来,有借物结尾的,有发感叹的,有谈感受的,有强调用意的,有寄望的,有顺发议论的,有留下疑问的,有补叙又及的,有总结归纳的,有"闲笔"作结的,有点明初衷的,有前后照应的。散文结尾,最忌无病呻吟、凭空抒情、人为拔高。

感性描述,带着自己的真情实感去讲故事,写景状物。

长短句参差,节奏自然和谐,产生音乐美。

文白融合。文白只要融合得好,维持流畅可读的白话节奏,就能有效解决语言过于简单、过于直白、缺少变化的实际问题，结成"文白佳偶"。

适度联想。相似相关性是联想的基础，通过联想（不是虚构），开阔视野，虚实结合，引发思想情感，使文章丰富生动。

讲故事或引用书中的故事，使内容更丰厚，寓意更深远，可信度更强。

故意繁缛。如鲁迅《秋夜》："在我的后园，可以看见墙外有两株树，一株是枣树，还有一株也是枣树。"这样绕弯子地写，引人期待，最后却出人意料，比直接写成"在我的后园，可以看见墙外有两株枣树"更有波澜，更有想象空间。

引用经典、神话、传说、民谣、谚语、俚语等，与其他文字相得益彰。

自作诗词，点明主旨，使文章更灵动。

三、关于散文作者的修炼

散文作者应兼备知识、见解和才情，具有强烈的表达欲、过人的想象力和穿透力强的文笔，真正成为眼、心、情、笔的主人。有知识而无独特见解，与掉书袋无异，有知识见解而无充沛的才情和优美的文采，不会具有"文学味道"，列于艺术之林。作者不能卖弄，更不能颠倒黑白，做错误的导引……

（载于《和谐岳池》2018 年第 4 期）

论学杂稿

谈材料写作

写材料就是写应制文,不是文学创作,其高手大家被称作"大笔杆子"。

文无定法,写材料的人各有各的偏好、风格和路数,但有基本的要领和要求,材料写作有基本规律可循。

公文的功能概而言之就是"以文谋事,以文载道,以文辅政"。写材料,必须充分研究人、深入研究事;让说者满意、让受众满意。

一、材料怎样才算好

好材料应当通篇贯穿着创造性思维,既有新鲜感,又有兴奋点,抓住关键,直指要害,言简意赅,干净利落。

材料写得好,三言两语就能切中要害、打动人心、引起共鸣。好材料从外在看,一要引人看，二要使人看得懂，三要能说服人、打动人。必须把讲话人和受众最想要、最关注的东西清晰表达出来。

业内有一句话，一流的文章有新观点，二流的文章有新逻辑，三流的文章有新素材。古人讲义理、考据、辞章。义理就是讲道理，有见解；考据就是材料要准确；辞章就是要有好的表现形式，"言之无文，行而不远。"胡鞍钢认为一篇文章需要比较好地做到"五有"："言之有据""言之有物""言之有理""言之有度""言之有法"。

从内在看，毛泽东在《工作方法六十条（草案）》中说："文章和文件都应当具有这三种性质：准确性、鲜明性、生动性。"

其中，准确性包括逻辑和根本立场、方针、方法两个方面的问题。

王晓晖介绍《中共中央关于党的百年奋斗重大成就和历史经验的决议》，认为这次《决议》突出中国特色社会主义新时代这个重点，用较大篇幅总结党的十八大以来的原创性思想、变革性实践、突破性进展和标志性成果。

关于鲜明性。一篇文章要鲜明就要作到纲举目张。主题如旗，代表前进方向，必须正确鲜明、立意高远、精准到位、概括新颖、冲击力强。确立起主题之后，在布局时，要把主体思想贯穿材料全过程，从整体结构上充分给予反映和体现。

怎样才能增强材料的思想性呢？一是努力把本质的东西揭

示出来。就是要透过现象抓住并深刻剖析事物的本质，把精粹的东西写出来，给人们以深刻的启迪、震动和警醒。二是把阐述的问题剖析深透。就是论述问题要往深处开掘，层层剥皮，逐步递进，不满足于抓次要的，而是要抓住重要的；不满足于掌握事物的外在特征，而是要挖掘内在联系；不满足眼前的情况，还要预测发展趋势；不满足于表层的现象，还要找出深层次的症结，确实让人感到问题讲通了、说透了。三是提出新颖独到的见解。就是用新的视角认识问题，提出不同于过去、不同于一般人的观点。四是把具体的问题加以概括升华。不要就事论事，要从更高的层次上来认识它，注意概括提炼，把具体的东西理性化，把零乱的东西系统化，从个别问题中引出一般性规律，从而给人以条理性、思路性的东西。五是用经典语言强化思想。适时引用一些革命导师的经典论述、名家名言、历史典故、警言警句等，不仅有助于强化材料的思想性，而且还会增加材料的文采。

观点和材料要统一。要学会用材料说明自己的观点，以事实作筋骨。材料不要多，只需拿出新鲜的、典型性的、恰当的、完全可靠的材料，能够说明问题就行，解剖一个或几个麻雀就够了。

把握好论述的切入点。一要新，就是破题新颖，在别人不注意的地方下刀。二要准，要善于抓住要害，抓住事物的主要矛盾，抓住那些"牵一发而动全身"的问题，一语中的。三要高，就是要着眼全局和长远，抓住战略问题做文章。四要巧，善于用问题开刀，拿现象作靶，把"为什么""干什么""怎么干"讲深透、讲明白，把最有特色的东西突出来，把最有价值的经验推出去，把急需解决的问题解决好。

关于生动性。就是要尽量把一般性的话变成有冲击力的话，把普通的话变成耐人咀嚼的话，把平淡无奇的话变成令人耳目一新的话。文章要有些情绪，如正面反面对照，肯定、怀疑语气并用。有细节作血肉，善于讲故事。要有些曲折、波澜，不要像一潭死水。胡乔木比喻说："文思不活泼的人，应该到有悬崖的海边去看看，那汹涌澎湃的波浪，给人一种生命流动的感觉。我们的文章里，应有波涛，有悬崖，有奔腾，有冲动，有激情。"办法是在抽象的论述中加点不抽象的东西；把工作中的原则要求讲得细微具体；用形象化的语言表述理性的内容。马克思的《资本论》在描写劳动力买卖时这样写道："原来的货币所有者成了资本家，昂首前行。劳动所有者成了工人，尾随于后。一个笑容满面，雄心勃勃；一个战战兢兢，畏缩不前，像在市场上出卖了自己的皮一样，只有一个前途——让人家来鞣。"这样的写法是何等传神形象，具有何等强烈的感染力。

对比论述："郑和是一个航海家，率领船队浩浩荡荡地出发。他带着天朝上谕，所到之处，送陶瓷，送丝绸，送茶叶。他送去了一个古老的东方国度的文化，也受到异域的礼赞和膜拜，同时也学习了异域文化。他用的是东方的'礼'，是东方的智慧。当哥伦布带着他远洋的发现，成为西方殖民者在海上旅行的明灯时，他只不过是一个殖民者的先驱，为了东方的黄金，为了东方的丝绸而来。所到之处，带给土著居民的是灾难。带走了车载斗量的财富，留下了殖民地人民泣血的控诉。所以郑和的航海史是金色的，处处焕发着'双赢'所带来的人伦光芒；所以哥伦布的航海史是血色的，处处浸染着贪婪所带来的罪恶。"

要深入浅出，简洁明了。写文章的本领，在于把复杂的事情写得简单明了，把深奥的道理浅显而又准确地讲出来。写文章要字斟句酌，惜墨如金，把那种无用的空话、套话、废话统统删掉。勤标点，句子不宜太长，段节也不宜太长。李瑞环说："我们有些文章写得不好，不是词汇不够多、句子不够美，而是动机上、内容上、方法上有毛病，在鼓捣字儿上花的时间太多，在研究事儿上下的功夫太少。"

不知道是起于什么时候，材料从标题到内容越来越讲究排比、对仗、工整，形式至上，透着一股陈腐气息，结果思想得不到伸展，观点得不到阐述，统统被割裂得七零八落。如"思想发动、行政推动、市场拉动、部门联动、政策促动、高位驱动、榜样带动""抓住关键点,提高认识抓落实;抓住着力点,强化措施抓落实;抓住薄弱点,加强督查抓落实",等等。

长短不是问题,形式服从内容。为了表情达意的需要,二级标题可以长达几十字。

黄坤明《习近平新时代中国特色社会主义思想实现了马克思主义中国化新的飞跃》一文有4个小标题:

一 习近平新时代中国特色社会主义思想坚持把马克思主义基本原理同中国具体实际相结合、同中华优秀传统文化相结合,以原创性理论贡献标注了马克思主义发展的新高度

二 习近平新时代中国特色社会主义思想深刻回答新时代坚持和发展什么样的中国特色社会主义、怎样坚持和发展中国特色社会主义的重大时代课题,实现了对中国特色社会主义建设规律认识的新跃升

三 习近平新时代中国特色社会主义思想深刻回答建设什么样的社会主义现代化强国、怎样建设社会主义现代化强国的重大时代课题,进一步指明了中国式现代化道路的新图景

四 习近平新时代中国特色社会主义思想深刻回答建设什么样的长期执政的马克思主义政党、怎样建设长期执政的马克思主义政党的重大时代课题,指引开辟了管党治党、兴党强党的新境界

文章要有新意。新主要新在这样几个方面：新在有哲理性，既源于实践又高于实践，在探索规律、认识真理上有新发现；新在对一切旧的传统观念和习惯势力提出挑战，在解决问题上讲有新思路、新举措，具有启发性；新在道出了"人人心中所有"而"个个笔下所无"，讲出了前人、别人没有讲过的话，有领先性；新在能够言当其时地对某些处于萌芽状态的东西提出倡导或警示，有前瞻性；另辟新路，寻求表达的新角度。不随便照搬理论界的观点、社会上的看法，不讲没把握、未定性的话，不讲有争议的观点，不走偏锋，不故作惊人之语，不讲过头话甚至"乱放炮"。

二、掌握基本的行文规律

文章也像人一样，有其筋骨皮肉。所谓筋，就是公文的立意、思路；所谓骨，就是公文的结构、层次；所谓皮，就是公文的格式、规范；所谓肉，就是公文的语言、论述。

（一）标题范围要小，小题大做

文章选题要把范围定的小一些，就是"切口要小"。这样做，有助于找准聚焦点，对某个具体问题作深入细致的分析研究，把问题说明得深刻精到。

问题选定了以后，就应该尽可能地搜集同这个问题有关的全部材料，把前人的成果全部占有。清代初期有个叫石涛的画家说得好："搜尽奇峰打草稿"。

（二）突出领导的意图和风格

一要吃透、摸准和领会、拓展领导意图，把握住领导想表达什么，其基本看法、态度取向以及特别关注的点是什么，希望达到怎样的效果。如果贴不住领导的意图，笔下就会浮、泛、飘、滑。要努力做到：当领导对某项工作有了某种思维萌动时，能有所共思；当领导酝酿某项工作时，能不谋而合；当领导作出某项决策部署时，能心领神会。二要沿着领导的最新思路做好完善和深化工作，善于拾遗补缺、提炼升华、连贯思考，在不违背领导总意图的前提下根据实际情况作出合理调整弥补修正。三要研究领导的思维方式和语言表达习惯，做到"文如其人"，要么严谨平实，要么幽默风趣，要么激情鼓动，要么通俗易懂。

（三）把握文章的结构和布局

就公文总体框架而言，一般的要求是"虎头、猪肚、豹尾"。

文章框架设计的过程，也是初步分析和理顺思路的过程。文章主题从几个方面展开分析，每个方面有哪些内容，按照内在的逻辑关系，粗线条的摆布停当，文章大的轮廓和脉络也就有了。

结构要求：完整、连贯、严密，不板不乱，浑然一体。

议论文一般层次：提出问题（引论）、分析问题（本论）、解决问题（结论）。

一是整体布局要合理。不管是块状结构还是条状结构，其结构框架都要符合逻辑规律。块状结构可以理解为三部分，简单说第一就是"为什么"，第二就是"是什么"，第三就是"怎么办"。条状结构就是开门见山讲几个问题。

二是层次要分明。主题如"明月当空"，观点是"众星捧月"。俗话说："题好一半文"。文章标题要直观明白、新颖醒目、揭示全篇。层次标题对主题具有向心性的特点，精心提炼设计好层次标题。叙述事情，有前因，有后果，有过程；议论问题，有观点，有论据。通过语句间的组合关系来体现层次的逻辑性。各个语句、各个语段、各个层次之间都有一定的语脉。要关照各部分之间的相互联系和衔接，防止松散脱节，处理好起承转合各环节的问题。段与段、层与层之间要有必要的过渡句、转折语，前后照应的语句，文段的首句尾句。学会通过关键句子和关键词语来体现层次的逻辑性。

看一下曲青山写的《中国共产党百年辉煌》框架：

从1921年到2021年，中国共产党走过了整整一百年的历程。

中国共产党百年历史，可以划分为四个历史时期：

开天辟地：中国共产党在新民主主义革命时期完成救国大业

改天换地：中国共产党在社会主义革命和建设时期完成兴国大业

翻天覆地：中国共产党在改革开放和社会主义现代化建设新时期推进富国大业

惊天动地：中国共产党在中国特色社会主义新时代推进并将在二十世纪中叶实现强国大业

宝贵经验：中国共产党百年历史总结

……

中国共产党立志千秋伟业，百年正是风华正茂。回顾历史，我们豪情万丈；展望未来，我们心潮澎湃。历史是从昨天走到今天再走向明天的，历史的联系不可割断。中国共产党建党百年，已经团结带领中国人民创造了历史的辉煌。中国共产党今天取得的辉煌，为明天取得更大的辉煌提供了前提，创造了条件，奠定了基础。不忘初心、牢记使命、永远奋斗，中国共产党一定会在执政百年即中华人民共和国成立一百年时，谱写新的篇章，创造出新的更大辉煌。历史在人民的探索和奋斗中造就了中国共产党，中国共产党团结和带领人民创造了历史的辉煌。"看历史，就会看到前途。"学习重温中国共产党百年历史，我们应该坚定中国共产党历史自信，同时，坚定中国人民和中华民族未来自信。

某省省委全会关于文化建设的讲话框架：坚持文化软实力和经济硬实力同步提升，为实现率先发展提供强大动力；坚持文化事业和文化产业双轮驱动，不断满足人民群众日益增长的精神文化需求；坚持文化体制改革和文化科技创新同步推进，进一步解放和发展文化生产力；坚持多出精品和多出人才互动并进，加快建设文化高地；坚持优秀传统文化和现代文明融合发展，提升文化影响力。

三是把结果（压轴戏）放在最前面，善于先声夺人。

"开拳便打"，直入主题，是材料简短和避免套话的重要方法。常见的开头方法有五种：一是总体概括法。从介绍情况入手，说明会议召开的背景、目的、议题和任务。如毛主席《在延安文艺座谈会上的讲话》："同志们！今天邀集大家来开座谈会，目的是要和大家交换意见，研究文艺工作和一般革命工作的关系，求得革命文艺的正确发展，求得革命文艺对其他革命工作的更好的协助，借以打倒我们民族的敌人，完成民族解放的任务。"二是提出问题法。如"第一个问题，我们的文艺是为什么人的"？三是开篇点题法。即一开始便把讲话的意图简明扼要地说出来。如毛主席《整顿党的作风》之开篇：今天我想讲一点关于我们党的作风的问题。四是表明态度法。如毛主席《改造我们的学习》之开篇："我主张将我们全党的学习方法和学习制度改造一下"。五是欢迎感谢法。如"非常感谢你们的盛情款待和周到安排。我们这次来主要是学习、请教的。欢迎大家来做客、传经送宝"。不管是哪一种方法，都应做到开门见山，切入主题，简明扼要。

章回小说常说"闲话休提，只说正话"，写文章也应该如此。传说，欧阳修的《醉翁亭记》，原稿开头讲滁州东边是什么山，西边是什么山,南边是什么山,后来改为一句话:"环滁皆山也。"这是剪头而显精彩的好例。毛泽东的《改造我们的学习》,引言很简短:"我主张将我们全党的学习方法和学习制度改造一下,其理由如次……",也是一语开篇的好例。《三国演义》开篇第一句话"话说天下大势,分久必合,合久必分"很有气势和历史感,又直入全书主题。《古文观止》里的许多文章,开头和结尾都很精彩。比如韩愈的《师说》开头:"古之学者必有师。师者,所以传道、授业、解惑也。"言简意赅,对师的职责做了准确的界定。托尔斯泰长篇小说《安娜·卡列尼娜》的开头:"幸福的家庭都是相似的,不幸的家庭各有各的不幸",切合小说主题,又很有哲理,是作者的感慨和总结。这些精彩的开篇让人过目难忘。

结尾要戛然而止,留有余响,不要画蛇添足。

常见的结尾方法有七种:一是总结法,进一步概括主题,加深听众印象。如列宁1921年在全俄运输工人代表大会上的讲话之结尾:"对于你们这些铁路和水运员工的代表们说来,结论只有一个,而且也只应有一个,这就是百倍加强无产阶级的团结和无产阶级的纪律。同志们,我们无论如何都应当做到这一点,无论如何都要争取获得胜利。"二是号召法。即用一些精悍有力、调子高昂、催人奋进的话语对听众进行号召或呼吁,使与会者为实现既定目标而奋斗。如毛泽东在第七次党代会上的报告之结尾:"成千成万的先烈,为着人民的利益,在我们的前头英勇地牺牲了,让我们高举起他们的旗帜,踏着他们的血迹前进吧"!三是展望法。即通过展望性、预示性的语言,引起听众对美好未来的憧憬与向往。如毛主席1940年在陕甘宁边区文化协会第一次代表大会上的讲话之结尾:"新中国站在每个人民的面前,我们应该迎接它。新中国航船的桅顶已经冒出地平线了,我们应该欢迎它。举起你的双手吧,新中国是我们的。"四是希望法。如江泽民在纪念中国共产主义青年团成立八十周年大会上的讲话之结尾:"希望你们珍惜大好年华,牢记党和人民的厚望,矢志奋斗,不懈进取,在建设有中国特色社会主义事业的伟大征程中谱写出更加壮美的青春之歌!向着祖国更加美好的明天,前进!"五是祝愿法。即以祝福性的话语作结尾。如周恩来同志1957年访问尼泊尔时在加德满都市民欢迎会上的讲话之结尾:"在我要结束我的讲话的时候,我祝中国和尼泊尔的友谊像联结着我们两国的喜马拉雅山那样巍峨永存。"六是口号法。即以高呼口号结束全文,引申讲话主题,引起听众共鸣。习近平《在庆祝中国共产党成立100周年大会上的讲话》之结尾:"伟大、光荣、正确的中国共产党万岁!伟大、光荣、英雄的中国人民万岁!"七是要求法,如习近平《在庆祝中国共产党成立95周年大会上的讲话》之结尾:"全党同志一定要不忘初心、继续前进,永远保持谦虚、谨慎、不骄、不躁的作风，永远保持艰苦奋斗的作风，勇于变革、勇于创新，永不僵化、永不停滞，继续在这场历史性考试中经受考验，努力向历史、向人民交出新的更加优异的答卷！"

（四）有的放矢，突出主题

1.动员工作说思想。要把重要性、紧迫性这些利害关系讲清楚。

2.汇报工作说结果。一定要有结果思维，把结果呈现出来。

3.请示工作说方案。不要让领导做问答题，而是要让领导做选择题，要把方案和倾向性意见给到领导。

4.总结工作说流程。要把工作过程中的关键点包括亮点、难点总结出来。

5.布置工作说标准。布置任务的时候最重要的事情就是把工作标准交代清楚，以便受众按图施工、抓好落实。

6.回忆工作说感受。重点是交流工作中的感悟，揭示得到哪些启示、存在哪些困难和问题。

三、反复修改

人们说搞文字如电影一样，是遗憾的艺术。"文章不厌百回改"。

一看主题是否鲜明。看立意是否高远，主题是否突出，旗帜是否鲜明，思想是否深刻，出彩感觉是否强烈。

二看任务是否明确。领导的讲话，既要讲任务，还要讲完成任务的具体措施和办法。如果只讲"要干什么",没讲"怎么干"、"干中注意什么",这篇讲话是不完整、不全面的。

三看结构是否合理、紧凑,逻辑性强。框架是否均衡,内容是否完整,详略是否相宜,横向是否缺要项,纵向是否有断线。整篇文章要沿着一条非常清晰的思路展开。让人一看到这个材料,就知道要表达什么意思。

四看表述是否精当。看观点和材料是否统一,形式与内容是否融合,名题是否切当。把引文和资料核实,政治性表述上要精准无误,实例数据"零差错"。要去掉文字的"苍蝇",特别是那些"成套"的说法、提法,在修改稿子的过程中往往每个层级都不会去关注,里面就可能埋着多字、漏字或错别字,必须去掉。去掉语言的疙瘩,有些话在稿子中看着很顺畅,但一读起来就很拗口、很别扭,这些话都得设法改过来。

四、厚积薄发

就提高文章写作技巧而言,唯有多读和多写。写是读的延续和升华,读是写的准备和基础。

第一,多读书。以深厚的知识储备,为写材料厚积薄发。一要阅读面广,专和博要结合。二要多读名家的文章。一是古文。二是毛主席、邓小平同志的著作。三是胡乔木的书,胡乔木是我们党内的文章大家,一生撰写、整理、修改的文件、讲话、社论不计其数,被毛泽东戏称为"靠乔木,有饭吃",

周恩来总理评价胡乔木:"许多文件只有经过胡乔木看过,才放心发下去。文件经过胡乔木修改,就成熟了。"邓小平则赞誉胡乔木是"中共中央第一支笔"。文风颇似毛泽东,有"落笔成兵"的气势。四是李瑞环的书。有《学哲学用哲学》和《辩证法随谈》等,李瑞环学识渊博,博古通今,他的讲话,观点鲜明,语言精彩,内涵深刻,耐人寻味。五是王梦奎的文章。王梦奎是经济学家,曾经担任国务院研究室主任,后来又担任多年的国务院发展研究中心的主任。

第二,多练笔。手中的笔不应该停下来。

第三,提高观察问题、提出问题、分析问题和解决问题的能力。观察问题,要带着问题去观察比较,从变化中捕捉新情况,能在极其纷繁复杂的情况中抓住包含着有价值问题的端倪、现象,进行深入思考。提出问题,能将发人深省的甚至很有争议的问题从现象中抽取出来。分析问题,能在陈述具体事物的基础上,揭示事物的本质。陈云同志有一句名言:"领导干部要拿出一定时间'踱方步',考虑战略性问题",其中"踱方步"就是走方步,指的是反复思考。解决问题,能简明扼要、逻辑清晰地回答问题,提出务实可行的、中看更中用的解决问题的办法。

论学杂稿

教师治学必须做好"四大功课"

优秀教师无不具有坚实的教学理论基础和丰富的实践经验。现实中,有的教师虽然工作勤勤恳恳,但效果事倍功半,长期处于迷惘困惑无奈状态,体验不到从事教育工作的成就感,甚至产生身份焦虑和职业倦怠。分析起来,其病根在于不会治学,没有做好读书、上课、当班主任、搞科研"四大功课"。

一、读书

读书是最基本最重要的学习途径,也是教师专业成长进步的可靠阶梯。阅读是丰厚生命涵养的捷径,一个人的阅读史就是他的思想发育史。北宋著名诗人黄庭坚说:"士大夫三日不读书,则义理不交于胸中,对镜觉面目可憎,向人亦言语无味。"

读书的敌人，是自我的满足或者不愿学习。

读书的关键有两点，一是重视积累，二是保持怀疑精神。

庄子在《逍遥游》中说过："水之积也不厚，则其负大舟也无力；风之积也不厚，则其负大翼也无力。"读书要有基点，有旁涉。基点务求精深，旁涉务求宽广，做到知识储备总体丰厚，并对学问的追求保持纯粹的态度。作为传道授业解惑的教师，应该熟读哲学，精读经典，泛读文史，研读教研文献，常读学生读物，选读名家推荐的书。

坚持读书，坚持读整本书，围绕自己的兴趣和自认为重要的专题进行阅读，不断扩展和沉淀，让知识形成网络。知识面窄了，就少了深度的联系、补充、比对和印证，难以从新的视角提出独立见解。

读书，一看内容见解，看所表达的是什么事实、什么知识、什么思想感情等；二看表达论证，看作者的思维方式和行文的表现力。通过读书，吸收知识和方法，找到美感和味道，领略智慧和风骨，扩大格局和境界。

读书的过程，就其本质来讲，就是存疑、得间的过程。在吸收精华的同时，依据真理唯一的原则质疑、批判书中内容，进而寻求自己的解，实现"标新立异"。朱熹说："读书始读未知有疑，其次则渐渐有疑，中则节节是疑；过了这一番后，疑渐渐解，以至融会贯通，都无所疑，方始是学。"

坚持不动笔墨不读书，养成读书时写边注、做卡片、做笔记、写读后感、编索引的习惯。

二、上课

有人说"课比天大"，那是因为课堂是摆渡学生灵魂的方舟，是学生获取知识、发展素养的主渠道，是"发现""唤醒""发展"学生的主阵地，教学的真正魅力在于课堂，教育模式创新主要体现在课堂。优秀教师一定是说课的能手、上课的好手、评课的高手、辩课的强手。

上课并非讲课，其主要功能是传授知识、演绎方法、启发创造力。学习真正发生了，学生有实际获得的课，就是好课。其中，有四点必须给予足够的重视：一是以学生为主体，以问题为主轴，以思维为主攻，以训练为主线，把时间还给学生，把方法教给学生，整体建构内容，向课堂要质量。二是始终关注学生学习欲望的保持和增强，"鼓舞任何背景与能力的学生学习"，了解学生学情（起点状态和潜在状态），释放、保护学生天性，尊重学生个性，因材施教（包括为学生量身定制个别化的学习计划），教与学和谐互动，围绕教学预设这个大方向，让启发和生成真实发生，促进学生主动发展。三是做学生学习的组织者、引导者和激发者，导而不演，让学生受到科学精神（实事求是、质疑与批判）的滋养，给学生提供无限空间，把思考、发现、批判和学以致用的权利交给学生，涵养学生对生命的尊重、对科学的兴趣、对和谐的认同、对审美的追求，培养学生解决复杂的、有不确定性的、有冲突的真实问题的能力，这些核心品格和能力对学生未来发展真正具有意义。四是开展"教育+互联网"背景下多种教学模式探究，让教学与信息化、智能化自然深度融合，把知识的学习放在情景中进行，强化体验和感受。

持续反思、追问和改进。唯如此，实践经验才能成为财富而不是行动的羁绊。叶澜教授说："一个教师写一辈子教案不一定成为名师，如果一个教师写三年反思就有可能成为名师。"认真参加集体备课，紧紧抓住必备知识、核心考点、关键能力、学科素养，认真备知识、备教法、备学生活动与学法、备试题；上课时根据课堂上随时出现的问题即时反思，调整教学策略，超越常规教学中对课程内容的机械复制；课后进行批判性反思，坚持写教后记，让自己的教学方法采纳、教学环节设计、教学节奏调控、学业质量评价等过程得到优化，并使教学经验理论化。"落地"总会"沾泥"，多参加学术交流活动，特别珍惜与名师交流的机会，多听多上公开课，多参加磨课、评课，有助于自我反思、视野突围和能力提升。

三、当班主任

班主任与学生的关系是"亦师亦友亦父母"。班主任应切实做好引导、组织、关爱、陪伴工作，对学生认知、情感、意志提供全程指导和支持，助力学生拔节成长。

引导就是带领、启发。苏霍姆林斯基说，我们的教育对象的心灵，决不是一块不毛之地，而是一片已经生长着美好思想道德萌芽的肥沃田地。因此，教师的责任首先在于发现并扶正学生心灵土壤中的每一株幼苗，让它不断壮大，最后排挤掉自己缺点的杂草。学高为师，身正为范。教师是学生成长顾问，应重视人格、心理及习惯修为，躬身做学生格局德操、言行举止、衣着穿戴、心理健康的表率，引导学生自尊自信自强，养成良好而严谨的学习生活习惯。积极开展理想、感恩、养成、吃苦、委屈、挫折等专项内化教育活动，让学生感受五味杂陈的人生，教会学生与人相处、做人的道理和学习的方法，使学生既"知书达理"又"仰望星空"。

组织就是搭建平台。搭好班级架构，培养骨干力量，形成领导核心；明确班级奋斗目标，并使之深入人心；用集体荣誉感调动每一位同学，形成强大班级舆论；严格常规管理，培养规范意识；以有效方式经常与任课教师、家长、学生交流，搭建共育平台。

关爱就是呵护。真诚地接纳、关爱每一个学生，不放弃任何一名学生，尊重学生人格，倾听学生意见，理解学生感受，包容学生缺点，分享学生喜悦。给学习困难学生、经济困难学生、单亲家庭学生、肢体器官有缺陷的学生，送上量身定做的悉心关爱。在学生患病、失落、嫉妒、自卑、孤独、抑郁、情绪低落、消极懈怠、心理逆反、家有变故或灾难等情况下，捧出一颗仁爱温暖之心，春风化雨，启迪心灵。尊重学生个体差异，满足学生的表现欲，发自内心地欣赏和赞美学生，给学生装一台属于自己的发动机，随时收获成功的喜悦，让学生成为最好的自己。

陪伴就是教师随同做伴，是教育的起点，是走进学生内心世界、获得学生信任的最可靠办法。一方面与学生同策划，同讨论，同活动，同微笑，同庆祝，同惋惜，同奋起，一方面蹲下来与学生谈话，耐心倾听，入情入理地交流，用精准化的支持和服务化解他们的困惑、忧伤和纠结。

四、搞科研

从对科研充满神秘感到学会独立思考研究是一个必经的过程。搞科研，视野与方法是决定性因素。

（一）做好选题

爱因斯坦说"提出问题远比解决问题更重要"。除具备学识功底和审美判断能力，还应保持学术敏感性，以研究者的视角和思维，不断找到具有新意的缝隙处，找到值得研究的问题。在对文本解读中，你可能觉得有些问题没有解决，有的问题弄错了需要纠正，还有疏漏需要补充完善。在教育教学中，你可能还有一些疑问或困惑需要找到答案，有一些案例需要剖析、借鉴和鉴戒。基础教育阶段的教师搞科研，更多的是行动研究，柏莱克威尔说："所谓行动研究是一种研究方法，其研究对象是学校中的问题，其研究人员是学校教职员，其研究目的是改进学校的各项措施，其重要性在于企图使教育实际与教育理论密切配合，且能给予实际工作者以深刻隽永的印象。"这种鲜活的、接地气的研究，事实上具有一定的"原创性"和"意义性"。

（二）深入研究

带着发现的问题和疑惑，与师友与同伴去交流，去追踪相关领域的最新研究成果，如果不能找到答案，那就将理论与实践连接起来，主动观察、实验、抽样、访谈、归纳、比较、探究和整合，并充分考虑问题的复杂性，拿出自己的分析、描述、关联和干预方法，找到解决问题的方向、对策和路径。只有在内心说服了自己，才算是把问题真正解决了。有些问题短时间内可能解决不了，不妨先放一放，或许某一天会"柳暗花明又一村"，让你茅塞顿开。

研究最好结合自身实际，保持研究方向的相对稳定和可持续性，没有必要去凑前沿课题或热门课题的热闹。研究要大处着眼，小处着手，把小问题研究通透彻底后，由"精"而"博"，逐步拓展。

（三）写好论文

论文的价值取决于论题创新性及难易程度、论证完备程度和社会价值。论文要信而有征，"充实而有光辉，精细而能见其大"。

提炼出确切新颖的课题，作为论文标题。

掌握丰富可靠的资料，包括证据和经验。文献决定学术视野，材料掌握得越绵密越新鲜，话语权就越大，通过参互比证得出来的结论就越准确。梁启超先生曾说："资料，从量的方面看，要求丰备；从质的方面看，要求确实。所以资料搜罗和别择，实占全工作十分之七八。"在搜罗齐全、观察广泛的基础上，对资料进行精密不苟的考证和必要的梳理，一旦发现了材料之间的联系，形成了焦点，组成了网络，材料蕴含的力量就可全部渗透到中心论点，透过现象达到对事物本质的认识，从而引出结论。使用材料要遵守学术规范。对于他人的学术成果不管是直接引用还是间接引用都要注意标注，凡引及别人的意见均应加以注明，不能掠人之美。注释（夹注、附注、底注）应准确规范，以确保正文详明周瞻。论据要准确、可靠，具备典型性和代表性，最好不是孤证，使特殊事例（包括意外现象）与普遍概括相结合，力求在时间上、空间上有最大的涵盖面。论证时千万不要忽略反面证据，可以用反例来证明自己的怀疑。引用材料要看清上下文，力求准确完整，避免错漏或断章取义；应尽可能引用原始或接近原始材料，少用改编的材料；不得已转引材料时要加以说明；引材料不要轻易改字，避免误改失去本意。

充分周密论证。围绕论文核心主张（自己提出的假说），寻找充分的科学的证据,"小心求证"。论证过程要注重逻辑,考虑理论上的正当性,注意不同事物之间的联系、影响、渗透、整合,使用质化研究和量化研究方法,逐层剖析论证,环环相扣,互相支撑,直抵盘根错节的问题深处,揭示并反映事物的本质和发展规律,避免"想当然"、以偏概全、盲目判断因果关系、将复杂的问题简单化。说话要留有余地,不可主观武断;商榷讨论要在正确理解他人意见及其依据的基础上进行,不可自以为是,更不能出言不逊。惟如此,方能趋近于章太炎先生所说的"字字征实,不蹈空言;语语心得,不因成说"这一境界。"挖墈寻蛇打"似的无事生非、指鹿为马,轻薄张狂般的妄下结论、胡乱吐槽,或许一时可博人眼球,最后注定贻笑大方,被人弃之如敝屣。

匠心独运地表达。注重篇章结构、起承转合和词句锤炼,在深入浅出中夹叙夹议,在深刻透彻中显示出可读性。

论文写成后,缓一缓,搁一搁,晾一晾,看看还有没有更充分的证据,还有没有不周密、不妥帖的地方,再拿去投稿或交流。

(载于《和谐岳池》2020年第3期)

那夜
月光溜进房间
本想把疲倦转移给床板
那些旧事偏来纠缠
宠犬咬破宁静
月已下弦
坐起
翻老相片
一次就成永远

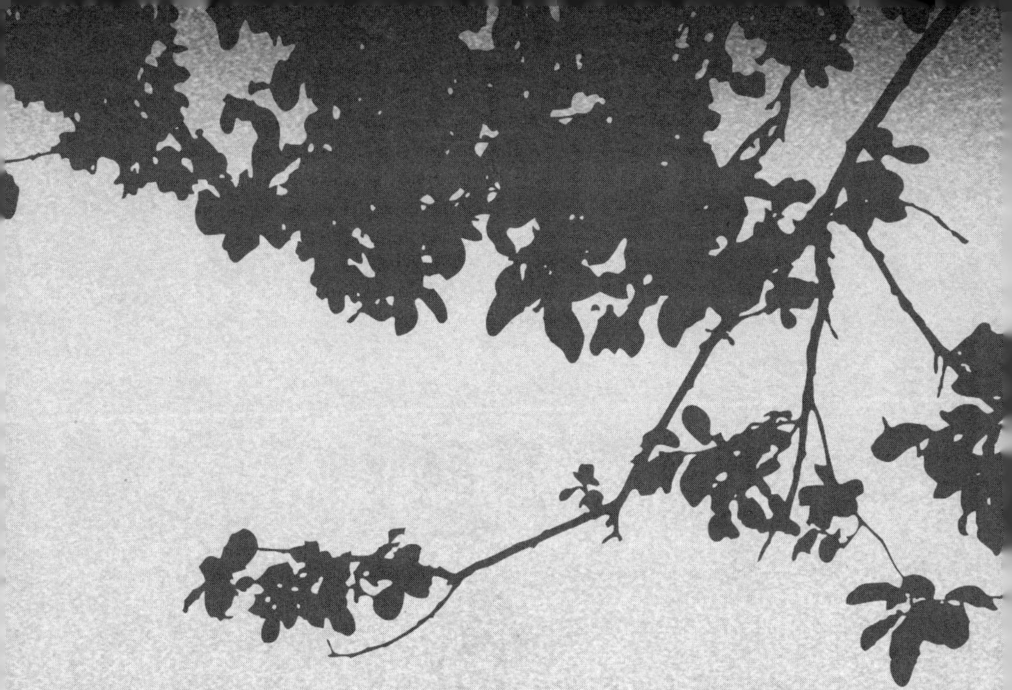

畦千齋雜記